サン・キュロットの暴走

小説フランス革命13

佐藤賢一

集英社文庫

サン・キュロットの暴走　小説フランス革命13

目次

地図・関連年表デザイン／今井秀之

【前巻まで】

1789年。飢えに苦しむフランスで、財政再建のため国王ルイ十六世が全国三部会を召集。聖職代表の第一身分、貴族代表の第二身分、平民代表の第三身分の議員がヴェルサイユに集うが、議会は空転。ミラボーやロベスピエールら第三身分が憲法制定国民議会を立ち上げると国王政府は軍隊で威圧、平民大臣ネッケルを罷免する。激怒したパリの民衆がデムーランの演説で蜂起、バスティーユ要塞を落とす。王は革命と和解、議会で人権宣言も策定されるが、庶民の生活苦は変わらず、パリの女たちが国王一家をヴェルサイユ宮殿からパリへと連れ去ってしまう。

議会もパリへ移り、タレイランの発案で聖職者の特権を剝ぎ取る教会改革が始まるが、難航。王権擁護に努めるミラボーが病死し、ルイ十六世は家族とともに亡命を企てるも、失敗。王家の処遇をめぐりフイヤン派が対抗勢力を弾圧、流血の惨事に。憲法が制定され立法議会が開幕する一方で、革命に圧力をかける諸外国との戦争を望む声が高まる。

1792年、王とジロンド派が結び開戦するが、緒戦に敗退。民衆は国王の廃位を求めて蜂起、新たに開幕した国民公会で、ルイ十六世の死刑が確定する。

革命期のフランス

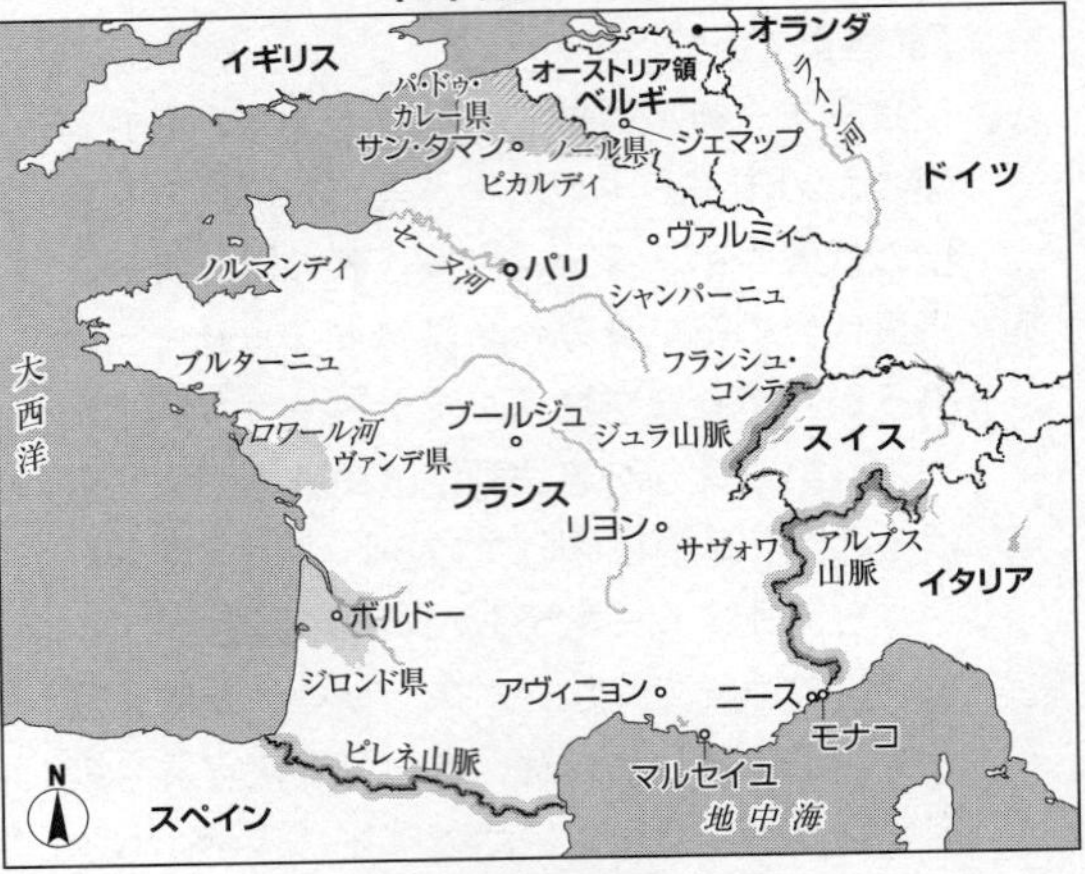

オランダ
イギリス
オーストリア領
ベルギー
ライン河
パ・ドゥ・
カレー県
サン・タマン
ノール県
ジェマップ
ピカルディ
ドイツ
ヴァルミィ
セーヌ河
パリ
ノルマンディ
シャンパーニュ
大西洋
ブルターニュ
フランシュ・
コンテ
ロワール河
ブールジュ
ジュラ山脈
スイス
ヴァンデ県
フランス
リヨン
サヴォワ
アルプス
山脈
イタリア
ボルドー
ジロンド県
アヴィニョン
ニース
モナコ
ピレネ山脈
マルセイユ
N
スペイン
地中海

革命期のパリ市街図

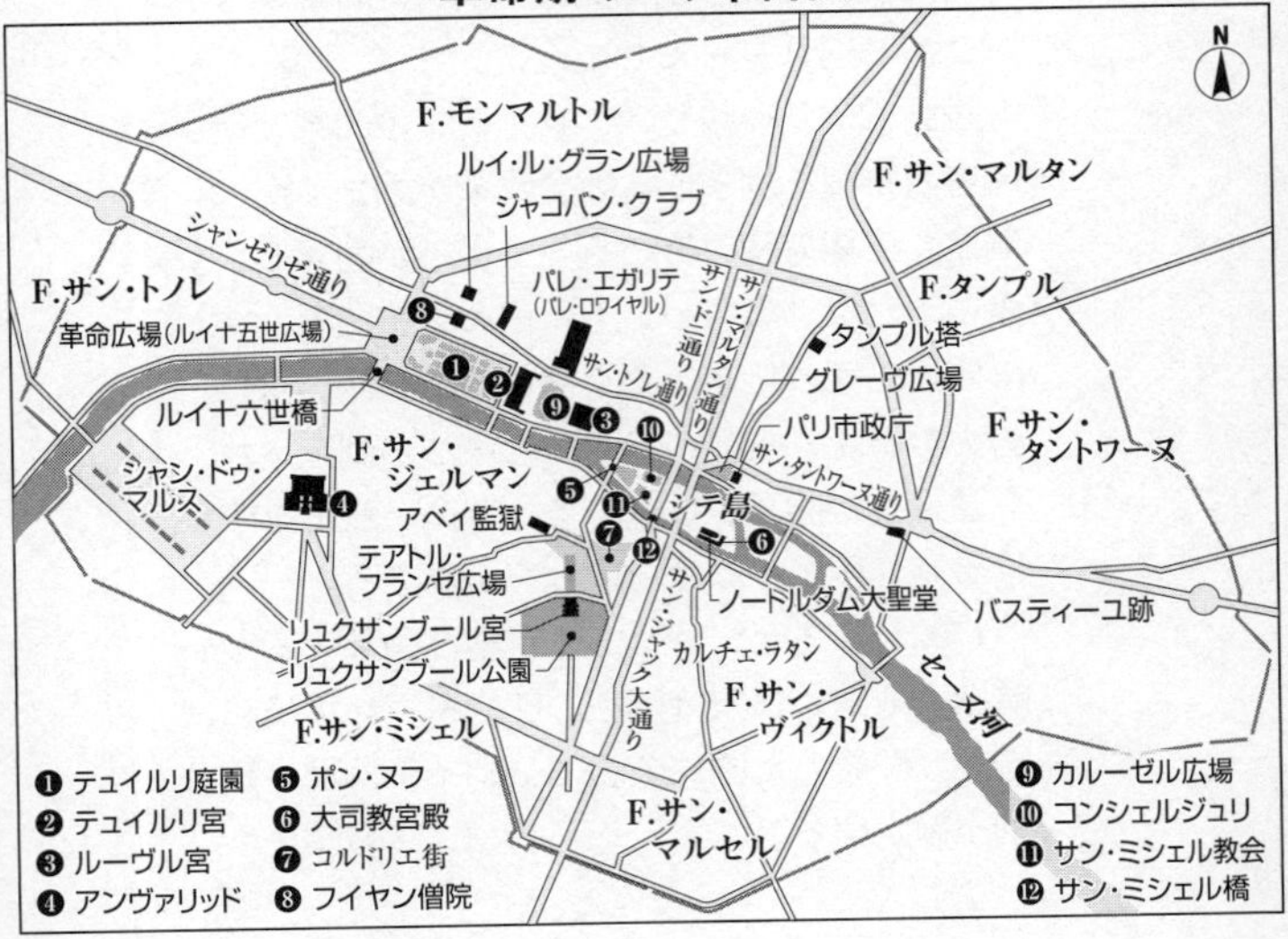

N
F.モンマルトル
ルイ・ル・グラン広場
ジャコバン・クラブ
F.サン・マルタン
シャンゼリゼ通り
パレ・エガリテ
(パレ・ロワイヤル)
サン・ドニ通り
サン・マルタン通り
F.サン・トノレ
F.タンプル
革命広場(ルイ十五世広場)
タンプル塔
サン・トノレ通り
グレーヴ広場
ルイ十六世橋
パリ市政庁
F.サン・
タントワーヌ
F.サン・
ジェルマン
サン・タントワーヌ通り
シャン・ドゥ・
マルス
シテ島
アベイ監獄
テアトル・
フランセ広場
ノートルダム大聖堂
バスティーユ跡
サン・ジャック大通り
リュクサンブール宮
カルチェ・ラタン
リュクサンブール公園
F.サン・
ヴィクトル
セーヌ河
F.サン・ミシェル
F.サン・
マルセル
❶ テュイルリ庭園
❷ テュイルリ宮
❸ ルーヴル宮
❹ アンヴァリッド
❺ ポン・ヌフ
❻ 大司教宮殿
❼ コルドリエ街
❽ フイヤン僧院
❾ カルーゼル広場
❿ コンシェルジュリ
⓫ サン・ミシェル教会
⓬ サン・ミシェル橋

＊主要登場人物＊

エベール　新聞発行人。パリ市の第二助役
マラ　新聞発行人。国民公会議員
デムーラン　新聞発行人。国民公会議員
ダントン　国民公会議員。元法務大臣
ロベスピエール　ジャコバン・クラブ代表。国民公会議員
ロラン　元内務大臣
ロラン夫人　ロランの妻。サロンを営む
ビュゾ　国民公会議員。ロラン夫人の恋人
ブリソ　新聞発行人。国民公会議員
ペティオン　国民公会議員。初代議長
ヴェルニョー　国民公会議員。ジロンド派の論客
デュムーリエ　フランス共和国軍の司令官
フーキエ・タンヴィル　革命裁判所の訴追検事
サンテール　国民衛兵隊司令官
ショーメット　パリ市の第一助役
ルイ十六世　元フランス国王。1793年１月21日、死刑に

Ceux qui vous font plus de mal que les accapareurs,
ce sont les Brissotins et les Rolandiers;
foutez-leur la danse,
et je vous réponds que ça ira à la fin, foutre!

「買い占め人より何倍も悪事を働いているのは、
ブリソ派だし、ロラン派なんだ。
奴らを踊らせておけ。
そうすれば、じきうまくいくこと請け合いだぜ、くそったれ」
(エベール　1793年2月『デュシェーヌ親爺』209号より)

サン・キュロットの暴走

小説フランス革命13

1――暴動

「どうしたもんかな、くそったれ《フートル》」

　心のなかで吐いたつもりが、ついつい声に出てしまう。よくよく考え、それから外に出すのでなく、ひとつ言葉を思いついたが最後で、「ただ屁《へ》をしたつもりが、糞《くそ》になる」というのが、ジャック・ルネ・エベールという男だった。

「土台の品《しな》が下《くだ》るんだから、どうしようもねえや」

　そんな調子で、本人からして悪びれない。ああ、言葉を選ぶなんて上品な真似《まね》は、所《しょ》詮《せん》は恵まれた人間のすることだぜ。いちいち篩《ふるい》にかけるのは、後生大事《ごしょうだいじ》に守りたいものがあるからなんで、なくして困るものもない身にして、そんな面倒くさい手間を誰が好んでかけるってんだい。

　さらにエベールは思う。隠さないなら、下品になるのは当然だと。言葉が粗野になったり、振る舞いが乱暴になったりするのは、貧乏人の常なのだと。いや、なべて人間なんてのは、根っこのところは下品で、粗野で、乱暴で、つまるところは誰だって、ぷんぷん臭《にお》うもんじゃねえのかよ。

「てえことは、この俺《おれ》っちも同類なわけで……」

ぶつぶつと続けるばかりで、なにをするわけでもない。四角四面の役人顔を五人も従え、こちらには仕事を急《せ》かすような素ぶりもあるのに、エベールときたら腕組みを決めこんだまま、ただ路傍に立ち尽くしているだけだった。だから、ああ、ツンと酸っぱい臭いが、また鼻先をかすめていきやがった。くせえ。ほんとに、くせえ。こいつら、風《ふ》呂《ろ》ってものに一度でも入ったことがあるんだろうか。裸になるのはナニするときだけって了見じゃあ、そのうちナニもさせてもらえなくならねえか。

「いや、臭うほうが、かえって燃えたりしてな」

いひひ、ひひと下卑《げび》た笑いまで嚙《か》みながら、やはりエベールはなにもしない。せいぜいが、ふと思い出したような感じで、形ばかりの注意を与えるくらいのものだ。目の前を駆けていく男女というのが他でもない、親愛なるパリジャン、パリジェンヌだったからだ。

「てえか、ここまで薄汚くなっちまうと、パリジャンも、なおのことパリジェンヌも、あったもんじゃねえぜ、くそったれ」

実際、貧乏風体《ふうてい》が多かった。ああ、みすぼらしい連中さ。正直いって、ぼろ雑巾《ぞうきん》が歩いてるのかと思ったぜ。いや、着るもんだけじゃねえ。虎《と》の子《こ》の中身も痩《や》せて、棒切れみたいに貧相になっちまって、そんなんだから、もしや亡霊まで落ち着き先の墓場を抜けて、パリの小路をフラフラし始めたかと、少しビビっちまったくらいだ。

「亡霊にしては元気があらあとも驚いたが、ひへへ、元気も出るはずで、久方ぶりの食い物にありついたって話かい」

もくもく上がる煙からして、うまそうだった。パン屋の竈《かまど》から立ち上《のぼ》る煙だったからだ。焼き上がったばかりの、手で触れればまだ火傷《やけど》しそうなパンを両脇《りょうわき》に抱えながら、なかから出てくる顔、顔、顔、その嬉《うれ》しそうな様子ときたらないのだ。

反対にパン屋は泣き出しそうだった。いや、もう泣いている。悲しいとか、悔しいとかいう以前に、じんじん痛くてならないのだろう。煉瓦色《れんがいろ》に腫《は》れた頬《ほお》は、恐らくは拳骨《げんこつ》で打ち据えられたものだろう。

「ああ、痛い目みたくなかったら、おとなしくパンを焼きやがれ」

また小突かれながら、店舗に押し戻される。また無理にも粉を捏《こ》ねさせられる。問答無用にパン焼き竈に並べさせられる。その建物の奥からは、バンとか、ガンとか、ガチャンとか、盛大な音までが洩《も》れている。いや、通りに面した表でも、外された戸板が寝そべり、陳列棚が放り投げられ、割られた硝子《ガラス》の破片が無数に散らばっている。まさに、なにごとが起きたのかと思うほどだ。

実際のところ、事件だった。パン屋はパリジャン、パリジェンヌというよりも、はっきり人変わりして、今や暴徒と呼ばれるべき輩《やから》たちに、襲われてしまったのだ。

一七九三年二月二十五日、パリの巷《ちまた》に起きていたのは食糧暴動だった。

「我ら庶民、サン・キュロット（半ズボンなし）を悩ませるのは、いつだって不景気というわけよ」

そうエベールがまとめるだけ、今に始まる話ではなかった。そりゃ、そうだ。財政難だし、戦争だし、おまけに植民地は反乱を起こしてるしで、しみったれな物不足とくそったれな物価高は去年の春から変わってねえ。便所紙にしかならねえぞって、庶民の声は聞こえてるはずなのに、あの馬鹿みたいなアッシニャ紙幣は、増発、また増発で、もう経済そのものが下痢便みてえに、グチャグチャになってるんだ。

とはいえ、その不景気もエベールの観察によれば、いったんは落ち着いていた。一七九二年の春先こそ深刻だったものの、物不足も物価高も夏から秋にかけては、一段落ついた格好だったのだ。

それが冬に入る頃《ころ》には、また様子が怪しくなった。九三年に入るや、いよいよ物価高騰《こうとう》に転じた。それも異常なくらいの急激な高騰だった。

わけても殺人的だったのが、砂糖と蠟燭《ろうそく》と石鹸《せっけん》だ。二十スーの砂糖が五十スーに、十二スーの蠟燭が二十スーに、十四スーの石鹸が二十二スーに、それぞれ一気に跳ね上がるという、すでにして五割増し以上の高騰ぶりなのだ。

「てえことは、やっぱり亡霊がウロウロしていやがんのか」

迷信深く、影形のないものを恐れる半面で、目の前のことしかみえないというのも、また庶民ということか。パリの巷では、この不景気はルイ十六世の呪《のろ》いだともいわれていた。殺されたフランス王が、その無念を晴らすために亡霊になりながら、なおフランス人を苦しめているというのだ。

だからといって、日々の苦しさを我慢できるわけではない。王を殺すことに決めた当の議員たちが、なにかしてくれるわけでもない。

「暴動だって起こすぜ、こんな調子じゃあ」

最初は二月二十三日、一昨日《おととい》の土曜日だった。動いたのは庶民も庶民、パリの働く女たちの一団だ。セーヌ河の水辺でいつもジャブジャブやっている、例の洗濯女たちの話であり、石鹸、それに灰汁《あく》から糊《のり》から青粉から、なにからなにまで高くて高くて、ほとんど商売になりゃあしないと、国民公会《コンヴァンシオン》に押し入りながら、善処の陳情を寄せたのだ。

小さな暴動も起きた。去年は「砂糖暴動」だったが、今年は「石鹸暴動」かと茶化して流す向きもあったが、そのときからエベールは笑えなかった。だって、ひどい下痢便なんだぜ。いったんもよおしたが最後で、途中で止められるもんじゃねえ。

案の定でパリは今日二十五日になって爆発した。

始まりは朝の十時、ロンバール区、アル区、グラヴィリエ区という、パリ右岸のサン・ドニ通りを挟む都心の商業地区だった。

実は物はあるんじゃないか、買い占めて値段を吊《つ》り上げている輩がいるんじゃないかとは、かねて巷でさかんに論じられてきたところである。臭いと目された大商人、わけても卸売の商家が軒を並べているのが、そのサン・ドニ通りというわけだった。

「ところが、そこで止まる下痢じゃねえ。そのまま、あっちこっちに垂れ流しよ」

十時半より前には、もうメゾン・コミューン区に飛び火した。正午にプラス・デ・フェデレ区、午後二時にアルスナル区、三時にドロワ・ドゥ・ロム区、三時半にキャンズ・ヴァン区、四時にモントルイユ区とマレ区といった感じで、暴動の炎は周辺の街区《セクシオン》をみる間に覆い尽くしてしまったのだ。

いや、北のほうでも二時半には、アミ・ドゥ・ラ・パトリ区に暴徒が湧《わ》いて出たと聞く。そろそろ五時になろうとしているが、ボンディ区とモン・ブラン区にも不穏な気配が認められると、またぞろ嫌な報告が入っている。

西部でも、二時半にガルド・フランセーズ区、四時にルーヴル区と火の手が上がり、同じくビュット・デ・ムーラン区、テュイルリ区、レピュブリーク区も怪しいらしい。

もはや火事はセーヌの水でも消せないらしく、パリ左岸のほうでもフォンテーヌ・ドゥ・グルネル区あたりは、かなり煙たくなっているようだった。

エベールが居合わせたのは、暴動の震源地というべきグラヴィリエ区だった。

「値段を下げろ」

それがサン・キュロットの叫びだった。ああ、金を払わねえとはいってねえ。ただ、あんたら、高く売りすぎなんだよ。仕入れ値が高いとか、人件費も嵩《かさ》んでいるとか、もう言い訳なんか聞かねえぞ。物には物なりの、あるべき値段てものがあるんだ。

「これからは俺たちの決めた値段で売れ」

わかったかと念押ししながら、店主の顔を殴りつける。いや、はじめのうちは暴力など振るわなかったし、また口上通りに金も払った。自分たちの決めた値段ということで、市価の半値、あるいは四割程度でしかなかったとはいえ、きちんと代金を払ったのだ。

――それも今じゃあ……。

煙たい、煙たいと思っていれば、もうパンを焼いている香ばしい煙ではなかった。建物に文字通りの火が上がり、めらめら紅蓮《ぐれん》の炎が踊れば、もくもく黒煙も天をめざす。家主と思《おぼ》しき中年男が石畳に膝《ひざ》を落とし、嘆きの叫びを上げているからには、放火されたということらしい。

「待てや、泥棒」

声の鋭さに振り向けば、鼻先を抜けていく悪臭も、今度は勢いが別物だった。見送るエベールからみても、脇に大物を抱えているのがわかった。追いかけるほうも、目の色を変えて走るはずで、ありゃあ、本当に高そうな壺《つぼ》だ。桃色だの、黄緑だの、ちょっとみない彩色も施されて、もしやセーヴル焼とかいう代物《しろもの》か。

と思えば、こちらでは大きな鹿《しか》の腿肉《ももにく》を、ゆうゆう担《かつ》いでいく男がいる。あちらでは左右で十本の指という指を広げながら、そこに目一杯に嵌《は》められた指輪を眺めて、うっとり悦に入るという女が、おかみさん、いくらなんでも無理があるよという科《しな》の作り方で、しゃなりしゃなりと歩いていく。

――で、そいつらも盗んできたものなんだろう。

もう食べ物だけではない。いや、そもそもの食べ物も含めて、行われていたのは明らかな略奪だった。もちろん、犯罪だ。もちろん、許されざる振る舞いだ。それが証拠にピイイと甲高い音で、警笛の響きまでが縦横に貫かれる。

「いや、こいつらを鎮めるには、もう発砲するしかないぞ」

そう声をかけられて、エベールは頭《こうべ》を巡らせた。パリ国民衛兵隊の制服が、綺麗な白馬を寄せてきたところだった。

鞍上《あんじょう》に背筋を伸ばしている分には、暴動も全体の情勢というものが、手に取るようにわかるのだろう。あげくに弾《はじ》き出された結論が、発砲という最後の手段だったのだろう。が、自分の足で地面を踏みしめていれば、みえるものは自《おの》ずと違う。ああ、さすがにデケえな、馬のチンポコは。

ぼそぼそ小声でやってから、エベールは顔を上げた。まあ、俺っちも威嚇《いかく》射撃くらいは悪かないと思うぜ。どうだ、一発ぶちこんでやろうか、ひいひい泣かせてもらいてえかって、そういう脅《おど》しの意味での発砲だ。

「けどよ。それにしたって、のべつまくなしはじくってのは、いくらか年甲斐《としがい》のない話じゃねえか、サンテールさん」

そう名前を呼んだ相手は、国民衛兵隊の司令官だった。

ラ・ファイエット侯爵《こうしゃく》、マンダ侯爵と受け継がれた要職に、三人目として就《つ》いた男だが、サンテールは根っからの軍人というわけでも、貴族の生まれというわけでもなかった。相応の貫禄《かんろく》を示すというのは、本来が麦酒《ビエール》醸造会社の経営者で、つまりは大ブルジョワだからだが、それはそれだ。

「実際のところ、それほどデカいわけじゃないだろ、あんた自身は」

サンテールも市井《しせい》の革命家にすぎなかった。一七八九年七月十四日、あのバスティーユ襲撃に居合わせたことをきっかけに政治に興味を持つようになり、ジャコバン・クラブやコルドリエ・クラブに出入りしているうちに、一七九二年八月十日を迎えたのだ。

サンテールは蜂起《ほうき》の実動部隊のひとつを率いていた。渦中、パリ市政庁のほうで国民衛兵隊司令官マンダが殺されたと知らされ、すぐさま後釜《あとがま》を称したのだ。それが蜂起の成功で、そのまま認められただけだ。

「いくら白馬を乗り回してても、そのへん忘れちまったわけじゃねえだろうって、そう聞いてんだ、サンテールさんよ」

サンテールは怪訝《けげん》そうな顔だった。まったく、要領を得ない男だな。そうこぼしてから、先を続けた。とにかくだ、エベール。

「このままじゃ、職務を果たすことができない。発砲は許可してくれるんだな」

「許可とかなんとかいわれても、俺っち、国民衛兵隊の司令官じゃねえし」

「衛兵に発砲を命令するのは、確かに司令官である私に与えられた権限だ。が、そもそもはパリ市の要請で出動しているんだ。発砲に及ぶか及ばないかは、当局の判断だろう」

「そんなもんかねえ」

「そんなもんかねえ、じゃないぞ。なにもしないというなら、エベール、君にしたって現場に急行してきた意味がないじゃないか」

「ちょっと行ってこいっていわれたから、来てみただけの話だぜ」

「そりゃあ、出馬を命じられるだろう、君はパリ市の第二助役なわけだからな」

「第二助役か。そうなんだよなあ、くそったれ」

エベールはエベールで、綺麗に忘れたわけではなかった。それまた昨年八月十日の結果だった。

2――サン・キュロットの魂

あの政変をきっかけに、パリ市政庁も総いれかえになった。蜂起《ほうき》のパリ自治委員会が成立したし、市政評議会の議員選挙も行われた。

執政のほうも一新されることになった。第二助役ダントンが国のほうで法務大臣になり、また国民公会《コンヴァンシオン》が新たに召集されると、ペティオン市長だの、マヌエル第一助役だのも、議員になってしまったからだ。

パリ市長は何度か交代して、今は陸軍大臣から転じたジャン・ニコラ・パーシュである。四十七歳の真面目な能吏で、それだけにロランなどとは気が合ったらしいのだが、その真面目もすぎて、デュムーリエとはぶつかるわ、ジロンド派とは不仲になるわで、二月四日に大臣辞職を余儀なくされたのだ。

が、それが気に入ったと、一転ロベスピエールに支持されるわ、ジャコバン・クラブに推薦されるわ、なかんずくパリの大衆の心をつかむわで、投票総数一万五千百九十一票のうち、一万千八百八十一票を獲得するという圧勝で、二月十一日に市長に就任したという運びである。

第一助役には、ピエール・ガスパール・ショーメットが就《つ》くことになった。コルドリエ・クラブの活動家で、八月十日の蜂起にも大きな役割を演じたことで、マヌエルの後任に抜擢された。他方でダントンの後釜《あとがま》、第二助役に選ばれたのがエベールなのだ。やはりコルドリエ・クラブの活動家でやはり蜂起に参加したからだが、それだけといえば、またしても、それだけの話である。

「もしか偉そうな顔してたかもしれませんが、なにを隠そう、俺《おれ》っちエベール、今も糞《くそ》がこびりついたままなんで、ケツの穴が強烈に臭くってね」

「悪いが、エベール、今度も意味がわからない」

「暴動の連中と変わらねえって意味さ」

「だから、銃は向けられないと。それなら、はじめから、そういいたまえ」

「そんな糞もしてねえような台詞《せりふ》を吐いたら、サン・キュロットの魂に悖《もと》るよ」

「排便は関係あるまい」

「だったら、ケツの穴みたいに皺《しわ》のよった、この猿面《さるづら》をみてくれや」

股《また》ぐらの縮れ毛よりも薄くなった、この前髪の淋《さび》しさをみてくれや。こんなんで俺っち、まだ三十五でしかねえっていうんだぜ。そう一気に捲《まく》し立て、要するに自分は苦労人なのだと、貧乏も下《げ》の下《げ》の出なのだと、それがエベールの言い分だった。

かねて第三身分として、一括《ひとくく》りにされてきた。今や誰もが平等な市民なのだともいう。が、サンテールのような金持ちブルジョワでもなければ、ダントンのような弁護士の出身でもないのだ。

いや、父親という男は、いくらか羽振りがよかったようだ。学校に行かせられなかったわけでもなく、故郷のアランソンでは寄宿学校にいたこともある。その父親がエベールが十になるかならないかのうちに死んだのだ。母子家庭の貧しい暮らしの始まりというわけで、仕事を探してパリに出てきてからも、セーヌ河岸《かし》の日雇いとして働いたり、モーベール広場で使い走りをしたりと、苦労の連続だったのだ。

——ひもじさはわかってらあ。

エベールの場合、サン・キュロットへの共感は感傷的な理想論ではなく、また人権思想の論理的帰結でもなく、ひたすらな実感が第一だった。ああ、ひもじいってのは嫌なもんだよ。腹が減るっていうのは、腹が立つことなんだよ。ぐうぐう胃袋が鳴るほど、自分が情けなくってさ。みじめだとも思うほど、被害妄想がしつこくなってさ。最後は世のなか全部を恨んで、怒りをぶつけないじゃあいられなくなるんだよ。

荒れていた一頃《ひところ》のことは、今となっては思い出したくもない。ようやくありついた仕事らしい仕事というのが、ヴァリエテ座の入口に立つ切符のもぎりだった。

これまた下働きで、使い走りのような真似《まね》までこなさなければならなかったが、それが奇妙な縁を開いた。刷り上がった台本を取りに行くうち、親しくなったのがコルドリエ街の印刷屋モモロだったのだ。

政治にも関心ありという人物だった。そのうち革命が起きたのだから、エベールも無関心ではいられなくなった。モモロの紹介で、コルドリエ・クラブに出入りするようにもなった。ジョルジュ・ジャック・ダントンだの、カミーユ・デムーランだの、ファーブル・デグランティーヌだの、そこで増やした仲間たちに誘われるまま、あれやこれやの活動にも加わるようになった。

「俺っち、シャン・ドゥ・マルスにも行きましたしね」

と、エベールは続けた。サンテールのほうはハッとした顔になった。急ぎ言葉を足そうとしたが、やはりというか、言い訳めかずにおかなかった。

「一七九一年七月十七日、あの日曜日の署名運動にならば、私だって参加した。たまさかシャン・ドゥ・マルスには居合わせなかったが、確かに同志だったのだ。民衆を鎮圧する側に回るのでは、それこそ自己否定になるといいたいのかもしれないが、だとしたら心外だぞ、エベール。ラ・ファイエットの弾圧なんかと一緒にしてもらいたくはない」

「さすがに一緒には考えてねえよ。はん、ラ・ファイエットのくそったれ、むきになって発砲するだなんて、僕はイチモツが小さいですって、白状したようなもんだったからな」

「あの『両世界の英雄』は、実は臆病者《おくびょうもの》だったといいたいのかね。いや、発砲そのものが、臆病者の仕業《しわざ》なのだと。しかし、エベール、なにも私は臆病から提案しているわけでは……」

「臆病になろうぜ、サンテールさん」

と、エベールは続けた。ああ、いい加減で怖いものを知ろうぜ。どれだけ臭い、くそったれであったとしても、今や民衆より怖いものはないんだ。

「一七八九年七月十四日も、一七九二年八月十日も、ぜんぶ民衆がやったんだ」

「しかし、それとこれとは話が別だろう」

みたまえ、とサンテールは促した。連中が襲っているのは、バスティーユ要塞《ようさい》かね。あの扉が叩《たた》き壊された店屋は、テュイルリ宮殿だとでもいうつもりかね。

「あそこで殴られている御仁《ごじん》、ああ、そうだ、あの小太りの紳士にしても、ルイ十六世じゃないだろう」

「…………」

「まるで話が違うんだよ。我々が取り組んできたのは、政治的な運動なんだよ。今回の暴動というのは、専《もっぱ》ら経済的な動機に根ざしたものであって……」

「経済的な動機だなんて、そんな難しい言葉を連中は知らねえぜ」

「人間てのは、いつだって、飲みてえ、食いてえ、ヤりてえ、糞してえさ。政治だって、経済だって、つきつめれば飲みてえ、食いてえ、ヤりてえ、糞してえじゃねえのか」

「馬鹿な……。そんな短絡的な運動ではなかった。我々は人権宣言の理想に準じて……」

「一七八九年七月十四日には、人権宣言なんてなかったぜ」

「……………」

「くそったれな略奪だって、きちんと起きた。みんな、ひもじかったんだよ、あんときだって」

「一七八九年七月十四日は、ああ、そうかもしれない。が、少なくとも一七九二年八月十日は、自覚的な行動だったぞ」

「この一七九三年にも自覚くらいあるぜ。実際、ほら、あいつらなりに、きちんと理屈を唱えてらあ」

いいながら、エベールはしゃくるような顎《あご》の動きを馬上に向けた。サン・ドニ通りの沿道で、ひとりの男が話していた。踏み台を大きく細工したような持ち運び式の演壇に上がりながら、項《うなじ》から左右の耳の上だけ髪が残って、あとは剝《む》き卵のような禿《は》げ頭を突き出し突き出し、大きく声を張り上げている者がいたのだ。ああ、みんな、持ってゆけ、持ってゆけ。


「しかし……」

「店屋などという輩《やから》は、かなり前から相当な高値にして、我々に売りつけていたのだ。今回いくらか持っていかれたとしても、それは不当に分捕《ぶんど》っていたものを人民に返したというだけにすぎない」

ぶんぶん振り回すような手ぶりが迫力満点なのは、だぶついた袖《そで》が大きな音で風を鳴らしているせいだったかもしれない。それは僧服の男だった。

サン・ニコラ・デ・シャン教会の助祭で、名前はジャック・ルー。管轄の教区でもあるグラヴィリエ区は、パリ屈指の貧民街であり、そこを根城に売り出し中のルーは、一応はパリ自治委員会で市政評議会議員の席を占めている。が、それとしての活動で有名になったわけではない。

「あれは激昂《アンラジエ》派じゃないか」

そう受けたとき、サンテールの声にはありありと非難の響きがあった。

激昂派といって、元来は怒り興奮している輩を茶化すくらいの言葉だった。それが議会にいう「極左」の意味に転じたのは、革新も先鋭的な立場の議員となると、いつもいつもというくらいに義憤に駆られていたからだろう。

かつては貴族が愛国派をそう呼んでいたし、その後はフイヤン派が、さらに続けてジロンド派が、ジャコバン派やコルドリエ・クラブの面々を指すのに同じ語を用いていた。それが今や固有名詞になったのだ。

食糧問題の発生と時を同じくする、昨年の春だった。ひもじさに堪えかねて、パリの巷《ちまた》に激昂《げっこう》する輩が現れた。少ない砂糖を奪い合い、あるいはパン屋に詰め寄り、ときには問屋まで襲い、なかんずく過激だったのが、買い占めを進めて物価を吊《つ》り上げる投機家は、ただちに死刑に処するべしと叫んで、鬱憤《うっぷん》を溜《た》めに溜めた世間を大いに沸かせた一派だった。

もちろん、聞くほうは半ば冗談として受け取った。その言葉を大声に出すことで、刹《せつ》那《な》気分をすっきりさせようとすることはあれ、ほとんど本気にしなかった。

ために激昂派の呼び名がある。左派にしても本流から外れているとみなされたわけだが、みたようなグラヴィリエ区の助祭ジャック・ルー、さらにドロワ・ドゥ・ロム区の郵便局員ジャン・フランソワ・ヴァルレだのは、自らの街区《セクシオン》を根城に地道な活動を続けたのだ。

買い占め人を死刑にしろ。政府は物価を統制しろ。生活必需品は公定価格にしろ。支払いは貨幣でなく、アッシニャ紙幣でするように強制しろ。つまるところ、自由経済を許すな。そうやって極端な主張を叫びながら、喧嘩《けんか》腰《ごし》の勢いで議会に迫り、あるいは市政庁に抗議しとやることで、連中は激昂派の名前を独占するようになったのだ。

――国民公会まで専制君主呼ばわりだったもんな。

皆に呆《あき》れられていた。その激昂派が一七九三年に入るや、未曾《みぞ》有《う》の不景気に乗じて、それなりの支持を獲得するようになった。

もはや一部の街区で支持されているだけではない。激昂派の主張は、パリ全土で耳を傾けられるようになっていた。ショコラ製造会社のはねっかえり娘ポリーヌ・レオン、女優出身のクレール・ラコンブなど、日々の生活のことなら誰より私たちだろうと張りきる、一部の女性活動家とも提携を強めて、今や無視できない勢力なのだ。

こたびの暴動にしても、その発端が洗濯女だったというのは偶然ではない。

「それにエベール、まさか君まで……」

「さて、ねえ」

そうやって、エベールは肩を竦《すく》めてみせた。が、ブルジョワまがいの気取った身ぶりで、話をはぐらかしたのだと思い返せば、腹の底から噴き上がる歯がゆさで、もう言葉も出なくなる。

忸怩《じくじ》たる思いはあった。ああ、貧乏の辛《つら》さはわかる。俺っちにはわかるんだが、激昂派の出鱈目《でたらめ》も認められねえ。あいつらの理屈じゃあ世のなかは立ち行かないから、どうでも認めるわけにはいかねえ。今は買い占め人どころじゃねえとも思えば、耳すら貸してやりたくもねえ。それでも俺っちには、わかるんだ。貧乏人の怒りは他人事《ひとごと》じゃねえからだ。だから、なんてことだ、くそったれ。

「おい、デュシェーヌ親爺《おやじ》」

そう声をかけてくる者がいた。サンテールではない。サンテールなら、きちんと名前で呼びかける。その部下の国民衛兵でもなければ、自分のほうに付いてきた市政庁の役人でもない。

声は暴徒のなかからだった。鎮圧に出てきた輩が居並んでいるというのに、恐れることなく近づいてくるのは、たぶん自分がいるからだともエベールは疑わなかった。

現に親しげな態度を示す暴徒は、まるで跡を絶たなかった。「デュシェーヌ親爺」の名前で呼んで、少しも構える風がないのだ。

「おお、次の号も楽しみにしてるからな、デュシェーヌ親爺」

「ああ、今日の俺たちの活躍だって、きっちり書いてくれよ。デュシェーヌ親爺十八番《おはこ》の、例の〝くそったれ調〟でよ」

「そうだ、そうだ、あんたの〝くそったれ調〟を読まないじゃあ、パリの一日は始まらねえって寸法だ」

「そうなんだよなあ、くそったれ」

そう受けたことで踏ん切りがついたように、エベールは踵《きびす》を返した。てことだから、サンテールさん、あとは頼んだ。まあ、適当にやってくれ。これで俺っちも、なかなか忙しい身体《からだ》なんだ。今日の原稿を書かないとならないんだ。ああ、パリ市の第二助役なんか、くそったれだ。俺っちの本業は新聞屋だ。

3――マラになりたい

実際のところ、エベールの『デュシェーヌ親爺《おやじ》』は、パリで二百紙を超えるなかで最も知られた新聞のひとつだった。

「四角い顔の、ずんぐり野郎。右左《みぎひだり》と大髭《おおひげ》ふたつ。葉っぱを燃やす煙管《キセル》は細いが、モクモクと吐き出し続けの口はデカい。その昔は軍隊にいて、無駄口たたかず、敵を恐れず。惜しくも怪我《けが》して、外の敵とは戦えなくなっちまったが、それだったら羽根ペンを大砲に、文房具箱を臼砲《きゅうほう》にみたてながら、今度は内の敵と戦うことを考えた。誰が許せねえかって、暴君と人民の敵が大嫌い。怒らせたら、そりゃあ怖い男なんだが、その実の気は優しい。女房もいるし、家じゃあ子供たちの父親だ」

というようなパリに暮らすサン・キュロット、デュシェーヌ親爺という架空の人物が、気取らない、ことによると砕けすぎた、いや、はっきりいえば下品な言葉遣いで、バサバサ世相を切って捨てる。

「デュシェーヌ小母《おば》さん」こと妻のジャクリーヌ、相棒マテューにラ・ピーク将軍、おひとよしのジェラールに腹黒工兵ロシェと、出てくる仲間とのかけあいも楽しいと、かかる斬新《ざんしん》な手法が受けて、わけても庶民の間では絶大な人気がある。

──上品な向きには、あるいは白眼視されてるかも。

そう自覚がありながら、エベールは知ったことかと考えていた。

だいいちに、金持ちだとか、知識人だとか、そうした人間のためには、そうした人間のために書かれた、また別な新聞がある。ブリソの『フランスの愛国者』であるとか、プリュドムの『パリの革命』であるとか、ラクルテルの『討論日報』であるとか。仲間内の仕事を挙げても、デムーランとフレロンの『愛国者の発言席』などは立派なものだ。ところが、なのだ。

──俺《おれ》っちにいわせると、なんだか嘘《うそ》っぽくてならねえ。

別な言い方をすれば、なんだか作り物めいている。人間が語っているというより、操り人形がお決まりの台詞《せりふ》を回している感じで、つまるところ命がない。

──どっこい、俺っちの新聞は生きてるぜ。

胸を張るのは他でもない。その親しまれ方ときたら、実際に生きているエベール本人と、架空の人物でしかないデュシェーヌ親爺が、ほとんど同一視されているほどだった。作り物とは、思われていないということだ。大半の読者は親爺は生きているとして、疑うことすらしないのだ。

少なくとも綽名《あだな》としては通用し、もう誰に間違えられることもない。であれば、エベールの宿願も、半ば果たされたことになるか。

――俺っちもマラみてえになりてえや、くそったれ。

それが始まりの言葉だった。いわずと知れた名物男、かのジャン・ポール・マラも『人民の友』という、その新聞の名前で大衆に親しまれている男だった。いや、単に親しまれているだけではない。発言の影響力たるや、まさに爆発的だった。

マラが書けば、人々は必ず動く。あまりの世論の激し方に、いつも議会は大慌てだ。名指しされたうえで、容赦ない毒舌の餌食《えじき》にされて、大物議員は歯嚙《はが》みしながら悔しがる。

あげくにマラは告発される。逮捕され、あるいは逃れるために外国に亡命し、地下に潜伏したことも数知れず、ところが、そうした逸話のことごとくが、『人民の友』が『人民の友』たる所以《ゆえん》であり、燦然《さんぜん》と輝く勲章に他ならないのである。

――まったく痺《しび》れるぜ、くそったれ。

エベールは憧《あこが》れずにはいられなかった。

コルドリエ・クラブに出入りしていたといって、特に親しいわけではなかった。顔馴《かおな》染《じみ》だし、会えば挨拶《あいさつ》もするのだが、それ以上の親交はない。

もとよりマラは変人であり、どこの誰と、どう懇意になるでもなかった。ときに無視されているのかと思うほど、そっけない態度で通されたが、それもマラの話であれば特に気になるでもなかった。

一方的な感情なのだと承知しながら、だからこそ最初に抱《いだ》いた素直な敬意で意識し続けることができた。老け顔のエベールとしては、マラが十四歳も上なところも、安心して傾倒できる材料だ。

自分で新聞を始めたのは三年前の一七九〇年、当座の感覚としては新聞急増の時流に乗ったままでだったが、今にして思えば、そのときからマラに影響された面があったのかもしれない。ああ、そうだ。俺っちなんか、本当なら物を書く人間じゃねえ。柄にもねえ真似《まね》を始めたっていうのは、やっぱりマラみたく世のなかを動かしてみたかったからだ。そういう動かし方もあるんだって、ひどく興奮しちまったからなんだ。

いずれにせよ、それがエベールの転機だった。いざ始めてみれば、新聞は思いのほかに、うまくいった。がちがちに構えて手がけた仕事でなく、駄目で元々くらいの気分が功を奏したのか、好き放題に書けば書くほど、その奔放にして露悪的、大胆にして悪趣味でさえある筆致が庶民の共感を呼ぶところとなり、たちまち売り上げを伸ばしたのだ。

人気だけでいえば、今や『デュシェーヌ親爺』は『人民の友』と、それを二分するところまで来ている。

——いや、さすがマラには、俺っちなんかとは比べられない学がある。

そう先達《せんだつ》の美質を認めて、エベールには今でも並んだなどという安易な満足はなかった。同じように暴言として響いても、実はマラのいうことは随分と高尚だった。そこはマラもブルジョワであり、加えるに「超」がつくくらいのインテリなのだ。

——つまりは『人民の友』なんで、『人民』そのものじゃねえ。

そのものが『デュシェーヌ親爺』で、つまりは俺っちだ。マラは頭で書いているし、俺っちは身体《からだ》で書いている。マラの言葉が理屈なら、俺っちの言葉は直感だ。そうした区別はありながら、なおエベールはマラに対して、憧れと共感の気持ちを禁じることができないのだ。ああ、変な保身がないところは、共通している。『人民の友』にも弁が走りすぎる嫌いは否《いな》めないが、それでも最後の一線は決して越えない。デムーランがうまいことといったように、「マラが投げかけるものを越えれば、あとは妄想と箆棒《べらぼう》な逸脱しかありえない」のであり、その意味では人民に先んじることで、その野放図な空想に歯止めをかけているともいえる。

——だから、拍手喝采《はくしゅかっさい》される。

だから、慕われる。だから、民衆と常に歩みを一《いっ》にできる。というより、人々のほうがおいていかれたくないとして、いつもマラを追いかける。

二月二十五日の食糧暴動も例外ではなかった。

「不正な横領を正したければ、いくつか商店を略奪すればいいのだ。その軒先に買い占め人を吊《つ》るしてやれば、一挙に解決というわけさ」

二月六日付の『フランス共和国日報』に掲載された一文である。『フランス共和国日報』というのは昨年九月二十一日、国民公会《コンヴァンシオン》の開幕を機に『人民の友』から改名されたマラの新しい新聞のことだ。

口角泡飛ばす激昂《アンラジエ》派に、あっさり煽動《せんどう》されたからだけではない。パリの人々が垣根を越えて、禁断の略奪行為に一歩を踏み出してしまったというのは、むしろマラも書いている、マラも勧めている、少なくともマラに許されていると、そこに一種の啓示をみたからなのだ。

――ったく、痛快きわまりねえや、くそったれ。

くそったれまでつけて、エベールが叫びたいのは、かの「変人マラ」も今や国民公会の議員先生だからである。だから、新聞の名前も変えた。にもかかわらず、保身の素ぶりは微塵《みじん》もないのだ。

お尋ね者の頃《ころ》から寸分変わらない毒舌で、今も世人《せじん》に非常識を投げかけている。そうすることで取り澄ました常識に、辛辣《しんらつ》な疑問を呈している。

――さすがだ。

同時に痛感するところ、俺っちなんか、まだまだだなと。パリの第二助役だなんて持ち上げられて、自分でも最近なんだか腰が引けてきたと思うからだ。

それじゃいけない、少なくとも筆が萎縮《いしゅく》するようではお終《しま》いだと、平素から繰り返しているのだが、そうして自戒の念を抱くということ自体が、すでに腰が引けている証拠なのだとも思う。

——仕方ねえかな、人間だもの。

そうやって、自分を大目にみることもある。ああ、地位を手に入れてしまったら、差はあれ人間は変わってしまう。大臣になったり、高官の職に就《つ》いたり、はたまた国民公会の議員になったりで、ダントンやデムーラン、ファーブル・デグランティーヌなんかも、随分と変わってしまった。

エベール流の感じ方でいえば、「やけに臭《にお》う」ようになった。いや、土台が臭い連中だったが、以前は悪臭というほどではなかった。臭うこと自体は悪ではないのだ。

ダントンたちが悪いというのは、御高《おたか》くとまるようになって、急に取り繕い始めたことだった。そのために悪いものが抜けていかず、なかに溜《た》まるようになった。しっかり閉めたはずの蓋《ふた》が、ひょんな拍子にずれて、隙間《すきま》が開いたりすると、堪《たま》らないくらいの悪臭が洩《も》れてくるようになったのだ。

便秘の糞《くそ》が強烈に臭うのと同じ理屈だ。息ができないくらいに噎《む》せてしまうのは、なかで発酵してしまうからだ。要するに、糞もしないような顔をしている奴《やつ》ほど、ただ屁《へ》をしても臭いのだ。

——やっぱり、民衆の側に立たなくちゃあ。

と、エベールは思う。自分が可愛《かわい》いのは、わかる。それでも民衆の側に立たなくちゃあ。ルーだの、ヴァルレだの、激昂派の理屈が正しいとも思わない。それでも議員とか、大臣とか、市長とか、権力の側に目が向いちまうようじゃ駄目だ。人間だから、臭うのは仕方ねえ。欲があって当然でもあるのだが……。

——いや、それじゃあ駄目なのか。

マラは臭わない男だ。マラほどじゃないにせよ、またロベスピエールも臭いが薄い。そのせいか、結果としてロベスピエールも食糧暴動を責めなかった。さすがに肯定はしなかったが、共感くらいは示して躊躇《ちゅうちょ》しなかった。

「ええ、私は人民に罪があるとはいいません。不法な襲撃だったと退けたくもない。とはいえ、人民が立ち上がるからには、つまらない品物を手に入れることより、いっそう相応《ふさわ》しい目的というものを持つべきだとは思いました」

そう明言したうえで、いくつか危惧《きぐ》も表明した。安易な暴動は反革命の輩《やから》に乗ぜられて、敵を利することにもなりかねないと。今回の暴動にしても、煽動して、わざと蛮行に走らせ、あげくに人々を断罪しようという何者かの陰謀が、背後に隠れているのではないかと。

――いいねえ。

と、エベールは思う。いや、わかる。いや、その通りだ。てえか、そっちに話を持っていくってのが、やっぱり正解なんだろう。ああ、俺っちも最近は、かえってロベスピエールに近いな。うん、うん、その線で書くしかねえだろう。たとえ事実でないとしても、大衆に伝えられるべき真実は、そこんところにあるだろう。

4――真の敵

するってえと、どうなる。エベールはペン先を舐めて始めた。

「炭焼きだの、鬘師《かつらし》だのの服を着た元侯爵《こうしやく》、魚売り女に変装した伯爵夫人、つまりルイ・カペーが葡萄酒《ぶどうしゆ》を味わえなくなった日に、野郎の赦免を願ったような連中が、郊外市場だの、レ・アル市場だの、広場市場だのに散らばって、蜂起《ほうき》しろだの、略奪も構わないだの、皆をそそのかしたってわけさ」

それが二月二十五日の真相だ。てな具合で、うまいぞ、うまいぞ。ぶつぶつ口許《くちもと》に続けながら、エベールは帳面に書き連ねる。続きを考えながら思うに、成長株と噂《うわさ》のサン・ジュストなんて若造も、歳《とし》の割には臭くねえなあと。そういえば、もう二十五日のうちに暴動支持を表明して、あの野郎も議会の顰蹙《ひんしゆく》を買っているなあと。

「てえことは、今は議会のほうが最悪に臭いんだ」

エベールは口を動かし、それから手を動かした。ああ、書くぜ。俺《おれ》っちは書いてやるぜ。やっつける相手は、わかりきってるわけだからな。

「パリ市民諸君、真の敵を知るがいいぜ。買い占め人より何倍も悪事を働いているのは、ブリソ派だし、ロラン派なんだ。奴《やつ》らを踊らせておけ。そうすれば、じきうまくいくこと請け合いだぜ、くそったれ」

実際のところ、ジロンド派だった。二月二十六日、食糧暴動の翌日に、エベールは国民公会《コンヴァンシオン》に来ていた。傍聴席に陣取りながら、『デュシェーヌ親爺《おやじ》』の原稿を書きがてら、議会の審議に耳を傾けていたところ、聞こえてきたのがジロンド派の声だったのだ。

「ええ、マラの告発動議を提出いたします。明らかに暴動を教唆《きようさ》しているからです。二月六日付の印刷物に、その一文があります。まさに動かぬ証拠です」

サル議員が口火を切った。

「不正な横領を正したければ、いくつか商店を略奪すればいいのだ。その軒先に買い占め人を吊《つ》るしてやれば、一挙に解決というわけさ」

例の文章を取り沙汰《とざた》して、マラを刑事告発したいというのだ。

エベールは思う。馬鹿な話だ。マラの影響力が決定的なのは事実として、それだから暴動が起きたなどと、直接の因果関係を証明できるはずがない。それこそ公《おおやけ》の印刷物であれば、誰が読んだか特定できるはずがない。仮に特定できたとしても、その一文を読んで、大いに溜飲《りゆういん》を下げながら、なお暴動行為には及ばなかったという向きが、大半を占めるに決まっているのだ。

それでも、ジロンド派は諦《あきら》めなかった。ボワイエ・フォンフレード議員が続いた。

「私は国民公会に宣言の採択を求めます。ええ、フランス全土に直《ただ》ちに触れられるべきです。マラは略奪を熱心に説いたと。そして昨日、その略奪が行われたのだと」

ペニエール議員にいたっては、ほとんど常軌を逸していた。

「いや、もはや常識的な措置が通用する事態ではありません。国民公会の名において、マラは狂人と認定されるべきなのです。全体保全委員会の処断において、シャラントン病院に隔離されるべきです。もちろん革命が終わるまで、そこから決して出られないよう、しっかり手続きを取りましょう」

この暴言を大真面目《おおまじめ》に援護したというのだから、バンカル議員にいたっては、すでにして笑い話の種でしかない。いえ、これはアメリカ合衆国の憲法に前例ある話なのです。

「今回のマラ氏に類する問題が発生した場合、かの国の定めによれば、第一に暫定的《ざんていてき》な議員資格の停止が通告されます。第二に然《しか》るべき施設に身柄を隔離したうえで、精神鑑定が行われるというのがアメリカの……」

「アメリカ憲法の吟味を我らに求める暇があるならば、バンカル、君こそ公に告白したまえ。僕は少し頭がおかしくなったようだと」

コロー・デルボワが飛ばした野次には、もちろん大爆笑が続いた。無理からぬ話だ。

エベールも大いに笑ったが、同時に思わないではいられなかった。無理からぬ話といえば、ジロンド派が絡んでくるのも、また無理からぬ話だろうさ、くそったれ。

――最近のジロンド派は、お粗末だ。

足並も揃《そろ》っていないし、発言の中身も拙《つたな》い。事実、一連のルイ・カペー裁判では、かなりの失態も演じた。が、だからといって、ジロンド派の政権が瓦解《がかい》したわけではなかった。その煮え切らない態度こそ、議会の中道、いわゆる平原派《プレーヌ》には心地よいものであり、消極的な支持であれ与えられ続けるうちは、フランスの政治はひとつも動かないのだ。

――無為無策こそ、ジロンド派の政治方針だってか、くそったれ。

ジロンド派は自由経済主義だった。物不足も、物価の高騰《こうとう》も、アッシニャが招いた混乱の事態さえも、自由経済さえ続けていれば、早晩勝手に解決してしまうというのが、かねてからの主張なのだ。

自由経済こそ、革命が手に入れた最大の果実。その原則を破るのでは、アンシャン・レジームに逆戻りだ。まっこう否定するのであれば、それこそ反革命だ。そう唱えて譲ろうとしないからには、買い占め人を死刑にしろ、政府は物価を統制しろ、生活必需品は公定価格にしろ、アッシニャ紙幣の使用を強制しろなどという激昂派《アンラジエ》の要求は、まさに言語道断という話になる。激昂派が煽動《せんどう》するなら、なおのこと食糧暴動など許しておけるわけがない。

「………」

エベールとて、激昂派が正しいとはいわない。が、かたわらの現実として、フランスは不幸なままなのだ。

――いや、くそったれどもは幸せだから、それで構わないってか。

いうまでもなく、自由経済で得をするのはブルジョワである。好きに儲《もう》けられるからだ。ますます金持ちになれるからだ。要するに弱肉強食の掟《おきて》であるからには、自由経済のもとでは勝者はますます勝ち誇り、敗者はますます悲嘆に暮れざるをえないのだ。

――泣くのはサン・キュロットだぜ、くそったれ。

ジロンド派の不条理を突いたのが、まさしくマラの一文だった。そう思うから、エベールも書いた。全てをジロンド派のせいにしながら、二月二十五日の真相として書いた。ジロンド派を責める声は、他からも上がり続けて、しばらくは止《や》まないはずだった。だからこそジロンド派は、なかでも最大の標的に狙《ねら》いを定めた。つまりはマラだ。

――羨《うらや》ましいぜ、くそったれ。

エベールが覚えたのは嫉妬《しっと》だった。狙われること、告発されること、逮捕の手が伸びること、それこそはフランス最高の論客たる証明だからだ。マラは今回の食糧暴動でも、またひとつ勲章の数を増やしたのだ。

なるほど、なにか事件が起これば、政敵は一番にマラに目を向ける。その言動を徹底的に洗い出し、なにか告発の種はないかと血眼《ちまなこ》になる。

探られるのは余人ではない。仮に暴動を教唆する一文を書いていても、マラより早く、マラより強く、はっきり書いていたとしても、注目されるのはやはりマラなのだ。

——俺っちなんかじゃねえ。

だから、マラになりたい。俺っちも、マラみたいになりたい。おまえは臭い、臭すぎると嫌われるなら、糞《くそ》など我慢したまま、金輪際《こんりんざい》便所を禁じられてもいいから、どうでもマラのようになりたい。傍聴席のエベールが、そう切に願っている間にも、議場には動きがあった。議長のデュボワ・クランセに発言を求めたのは、今度はジャコバン派もしくは山岳《モンターニュ》派に属するティリオン議員だった。

「マラ氏を弁護させてください」

と、ティリオンは始めた。いや、マラ氏の書いた一文が問題にされていますが、それこそ公になった印刷物であれば、誰が読んだかなど特定できるはずもない。

「であれば、マラ氏への告発は……」

演壇のティリオンは、そこで言葉を途絶えさせた。その肩を押しやる影が現れていた。意に反して降壇させられ、それでも抗《あらが》わないというのは、弁護の中断を求めたのが他でもない、当のマラだったからである。いや、気持ちは非常にありがたいよ。しかし、だ。

「私は誰にも守ってもらいたくなんかないんでね」

そう来たかと、いよいよエベールは痺《しび》れた。ジロンド派が総攻撃を仕掛けてくるなら、ジャコバン派も同志を総動員して弁護にあたる。それが政治の常識だったが、これがマラには通用しない。非常識こそ、武器だからだ。常識を意に介さないゆえの説得力、この孤高の風もマラ一流の作法なのだ。

——かっこいいぜ、くそったれ。

目印は頭に巻いた白いターバンだった。いかにも曲者《くせもの》という感じの、どんより屈折した気配が、議場の注意を惹《ひ》くというより、その心を瞬時にからめとってしまう。なにを聞かされるのかと身構える。あるいは期待感が一気に高まる。だというのにマラときたら、この期《ご》に及んでなお我関せずで、赤くただれた皮膚炎など、ぼりぼり掻《か》き壊しているのだ。

これで拍子抜けしてしまっては、それこそマラの術中に嵌《は》まったことになる。駝鳥《だちょう》によく似た相貌《そうぼう》で、のらりくらりと喋《しゃべ》り出せば、その話の内容こそ驚きの連続であり、意外性の宝庫だからである。あまりの落差に目が眩《くら》めば、もう直後には影響されている自分に気づくという寸法だ。

——だから、誰もが一目置かざるをえない。

ジャコバン派も、コルドリエ・クラブの面々も、激昂派までが、マラには等しく敬意を払う。マラの告発が十八番《おはこ》のジロンド派でさえも、そうだ。そうしてムキになること自体が、恐れにさえ転じた敬意を白状するようなものなのだ。

マラは始めた。いや、私としては特にいいたいこともないのだ。ただ、ひとつ御節介《おせっかい》を。どうでも私の首を落としたいとみえるけれど、なんだい、アメリカの憲法かい、そうじゃなくて、精神鑑定のほうかい、いずれにしてもさ。諸君らが私の首を捧《ささ》げたいという、いってみれば凡百に秀でた賢者たちが、私が書いた文章のその一行を読んだ日には、こういうに違いないと思うんだがね。

「諸君らは字も読めないのかと」

笑い声が再び議場を席捲《せっけん》した。一緒に膝《ひざ》を叩《たた》きながら、エベールとしては繰り返し呻《うめ》かないではいられなかった。いや、かっこいい。マラ、あんた、かっこよすぎるんだよ、くそったれ。

5――戦況

一七九三年一月二十二日、内務大臣ロラン・ドゥ・ラ・プラティエールは、その職を辞した。元フランス王ルイ十六世が処刑された翌日のことである。

王の処刑、あるいは裁判の余波で、辞任に追いこまれたわけではない。ジャコバン派の議員ルペルティエ・ドゥ・サン・ファルジョーを惨殺したのは、実は内務大臣ロランの密偵だった云々《うんぬん》と、根も葉もない悪意の中傷はありながら、それが辞任の直接的な理由であれば、すぐ翌日という話にはならなかった。いくら早くても、あと数日は遅れたはずだ。

かねて非難されてきた問題があった。わけても昨年末から喧《やかま》しくなったのは、極端な物不足に急激な物価高という、例の食糧問題だった。

フランス国民がひもじいままであるからには、内務大臣が無能なせいに違いないと、それが非難する側の理屈だったが、少なくともロランは無為無策ではなかった。自由経済の原理に則して、不干渉政策を堅持したのだ。下手《へた》にいじれば、かえって不況が長引くだけだと、学者肌の人間として確たる自信を抱《いだ》いたうえでの、いわば積極的な放任だったのだ。

――それを、商品の流通を好きにさせるなとか、物の値段は政府が決めるものだとか。馬鹿な話だわ、とロラン夫人は思う。それじゃあ、アンシャン・レジームと同じじゃないの。旧態依然たるギルドがはびこっていた時代。ありとあらゆる商いが一握りの人間に支配されていた時代。いくら努力しても、古い権力に手足を縛られ、決して報われない時代。あの頃《ころ》に逆戻りしたいというんだから、あの激昂《アンラジエ》派とかいう輩《やから》は本当の馬鹿なのよ。

――癪《しやく》だわ。

蒙昧《もうまい》な連中に屈したのだと思えば、あまりの悔しさにロラン夫人は、今にもキイイと高い声を上げそうになる。まさに断腸の思いだわ。そう呻《うめ》かずにいられないからには、本当なら弱気な夫を叱咤《しつた》してでも、内務大臣の職にしがみつかせたかった。ええ、ロランが辞める理由なんかなかったわ。ひとつも間違っていないのに、どうして官邸を出なければならないの。

「…………」

ロランは内務大臣を辞めた。辞めるように促したのが、当のロラン夫人だった。

食糧問題そのものも深刻の度を増してきた。激昂派の攻撃も激しくなる一方だった。が、その気になれば、無視して無視できないわけではなかった。

自由経済を推進しておきさえすれば、ほどなく景気は回復するはずだったし、激昂派にしてみたところで、単に喧《かまびす》しいだけで、それほど怖い一党というわけではなかった。にもかかわらず、夫に決断を強《し》いたというのは、今が辞めどきかもしれないとの直感があったからだった。

――ひと荒れ来る。

いったん退いたほうが利口だと、それがロラン夫人の読みだった。

ジロンド派は今も議会で優位を占め、またロランが退いてなお、閣僚の大半を掌握し続けている。その政権が決定的に傾いたとはいえないながら、もう盤石《ばんじやく》の体制だともいえなくなっていた。少なくとも、ルイ・カペー裁判の渦中で覚えた嫌な予感は、容易に拭《ぬぐ》いさることができなかった。

いや、我々も死刑に賛成している。執行猶予をつけなかった議員も少なくない。なるほど、ジャコバン派は主張を通したかもしれないが、ジロンド派が後退したわけでもない。なにも心配することはない。そうやって、例の明るさで楽観する向きが、今も一党のなかでは支配的だった。だから、わかっていない。本当に、わかっていない。

ロランを楽屋に下げるには、なにか別な口実が必要だった。ロラン夫人は食糧問題に好機を見出《みいだ》した。癪だけれども、それしかなかった。

――だから、文句をいうわけにはいかない。

そう自分に言い聞かせて、なお溜《た》め息が出てしまう。ヌーヴ・デ・プチ・シャン通りの内務大臣官邸も、再び出ざるをえなくなった。

それは春という春らしさも感じられず、降り出した雨がポツポツ小さな音を立てるだけの、どんより薄暗い窓辺だった。好んでうずくまると、一本きり灯《とも》した蠟燭《ろうそく》の明かりを頼りに、ロラン夫人は引越荷物の整理に追われる日々だった。

――それが遅々として進まない。

またかと溜め息をつき、それにしても癪だと溜め息をつき、そればかり繰り返しているからだ。ゲネゴー通りの英国《ブリタニク》館を借りなおし、ただ板上に薄《うっす》ら埃《ほこり》を積もらせるためだけに空《から》にされたような棚に、銀器から磁器からを元あった通りに並べなおし、それだけの仕事のために一月《ひとつき》からがすぎてしまい、もう三月十日なのだ。

――うるさくて、うるさくて、仕事になんかなりゃあしない。

その日もパリは、いたるところで騒動になっていた。また激昂派の仕業《しわざ》だ。しかし、なのだ。

連中に焚《た》きつけられたといって、今回は食糧暴動ではなかった。ゲネゴー通りにも大騒ぎの連中が通りかかり、その声を左右に屹立《きつりつ》する建物の壁に大きく響かせていた。

「ああ、ひでえ。本当に、ひでえ話だ。全体どうなっちまうんだ、フランスは」

「どうなるもこうなるも、このままじゃあ、破滅だろうな」

「破滅って、どういうことだよ」

「フランスは滅茶苦茶《めちゃくちゃ》になる」

「滅茶苦茶になるって、だから、どんな風に滅茶苦茶になるんだよ」

「んなこと、いちいち説明されなきゃわかんねえか」

「わかんねえな」

「だったら、教えてやる。まずもって、おまえなんかは、間違いなく死体だよ」

「なんだと、てめえ」

「怒って、どうする。それが破滅って言葉の意味だろう。銃で撃たれて殺されるか、餓死だの、病死だので、身体《からだ》がいかれちまうか、とにかく、おまえなんかは一番に死体になっちまうよ」

「…………」

「それだけじゃねえ。おまえの恋女房だの、嫁入り前の娘だのは、外国人相手の淫売に宗旨替えだ」

「おまえ、いくらなんでも、口に出して良いことと悪いことが……」

「女房子供だけじゃねえ。金袋から、銀食器から、羽根布団から、彫金の外套留《がいとうど》めまで、なけなしの一切がっさいが、根こそぎもっていかれちまうんだ。家屋敷だって、まともには残らねえよ。建物は火をつけられて、ろくろく雨も凌《しの》げねえ有様になるよ」

「馬鹿な……。だいいち、だ。だいいち、そんな出鱈目《でたらめ》な話が、許されていいもんなのか」

「許す許さないじゃない。それが戦争ってもんなんだ」

聞き耳を立てながら、気がつけばロラン夫人は、しばらく息もしていなかった。

なるほど、生きた心地もしなかったはずだ。なるほど、血の気が引いてしまい、悪寒まで覚えたはずだ。往来の声は大袈裟《おおげさ》に脅《おど》しをかけようとしたわけでも、あるいは法螺《ほら》を吹いて、相手をからかおうとしたわけでもないのだ。

実際、ひどいことになっていた。なにがひどいといって、戦況がいよいよ絶望的だった。

一七九三年一月二十四日、イギリスはフランスに国交断絶を通達してきた。どれだけの代償を払おうと、その中立だけは確保しなければならないと、従前どの政権であれ必死に働きかけてきた国が、ついに決断してしまったのだ。

「ああ、ひでえ。それもこれも、殺されたルイ十六世の呪《のろ》いってことなのかよ」

ゲネゴー通りの声は嘆きに変わっていた。今度のロラン夫人は思わず息を呑《の》むでも、知らず震え上がるでもなく、刹那《せつな》かっと熱いものを身体に燃やした。

誰に届くわけでもない、ひとりきりの部屋での話だとはいえ、直後には声にも出して、汚く吐き捨てていた。ええ、愚か者の末路とは、こういうことだわ。

「ほら、みなさい。だから、いわないことじゃない」

呪いとか、亡霊とか、そんな迷信めいた話にするつもりはない。ただ事実として、イギリス宰相《さいしょう》ピットを決断させたのは、フランス王ルイ十六世の処刑だった。

我関せずと中立の立場も取れなくなったのは、それが君主政に対する、あからさまな挑戦を意味したからである。自国の王政まで危うくされかねないと思えば、もはやイギリスも対岸の火事と呑気《のんき》には構えられなくなったのだ。

大切なはずの磁器の肌を、苛立《いらだ》ち紛《まぎ》れに爪《つめ》の先で削りながら、ロラン夫人は口許《くちもと》でぶつぶつ続けた。だから、現実をみなさいと忠告したのよ。ルイ十六世の断罪なんて、やろうと思えばいつだってできたのだから、性急に殺すことなんてなかったのよ。せめて戦争が一段落するまでは、手控えるべきだったのよ。

「ったく、誰のせいで、こうなったんだ」

そろそろ遠ざかろうとしながら、なお通りの会話は部屋まで届いていた。ああ、本《もと》を正せば、誰なんだ、戦争なんか始めたのは。

「そりゃあ、ジロンド派に決まってる」

「ああ、オーストリアだの、プロイセンだのが相手だったが、あのとき思い留《とど》まっていれば、こんなことにはならなかったかもしれない」

「いや、ジロンド派にかかっちゃあ、早晩同じさ。今回だってイギリスに宣戦布告したのは、あの馬鹿野郎どもなんだから」

「ああ、悪いのはジロンド派だ。なにからなにまで、全部ジロンド派のせいだ」

6——愚か者の末路

どんどん遠くなるばかりで、最後のほうは上手《うま》く聞き取れなかった。懸命に耳を澄まして、どれだけ正しく聞けたものやら。

それでもロラン夫人は逆上する思いだった。相手が遠ざかるならば、こちらから追いかけてでも、憤激の問いを投げかけたい気さえした。だって、どうして、そうなるの。

——なぜジロンド派が悪いことになるの。

二月一日、国民公会《コンヴァンシオン》に決議を促し、イギリス、そしてオランダにまで宣戦布告させたのは、確かに外交委員会を牛耳《ぎゅうじ》るブリソであり、つまりはジロンド派だった。が、そう決断せざるをえないところまで、国家の指導者たちを追いこんだのは、一体どこの誰だという。安直にルイ十六世を殺すことで、イギリスを敵に回したのは、全体どこの誰だという。

進んで認めるところ、そもそもの戦争を始めたのもジロンド派である。

――けれど、それなら、うまくいっていた。

昨年九月二十日のヴァルミィの戦いだけではない。我らが救世主デュムーリエ将軍は、続く十一月六日に行われたジェマップの戦いでも、華々しい大勝を収めていた。それからのフランス軍は、それまでの連戦連敗が嘘《うそ》であるかの勝ちっぷりだった。まさに破竹の勢いで、それはといえば僅《わず》か一月《ひとつき》でベルギー全域の制圧を遂《と》げたほどだった。

オーストリア軍を追い出した戦争は、ベルギー人民の解放戦争でもあった。イギリス軍を追い出したアメリカ独立戦争がそうであったように、同時に革命でもあったというのは、一緒に君主政も排斥《はいせき》したからである。

――ジロンド派のフランスは、いわば革命を輸出した。

それが自由の先進地フランスとの合同、あるいはフランス共和国への併合という結論に達しても、なんら首を傾《かし》げるような話ではない。

事実、高らかな併合の宣言はこの三月一日にブリュッセル、二日にエノー、スタヴロ、フランシモン、ローニュ、サルム、ガン、三日にブリュージュ、六日にトゥルネ、七日にルーヴァンと相次いでいた。さらに現在もナミュールについて検討が進められているが、ジロンド派の併合政策は、ベルギーだけの話というのでもなかった。

アルプス戦線で解放したサヴォワについても、昨年十一月十一日に合同希望が申し入れられ、二十七日の国民公会で併合宣言があり、と順調に進んでいる。ライン戦線でもフランス軍に解放されて、三十を超える大小様々な自治体が、今も共和国との合同に前向きな姿勢である。

繰り返すが、それら全ては征服でなく、自由への合同である。フランスの一部となって然《しか》るべきというのは、国民公会に寄せられた二月十四日のカルノ報告を引けば、「フランスの古き自然な国境はライン河、アルプス山脈、そしてピレネ山脈である」からだ。フランス国民というのは、こうした自然の前提に促されて、自発的で無理のない結びつきを果たす人々のことなのであり、どこかの王家が強引に築いた、いかにも不自然な支配の体系などは、自《おの》ずと否定されなければならないのだ。

外縁においてのみならず、深奥《しんおう》においても「抜け落ちている部分は、不正に占拠された土地である」ことになる。

聖職者民事基本法の成立を巡り、ローマ教皇庁と争う過程で焦点のひとつとなり、くしくも先鞭《せんべん》をつけることになったのが、一七九一年九月十四日に議決されたアヴィニョンの併合だった。今年一月三十一日のニース併合も、さらに二月十四日のモナコ併合も、全て同じ理屈で肯定されるものである。

――その偉業を達成した英雄たちこそ……。

ジロンド派と呼ばれている。どうだと胸を張るかの言葉を並べるほど、ロラン夫人の心は乱れた。あるいは自信が揺らいだというべきか。ぐらぐらと揺れざるをえないのは、その偉業こそが反故《ほご》にされかかっていたからである。

快調そのものだったベルギー戦線でさえ、俄《にわ》かに雲行きが怪しくなってきた。二月十六日から、デュムーリエがオランダに進軍したからだ。

イギリスと戦端を開くならば、フランスはピットがここだけは手を出されたくないと思う場所、すなわちヨーロッパ金融の中心地を獲《と》らないわけにはいかなかった。イギリスのみならずオランダにも宣戦布告するよう、外交委員ブリソが国民公会を誘導した所以《ゆえん》だが、そこで歯車が狂い始めた。

緒戦こそ、好調だった。オランダに侵攻したデュムーリエは、ブレダ、ヘルトルイデンベルク、クルンデルトと、三要塞《ようさい》を順調に落としていった。かたわら、ミランダ将軍はマーストリヒト包囲に着手、ヴァランス将軍はオーストリア軍の救援を抑えるべく、渡河が予想されるムーズ河、ルール河の警戒に入った。

そうした作戦自体は、恐らく間違いでなかったろう。が、ザクセン・コーブルク将軍が指揮するオーストリア軍は強かった。ヴァランス将軍は敗走を余儀なくされた。それでもデュムーリエ将軍は引き返すことなく、当初の計画通りにユトレヒト、アムステルダム方面に軍を進めた。このままでは敵地で孤立してしまうと恐慌を来《きた》したあげく、ミランダ将軍はマーストリヒトの囲みを、あっさりと解いてしまったのだ。

「かくてオランダ侵攻作戦が暗礁に乗り上げただけではありません。フランス軍は今や、ベルギーにおいても敵軍の巻き返しと、さらには現地勢力の反攻に曝《さら》されているのです」

前線に派遣されていた議員ドラクロワが、三月八日の国民公会に報告していた。実をいえば、国民公会がベルギー諸都市に関して連発した併合宣言には、劣勢を見越した危機感が働いていた。が、今にして慌てたところで、土台が手遅れなのだ。ええ、愚か者の末路とは、こういうことだわ。ほら、だから、いわないことじゃない。

——ルイ十六世を殺せば、こうなってしまうのよ。

その首が胴体から離れた瞬間から、ブルボン朝の分流を王に戴《いただ》くスペイン、そしてナポリの二王国が、フランスを憎き仇敵《きゅうてき》とみなす。イギリスの参戦というのも、そこまで見越して行われた決定だった。

すなわち、宰相ピットの腹積もりは、自国を軸に、すでに参戦しているオーストリア、プロイセン、教会改革に怒りを募《つの》らせているローマ、さらにスペイン、ナポリを加えることで盤石《ばんじゃく》の包囲網を形作り、ひとり孤立したフランスを総叩《そうだた》きにするというものだった。

——人呼んで『対フランス大同盟』の成立に……。

フランスは震撼《しんかん》せざるをえなかった。が、顔色を変えたのは、フランスだけではなかった。オランダは無論のこと、反オーストリアの立場から従前フランスを歓迎してきたベルギーまでが、その態度を俄かに翻《ひるがえ》すことになった。

このままでは自分たちまで叩かれると思う以前に、恐れたのは戦線の拡大だった。戦争が長期化、広域化していけば、フランスの大敗が決まるより先に、まず自分たちから破滅すると考えたのだ。

――あるいは破産というべきかしら。

ベルギーが嫌悪したのは、戦費捻出《ねんしゅつ》のための課税であり、前線補給のための徴発であり、いや、そんな無体《むたい》な真似《まね》はしないといいながら、結局フランスに現金が運び出されることになる、暴落アッシニャ紙幣の強要だった。

なにか見返りが期待できるわけでもない。それどころか対フランス大同盟を向こうに回して、はじめから勝ち目などない戦争である。ベルギーにすれば、ただ吸い取られるだけだ。

フランスと合同する意味などない。喧嘩別《けんかわか》れになるとしても、それなら独立を模索したほうがよい。独立が無理であれば、またオーストリアの支配を我慢するまでのこと。どんなに過酷な圧政であれ、フランスに地獄への道連れにされるよりはマシだ。そう考えるようになるのは、フランス人の頭で考えても、しごく当然の流れだった。

「だから、三十万徴兵を急げ」

と、ダントンは声を上げた。三月八日の議会、ドラクロワ報告の直後だった。すぐさま続くことができたのは、やはり派遣議員として、一緒にベルギーに飛んでいたからだ。

三十万徴兵というのは、戦線の拡大に対応するべく、国民公会が二月二十四日になした決議だった。それを大急ぎで実行しろという。ああ、ぐずぐずしている場合ではない。国民公会は徴兵事務のために、すぐさま派遣委員をパリの全区、フランスの全県に送り出さなければならない。ああ、まさしく前代未聞の危機なのだ。フランス共和国は、すでにして非常時にあると考えるべきなのだ。

——なんて、どこかで聞いたような台詞《せりふ》だわ。

と、ロラン夫人は思う。半分は軽蔑《けいべつ》の念からだったが、残り半分は恐怖に駆られながらだった。再びの騒ぎがゲネゴー通りに近づいてきたからだ。ブリタニク館の外壁に響かせながら、また何人かが意図して脅すような大声でやりとりしていたからだ。

「だから、やるしかない。フランスが危機にあるなら、俺《おれ》たちが、やるしかないんだ」

「おおさ、やらなきゃ、やられる。おとなしくしてたら、今度こそフランスは終わりだ」

「というが、なにをする」

「決まってらあ。軍隊に志願するんだ」

「無論のことだが、パリジャンばかり張りきっても仕方あるめえ。ダントンさんがいったように、志願の前に議員の尻を蹴《け》りあげて、フランス八十三県に急《せ》かさねえと。もたもたしないで、全土の徴兵を急げって、発破《はっぱ》かけてやらねえと」

「それなら、パリ自治委員会にも頼んでらあ。今頃は第一助役のショーメットと、第二助役のエベールが、国民公会に請願を届けてるはずだ」

聞き耳のロラン夫人は、少しだけ安堵《あんど》した。ええ、パリ自治委員会が動いているなら、いくらかは安心できる。八月十日の蜂起《ほうき》を起こした張本人たちで、元がゴロツキのような連中ではあるけど、それなりに報われた今となっては、そうそう極端な真似はしないだろうからだ。

ところが、それで終わらず、外の言葉は続けていた。

「ヴァルレの理屈は違ってたぜ。請願なんて生ぬるい。もう議員はあてにならないから、国民公会そのものを倒せといってたぜ」

怖いのは外国の軍隊だけではないようだった。

7——民衆の恐怖

知らない名前ではなかった。ジャック・ルーとか、ジャン・フランソワ・ヴァルレとか、最近やたらと耳にするようになった名前は、いうまでもなく激昂《アンラジェ》派の指導者のものである。

またぞろ耳に飛びこんできても、驚くべきではなかった。激昂派が動いているとは、すでに聞かされていた話なのだ。その名前の響きに恐れおののくわけでもない。だから、うるさいだけで、激昂派など畏怖《いふ》すべき相手ではない。

「結局ヴァルレは無視されたぜ」

通りの声は続けていた。国民公会《コンヴァンシオン》を解散させろ、八月十日のような蜂起《ほうき》を起こせ、なんて、あいつら、いうことが勇ましすぎてさ。

「聞いてる分には、おもしろいんだが……」

「誰も本気にしやしねえ。今日だって、誰もついていかなかった」

「だから、俺《おれ》たち、こうしてウロウロする羽目になったんじゃねえか。どうしていいのか、途方に暮れてんじゃねえか」

激昂派は怖くない、やはり怖くないと、ロラン夫人は確信を深めるばかりだった。

実は昨三月九日、ジャン・フランソワ・ヴァルレは「蜂起委員会」の結成を打《ぶ》ち上げていた。そのうえで今日十日には、フイヤン僧院のテラスに持参の踏み台を据えたのだ。買い占め人を死刑にしろ。ルイ十六世の裁判で「人民への呼びかけ《アペル・オ・プープル》」に賛成した議員は追放だ。ジロンド派の指導者、わけてもロランとブリソを断罪しろ。いや、今や国民公会全体を粛清しなければならない。

「すなわち、蜂起だ。今こそ蜂起が求められている。今ひとたびの蜂起だ」

そうやって、もっと勢力のある一派、あるいは影響力のある指導者が煽動《せんどう》したなら、蜂起も本当に起きたかもしれなかった。

ジャコバン派が踏み出したとか、コルドリエ・クラブが意を決したとか、ロベスピエールが呼びかけたとか、マラが書きつけたとか、そういう話であれば、これだけの難局なのだ。国民公会とて倒れないとはかぎらない。ジロンド派くらいは追放されて、なんら不思議な話ではない。

それがヴァルレ程度では、なにひとつ動かなかった。国民公会は無論のこと、ジャコバン・クラブに毛嫌いされ、パリ自治委員会にさえ煙たがられる激昂派では、自分たちの頼みは民衆なのだと期待されても、民衆のほうでお断りというわけだ。

「で、じっさい、俺たちはどうする」

「裏切り者を探し出そうぜ。軍隊に志願するのはやぶさかじゃないが、そうして俺たちが留守にしている間に、いそいそ亡命貴族どもが戻ってくるんじゃ、こちとら堪《たま》ったもんじゃねえからな」

「なるほど、そうか、貴族どもを追い立てればいいんだな」

「だけじゃねえ。裏切り者という裏切り者を探し出すのさ。つまりは貴族に、外国人に、宣誓拒否僧、もうひとついえば、ジロンド派だ」

ロラン夫人は、とっさに返しそうになる。だから、どうして、そこにジロンド派が入るの。が、そうした憤りは口許《くちもと》の呟《つぶや》きにすらならなかった。直後には本意ならずも、思わず息を呑《の》まされたからだ。

「ジロンド派を見つけ出して、殺すのか」

「ああ、そうだ、九月虐殺のときみたいにやるんだよ」

「非常時だから、今度も許されるわけか」

ロラン夫人も思い出さないわけではなかった。実際、昨夏そっくりだ。三月八日のドラクロワ報告、ダントン演説をきっかけに、パリは興奮状態になった。それが去年の八月、ロンウィ陥落の第一報が伝えられた、あの日あの刻《とき》のパリを彷彿《ほうふつ》とさせたのだ。

「祖国は危機にあり」

幾重にも木霊《こだま》する言葉と一緒に、パリ市政庁には三月八日のうちに、祖国の危機を告知する大旗が下げられた。ノートルダム大聖堂の塔という塔にも、もれなく黒旗が並べられた。翌三月九日からはパリ自治委員会も動き出し、国民公会に様々な圧力を加え始めた。

――けど、それだったらいいのよ。

その大騒ぎにロラン夫人は期待感さえ抱《いだ》いた。未曾有《みぞう》の危機を前に昨年来の政争など、いったん棚上げになりそうだったからだ。

ひと荒れ来ると覚悟していたものが、挙国一致の熱気に流されてしまえば、国王裁判でよろけたジロンド派にこそ、もっけの幸いだった。立て直しの時間が与えられるからだ。しかもジャコバン派からの攻撃を気にしなくてよいというのだ。

あながち無邪気な楽観ともいえなかった。単に雰囲気の問題でなく、具体的な動きの中心にいた人物こそ、ジョルジュ・ジャック・ダントンだったからだ。

コルドリエ・クラブの領袖《りょうしゅう》であり、ジャコバン派とみなされていながら、かねてジロンド派にも提携の意思を示してきた男である。パリ自治委員会にも太い人脈を持つ。そのダントンが抜群の政治感覚と底なしの野心において、今回も意欲的だった。祖国の危機を乗り越えるため、最も心を砕いたのが、諸派の融和と協力でもあった。

——ところが、だわ。

九日の夜になって、ロラン夫人は速報を届けられた。二百人ほどの暴徒がジロンド派の新聞など廃刊せよと叫びながら、一党の議員ゴルザスが手がける新聞『八十三県通信』の発行所を襲撃していた。刷られたばかりの新聞に火をつけて、まさに全てを灰燼《かいじん》に帰してしまった。

あるいは事件としては、瑣末《さまつ》な部類に入るのかもしれないが、それをロラン夫人は気にした。民衆が予測不能、制御《せいぎょ》不能の、放埒《ほうらつ》きわまりない素顔を露《あらわ》にしたように感じたからだ。

指導者がいれば、よい。党派に煽動されるなら、それもよい。が、運動の先達《せんだつ》がいないとき、いても力不足なときには、簡単に箍《たが》が外れる。いったん動き出してしまえば、誰も民衆を止められない。鋭い牙《きば》を剝《む》きだしに、ひたすら殺意を解放する。

——九月虐殺のときのように……。

ロラン夫人は顔面蒼白《そうはく》になった。ばあんと大きな音が聞こえる。いや、むしろ、ぐんと空気の塊《かたまり》が押し出されてくる。玄関扉が蹴破《けやぶ》られる。バタバタ、バタバタ、何重にも重なり響く足音は、一人や二人の数ではない。

掃除女の悲鳴が聞こえる。執事は制止を試みるも、お待ちくださいと最後までいうことすらできない。連中が迫り来る。階段を駆け上がり、この奥の間に一直線に突進してくるのが、息遣いの荒さではっきりとわかる。ああ、もう扉のすぐ外にいる。なにかで打たれて、金の鍍金《メッキ》の取手が弾《はじ》け飛んでしまう。

――襲われる。

そう想像しただけで、ロラン夫人は怖気《おぞけ》を覚えたのだ。ぶるる、ぶるると身体《からだ》まで揺らしてしまった。あたりを急ぎ確かめたが、みている者はいなかった。幸い誰にも笑われなかったと安心して、なお自分が恥ずかしかった。

が、そうして赤面するほどに、今度は腹が立って腹が立って、仕方なくなる。まったく、みんな馬鹿じゃないの。祖国は危機にありだなんて、何度同じ言葉を叫べば気が済むの。一度の教訓から、きちんと学べばいいじゃない。現に一度は危機を脱してみせたじゃない。ジロンド派は戦争に勝ってみせたじゃない。その戦果を守れというのよ。好んで敵を増やすことはないというのよ。なのに、おかしな理屈ばかり捏《こ》ねて、ルイ十六世を処刑したりするから……。

――私たちが悪いわけではない。

絶対に悪いわけではない。ロラン夫人に譲るつもりはなかったが、かたわらでは認めるしかない現実もあった。馬鹿な人間には通じない。どんなに正しい理屈も通用しやしない。八つあたりさながらの不条理を振りかざし、それでも人を殺してしまう。それも殺される人間を辱《はずかし》めながら、だ。

――ランバル大公妃みたいにはなりたくない。

九月虐殺の犠牲者のひとりは、王妃マリー・アントワネットの親友というだけで殺された女だった。のみならず、服を破られ、裸に剝かれ、その身体をさんざ笑いものにされた。最後には首を断たれ、それだけ槍《やり》の穂先に刺されると、国王一家が幽閉されるタンプル塔までの行進に使われたが、そうする前の死体を野蛮な男たちは慰みものにしたともいう。

――それだけは堪えられない。

殺されても、首を斬《き》られても、それは仕方ないと思えるけれど、裸にされることだけは堪えられない。自らの想像に、ロラン夫人は再び戦慄《せんりつ》した。おっぱいが垂れているとか、やけに乳首が大きいとか、あるいは腰に肉がつきすぎだとか、おなかに弛《たる》みの皺《しわ》があるとか、そうした類《たぐい》の秘密を誰彼となく暴かれたあげく、指を差されて笑われることだけは、もう絶対に堪えられない。

――だから、ありえないわ。

ええ、絶対にありえない。ロラン夫人は持ち前の強気を奮い立たせ、最後は決めつけることにした。ええ、私が決めれば、それでいいの。決めれば、必ずその通りになるからいいの。だって、私は普通の人間じゃないんだもの。このフランスに二人といない、特別な女なんだもの。神さまに選ばれて、並外れて強いんだもの。

ふうと大きく息を吐《つ》いて、それでロラン夫人は終わらせた。とすると、急に気になってくるのが、強い自分が守るべき男たち、弱々しい男たちのことだった。

——ロランはブリタニク館にいる。

内務大臣を辞任してから、部屋に閉じ籠《こも》る日が多くなった。察するところ、夫には自分を責める気分があるようだった。

恐らくは錠前師ガマンに告白された、秘密の「鉄箱」の一件だろう。あるいは妻に辞職を勧められたことで、その科《とが》を叱責《しっせき》されたように感じたのかもしれない。

いずれにせよ、そのこと自体をロラン夫人は結構とは思わなかった。が、今このときは僥倖《ぎょうこう》だ。とりあえずは家のなかにいるのだから、民衆が乗りこんでくるというような、いよいよの展開にならないかぎり安心だ。

——心配なのは、ビュゾさんのほうだわ。

こちらの恋人は議員であり、あるからには、その日も国民公会の議場だった。激昂派のヴァルレが煽《あお》り演説を打ったのは、そのテュイルリ宮殿調馬場《マネージュ》付属大広間の、本当に目と鼻の先でしかないフイヤン僧院なのである。

ゲネゴー通りが静かになっていた。バッと動いて、ロラン夫人は窓《まど》硝子《ガラス》に組みついた。

——暗い。

8――胸騒ぎ

夕刻の薄暗さが知らぬ間に、すっかり夜陰にとってかわられていた。

時間がたつのは仕方がない。が、それ以上に気になるのは、やはり界隈《かいわい》の静けさだった。闇《やみ》が深く感じられるというのも、そこだ。馬車の角灯《ランタン》ひとつ、行灯《あんどん》ひとつ閃《ひらめ》くことなく、やはり往来の人出が絶えているのだ。

――けれど、ここはパリだわ。

普通では考えられない話だった。つい先刻までは騒がしい輩《やから》が何度となく通りすぎて、こちらの神経を絶えず苛立《いらだ》たせていたというのに、それが綺麗に消えたのだから、やはり尋常な話ではない。

――もしや……。

ヴァルレら激昂《アンラジェ》派が新たな召集をかけたのではないか。パリの民衆は大挙テュイルリに向かったのではないか。すでに王がいないからには、こたびは議場を急襲して、先の暴言通りに国民公会《コンヴァンシオン》を解散させる気なのではないか。

――そのとき、議場のビュゾさんは……。

窓辺に立ちつくすまま、ロラン夫人は痛いくらいに、自分の手を揉《も》んでいた。蜂起《ほうき》が起きてしまうのか。あるいは再現されるのは、支離滅裂な九月虐殺のほうなのか。いずれにせよ、その渦中に放りこまれて、ビュゾさんは……。

ロラン夫人が自問を際限なくしかけたときだった。下階でブリタニク館の呼び鈴が鳴った。来た。暴徒だ。いや、そんなはずはない。界隈は静かなのだ。人々は別の場所に流れ、ここに押し寄せる気配など皆無なのだ。なのに、どうして……。

玄関扉が破られたわけではなかった。なるほど、きちんと呼び鈴が鳴らされた。普通に来客があったというだけなのだ。それにしても、気づかなかった。客人はロラン夫人の窓辺からは死角になる通りを、大きく回りこんできたということらしい。

暴徒ではない。蜂起でもない。なんでもない。ただの来客だ。なのに不吉な予感があった。不意の胸騒ぎに堪えかねて動いてみると、ロラン夫人はもう数歩で小走りになっていた。玄関で執事に外套《がいとう》を預けていたのは意中の男で、そこは間違いではなかった。

ロラン夫人は総身の力が抜ける思いに襲われた。ああ、ビュゾさん、無事でいらしたのね。

「どうしたんです、ロラン夫人、お顔の色が真っ青ですよ」

「私のことは、どうでも……。それより、ビュゾさん、外は危なくありませんでしたの」

「外、ですか？　ああ、騒いでいたパリの人々のこと。ええ、大丈夫です」

「けれど、たくさん繰り出していたのではなくて」

「いや、それほどでは。幸いにして、雨ですからね」

元の表情が神経質そうなだけに、ビュゾが浮かべた笑みは奇妙なほど儚《はかな》げな印象だった。再び胸を衝《つ》かれながら、ロラン夫人も恋人がいう意味はわかった。

窓辺の闇を覗《のぞ》きなおしても、界隈が雨で濡《ぬ》れているくらいのことは窺《うかが》えた。ならば、パリの雨なのだ。

この都で雪より嫌われるのが雨だった。わけても三月の雨は最悪で、打たれる人間をたちまち凍えさせてしまう。ひたひたと降り落ちながら、じっとりじっとり布地の奥まで浸透して、虎《とら》の子《こ》の外套を重く、冷たく、あまつさえ固くもする。

そんな雨を押して、出かけようとする者はいない。いくら大義のためであれ、それこそ革命を新たに起こさなければならないのだとしても、パリの雨を思えば億劫《おっくう》な気分になる。わかる。わかる。あるいは民衆の覚悟など所詮《しょせん》は雨で挫《くじ》かれる程度なのだ。

「蜂起など起こりません」

ビュゾに請け合われれば、それとして納得するしかなかった。

「いえ、暴徒に新聞の発行所が襲われたと聞いたものですから」

「ゴルザス氏の『八十三県通信』の話ですね。ええ、残念ながら、それは事実です。というか、今日十日にはブリソさんの『フランスの愛国者』と、もうひとつ、カラ氏の『愛国年報』までが襲われてしまいました」

「なんてこと……。それじゃあ、九月虐殺が再現されるというのは……」

「いや、それは大丈夫でしょう。昨年の一件では諸県の反発を買い、また議会でも中道平原派《プレーヌ》の支持を失いと、随分な目に遭っていますからね。ジャコバン派も自ら墓穴《ぼけつ》を掘るような真似《まね》を、好んで繰り返したくはないようです」

「と仰《おっしゃ》られると、なにか動きが」

「ええ、議会で暴動対策が議論されました。もっとも、ジャコバン派の提案というのは、お粗末そのものでしたがね」

ははは短い笑いを続けられれば、恋人を前にしながら、さすがのロラン夫人も苦しい作り笑いを浮かべるのがやっとだった。お粗末とは、よくいったものだ。

ジロンド派こそ、お粗末そのものだった。暴動対策といえば、それを対策と呼べればの話であるが、ひとつ覚えにマラを告発するだけだった。

それまた拙《つたな》いというのだから、もう愛想笑いも作れない。二月二十五日の食糧暴動のときだって、病院に送れとか、精神鑑定にかけろとか、そんな告発しかできなかった。あげくに法務大臣に事件の真相究明を命じるという、なんとも平板な議決で満足するしかなくなったのだ。

「で、ジャコバン派の提案というのは、どんな」

「九月虐殺の事態を繰り返さないために、特別刑事裁判所を設立するべきだというのです」

「特別刑事裁判所ですか」

「ええ、あいつらの、ひとつ覚えです。八月十日の後にも、同じような裁判所が作られましたが、ろくろく機能しなかった。なのに連中は懲《こ》りることがないのです。『革命裁判所』とも呼びながら、今度こそ成功させると意気込んでいます」

「革命裁判……」

「虚仮威《こけおど》しですよね。ええ、実際、ダントンはいったものです。革命裁判所は『恐るべきものにならなければならない。人民が恐るべきものになってしまわないように』なんて」

変わらない作り笑顔で受けながら、ロラン夫人は胸奥《きょうおう》に呟《つぶや》かずにいられなかった。当たったようだ。嫌な予感は、やはり当たってしまったようだ。

気づかないビュゾは続けた。

「もちろん、ジロンド派は反対しました」

「えっ、ええ、そうですわね。そんな、革命裁判所なんて……」

「いえ、革命裁判所の設立自体は、まあ、やるだけやってみればよいという立場です。ええ、むきになって、反対しているわけではありません。成果に疑問が残るだけで、もともと悪い考えというわけではありませんからね」

「…………」

「ジャコバン派が常軌を逸しているというのは、連中ときたら、その吏員《りいん》の任命にいたるまで、全て国民公会が行うべきだと主張する点なのです。それは、さすがに反対せざるをえませんでした。ええ、いうまでもありません。権力分立の原則をないがしろにする暴論です。立法、行政、司法は、それぞれ独立しているべきなんです」

ほんの初歩です。いよいよ得意げな様子で続けたからには、ビュゾは自分で演説を打《ぶ》ってきたらしい。ええ、そうやって、私自身が演壇から猛反対してやりました。そうすると、ジャコバン派のランデの奴《やつ》、どう返してきたと思います。

「今は非常時だ、例外的な措置として、全ての権力を国民公会に集中するべきだと、こうですよ」

もう滅茶苦茶《めちゃくちゃ》だ。フランスは法治国家なのだ。いくら非常時だといって、じき新しい憲法まで制定されようとしているのに。ビュゾのほうは、なにか讃辞《さんじ》の言葉まで欲しているようだったが、もうロラン夫人は返事をする気も起こらなかった。ただ胸奥で繰り返すだけだ。当たったようだと。嫌な予感は、やはり当たってしまったようだと。

「そんな議論でも紛糾《ふんきゅう》して、午後七時をもって、いったん休会になりました」

そうビュゾに明かされて、ロラン夫人はようやく顔を上げることができた。それじゃあ、まだ決まったわけじゃあ……。

「ええ、議会は九時に再開されます。決を採るのは、これからです。というか、ジャコバン派は投票を望んでいます。けれど、ジロンド派は出席しないことに決めました」

「どうして」

「馬鹿らしくて、やっていられませんからね。ヴェルニョーなんかは、それでも出るといっていました。けれど、ジロンド派の大半は欠席します。はん、空席の多さに、ジャコバン派も少しは思い知ればいいんだ」

「そうですわね」

ロラン夫人は精一杯の笑みを浮かべた。愚か者の末路は、やはり避けられるものではなさそうだった。ええ、やはりロランを楽屋に下げて、正解だった。ビュゾさんのことも馬鹿な表舞台から、なるだけ早く退かせなければならない。

――だから、行動を開始しよう。

手遅れにならないうちに、今夜からでも行動を開始しよう。推移を見守る余裕はない。

躊躇《ちゅうちょ》している暇もない。すでにして女の勘が、これだけ激しく警鐘《けいしょう》を鳴らしているのだから。

9――革命裁判所

三月十日の国民公会《コンヴァンシオン》は、特別刑事裁判所あるいは革命裁判所の設置を決めて閉会した。ヴェルニョーら議員数名ばかりは、なお頑強に抵抗した。が、ジロンド派としては審議拒否を決めこんだため、やはりというか、廃案に追いやるまでの力はなかった。論敵の孤軍奮闘を横目に、ジャコバン派もしくは山岳《モンターニュ》派はといえば、次から次と熱血の論客を送り出した。そうすることで、最後には多数を占める平原《プレーヌ》派を押しきったというのが、深夜に及んだ十日の議事の経過だった。

特別刑事裁判所あるいは革命裁判所は、陪審団と五名の判事からなり、最初に選任される判事が主宰する。判事は国民公会によって任命される。法廷には訴追検事一名と補佐二名が置かれ、それらも国民公会によって任命される。パリならびに周辺四県から選ばれた十二人の市民が陪審員の使命を果たすべく、やはり国民公会によって任命される。そうした法文の定めに従い、首席判事モンタネ以下の人事も着々と進められた。シテ島の旧王宮コンシェルジュリに場所を与えられながら、もう三月のうちには審理可能になっていた。

「実際のところ、革命裁判所に期待するところは大だよ」

と、デムーランは打ち上《ぶ》げた。が、そういいきった口調は我ながら、いくらか大胆に感じられた。ことによると、傲慢《ごうまん》な響きさえないではなかった。あるいは最初から心に後ろめたさがあるために、ひとつの留保もない断言となると、思わず躊躇《ためら》われてしまったのか。

ジロンド派の主張も理解できないわけではなかった。ああ、原則論としては、むしろ正しい。立法、行政、司法の三権は、互いに独立していなければならない。なにより絶対王政の専制を否定することから始めたかぎり、いかなる機関にも無制限の権力は認められるべきではない。にもかかわらず、革命裁判所では判事も、陪審員も、検事も、全てが綺麗に国民公会の任命になったのだ。

ヴェルニョーらの反感にも共感できないわけではない。

「ええ、ヴェネツィアのそれより千倍も恐ろしい、異端審問所のごときを設立しようと求められれば、そんなものに賛成するより、私は死んだほうがマシです」

そう熱弁を振るわれれば、血腥《ちなまぐさ》い予感も覚えないではなかった。ああ、その本質を問うならば、まさに異端審問所よろしく、おぞましい機関というべきなのかもしれない。

もちろん運用する人間次第ということだが、それにしても危うさは否《いな》めない。密告政治の蔓延《まんえん》をもたらす可能性もあり、デムーランとしても手放しの賛成というわけではなかった。

――が、今は革命の最中《さなか》だ。

そうした理屈で自分を納得させるしかなかった。ああ、革命というのは、そもそも超法規的措置のことだ。非常時であれば、例外的な措置も認められるべきなのだ。

いや、いくら非常時であっても、許されない振る舞いというものはある。どのみち怪物を飼わなければならないなら、まだしも理性の首輪を嵌《は》められるほうがよい。群集の暴力よりは、裁判所の暴力のほうがよい。

――九月虐殺の再現だけは、なんとしても阻《はば》まなければ。

石畳の溝を流れる赤黒い血。無造作に投げ捨てられる肉塊《にくかい》。つい数秒前まで生きて、自分の無実を訴えていた人間が、もう無言の骸《むくろ》になっているという信じがたい時間の急転。あの数日の出来事を思い起こすだけで、今もデムーランは決まって吐き気を催してしまう。

あの殺戮《さつりく》は許されない。アンシャン・レジームも、革命も関係なく、人間存在に許される行いではない。それを非常時だからと容認すれば、革命までもが人間の則《のり》を外れる。鬼畜の振る舞いであるとして、早晩打ち捨てられてしまう。

——いや、革命は守られなければならない。

四月一日になっていた。デムーランのアパルトマンは、その日も来客で混雑していた。議員になってからは、こうだ。ほとんどサロンと化しているのだ。自分は書斎のほうにいて、がやがやと賑《にぎ》わいながらも穏やかで、また同時に華やかな気配を遠くに感じているだけなのだが、居間の様子は目で確かめるまでもなかった。

嬉々《きき》として立ち回るのは、リュシルだった。御茶《おちゃ》を出し、菓子を勧め、あちらこちらで仕入れた話題で場をもたせ、ときには深刻顔で近づいてくる客人の悩みを聞く。一介の主婦の分を越えた、それも令嬢育ちの女には気苦労の多い役回りだろうとも思うのだが、それでもリュシルは努力してやまないのだ。

——今が幸せの絶頂だからだ。

デムーランは妻の上機嫌を、そうやって解釈していた。

自分でいうのもなんだが、女のほうが格上という夫婦だった。恋人同士であったころから、財産家の娘で、教養も豊か、なにより若くて、可憐《かれん》な美しさを誇るリュシルに比べるほどに、こちらは三十近くにもなって梲《うだつ》の上がらない、見た目も冴《さ》えない駄目男として、引け目を覚えないではいられなかったのだ。

だから、デムーランは努力した。釣り合う男になれるようにと努力した。

——報われたのは、革命が起きたからだ。

一七八九年七月、ミラボーに唆《そそのか》されたとはいえ、パレ・ロワイヤル、今のパレ・エガリテでパリ総決起を呼びかけ、一夜にして時の人になった。それから自分の新聞を発行して、パリの世論を動かすようなこともあり、広い意味での政界で常連の座を占めるようにもなった。

それでも駄目男は、やはり駄目男だった。告発されては臆病《おくびょう》になり、結婚に漕《こ》ぎつけてからは無難に逃れ、大きく成長するどころか、どんどん縮こまっていった。

――情けない人生が反転したのが、八月十日だ。

昨年の夏の夜、リュシルは蜂起《ほうき》に反対した。もう家庭があるのだからと、自分の夫が参加することを認めなかった。が、このときだけはデムーランが折れなかった。家庭があるから、それが不幸な未来に損なわれるのを黙ってみてはいられない、これが自分の愛し方だから、たとえ死んでも構わないと我を通して、銃弾降るテュイルリに突進した。

――だから、リュシルは自分の夫を見直した。

八月十日が成功したからではない。家庭が守られたからではない。自分が描いた枠を超えて、大きく飛躍してみせたからこそ、その男の妻であることに、リュシルは初めて納得したのだ。

いいかえれば、ようやく釣り合う男になれた。いや、もしかすると、今は僕のほうが格上かもしれない。だから、リュシルは嬉《うれ》しいのだ。すっかり安心して、もう夫に従順な、ひたすら可愛《かわい》い女でいることができるから、嬉しくて嬉しくて、たまらないのだ。

――だから、革命は守られなければならない。

と、デムーランは思いを新たにした。リュシルのことは措《お》いて、一個の人間としての幸福など別に考えるとしても、今や議員なのだ。同じく革命あればこそ、なれた議員だ。なったからには革命を成功させなければならない。そういう立場にあるならば、あるなりの自覚を持たなければならない。ああ、もっと自信まんまんに振る舞うべきだ。でないと、ついてくる人間のほうが不安になるのだ。ああ、断言口調にせよ、なにも悪いことはない。ああ、一種の必要悪だとしても、革命裁判所は認められなければならない。

「だから、市民フーキエ・タンヴィル、あなたには期待していますよ」

挨拶《あいさつ》に握手の手を差し出しながら、デムーランは始めた。

10——訴追検事

我ながら上からの物言いに、今度も抵抗を覚えないではなかった。いや、それで構わないのだと自分に言い聞かせて、なおやりにくさを感じないではいられない。ひとつには書斎で向きあっていた相手が、一七四六年生まれの四十七歳と、自分より遥《はる》かに年上だったからかもしれない。

やたら額が狭いだけに、左右でV字を描くような濃い眉毛《まゆげ》と、それと一緒に目尻が上がる大きな双眼が印象的な男だった。名前をアントワーヌ・カンタン・フーキエ・タンヴィルといい、旧ピカルディ州の出身で、つまりは同郷の北部人である。

遠縁ながら、デムーラン家の親戚《しんせき》にも連なっている。そういう親戚がいた覚えはなかったし、かねて親しく行き来していたわけでもなかったが、少なくとも親戚の口上で訪ねられた日には、邪険にすることもできなかったのだ。

——議員ともなると、なかなか断れない。

デムーランが頼まれたのは、有体《ありてい》な言葉を使えば就職の斡旋《あっせん》だった。

もともとがフーキエ・タンヴィルも法曹で、革命前はシャトレ裁判所で検察事務官を務めていた。ところが、五人の子持ちで、その子供たちを産んだ細君に先立たれると、めでたく再婚は果たしたものの、この後妻が贅沢《ぜいたく》好きという事情があって、虎《と》の子《こ》の官職まで売り払う羽目になったのだ。

革命が起きたからと、生活が好転するわけではない。そのままパリに暮らしながら、それからは借金の高《たか》ばかりが嵩《かさ》む貧乏生活だったらしい。

そのフーキエ・タンヴィルが訪ねてきたのは、昨年八月のことだった。一躍大臣の座を占めた親友ダントンの引きで、デムーランが法務省の書記官長に抜擢《ばってき》された折りの話で、これは頼れると考えたのだろう。同郷だとか、遠縁だとかいう伝《つて》は、向こうにしても大して意識してこなかったはずなのだが、それを慌てて持ち出す気になったのだろう。調子がよすぎるぞ、とも思わないわけではない。それでも邪険にするわけにはいかないのだ。

デムーランはその八月に設立された特別裁判所に、陪審員指導官の職をみつけてやった。が、特別裁判所自体が振るわず、そのために蓄積された世人《せじん》の不満を一因として、あの九月虐殺が起きてしまうと、フーキエ・タンヴィルも職場にいづらくなったようだ。それをかわりに融通したのが、パリ県の刑事裁判所における訴追検事の役職だった。

今回の設立に際して、革命裁判所に栄転させることにしたのだ。

フーキエ・タンヴィルが革命裁判所の訴追検事に就任したのは、三月十三日の話である。

「ありがとうございました、デムーラン議員。このような名誉の要職を与えられたからには、いっそう精勤に励むつもりでおります」

握手の手を取りながら、フーキエ・タンヴィルは答えた。きらきら目を輝かせ、これまた偽りない喜びの表情だった。なるほど、感謝するだろう。

それはデムーラン自身からして融通できるとは思わなかったほどの、重要なポストだった。いくつもの幸運が重なったからこそ、実現できた。

第一に、革命裁判所の職員全員が、国民公会の任命だったことがある。議員に推薦者がいれば強いのだ。

第二に、革命裁判所に反対していたジロンド派、そのジロンド派に睨《にら》まれたくない平原派《プレーヌ》が推薦を控えたことで、人事はジャコバン派の独壇場だったことがある。

第三に、ジャコバン派のなかでも推薦者は少なく、というのも九月虐殺を黙認した輩《やから》が多いために、それを繰り返さないためといわれては、容易に動けないようだった。渦中で怒り、あの悲劇惨劇を繰り返してはならないと、心から熱くなるデムーランなど、実は少数派だったということだ。

余談ながら、フーキエ・タンヴィルの補佐のひとりレスコ・フルリオは、ロベスピエールの推薦である。巷《ちまた》で呼ばれる「清廉の士《アンコリュプティブル》」は、九月虐殺については無頓着《むとんちゃく》そのものので、黙認してしまったという意識さえないらしい。

最後に足せば、革命裁判所の職員には、なり手が少なかった。首席判事モンタネにしても、第一候補、第二候補と辞退が連続したために、ようやく選任された第三候補である。いうまでもなく、ジロンド派の報復を恐れてのことだが、それ以前に厳しく批判された組織であり、あえて手を挙げてまでという希望者は多くなかったのだ。

——そういう意味では貴重な男だ。

デムーランも続けた。だから、本当に頼んだよ、市民フーキエ・タンヴィル。革命裁判所まで廃止にするわけにはいかない。是非にも精力的に働いてもらいたい。

「なにせ裁いてやりたい輩は後から後から現れて、今も尽きる様子がないからね」

「と申されますと」

「まずはヴァンデの暴徒たちさ」

そう名前を出せば、意識はパリの混沌《こんとん》から離れていく。が、そこでもデムーランは唾《つば》を吐き捨てたいほどの怒りに駆られた。本当にヴァンデの暴動とは、なんて話なのだろう。フランスが未曾有《みぞう》の危機に襲われているというのに、あのフザけた唱和はなんなのだ。

──平和、平和、籤引《くじび》き反対、だなんて。

きっかけは、くしくも革命裁判所が設立された三月十日の話だった。例の三十万徴兵に応《こた》えて、その日はフランス全土で各区各村ごと、兵役対象者の籤引きが行われる予定になっていた。

予定の数が志願で賄《まかな》える自治体であれば、かかる手間は必要ない。が、パリのように意欲的なところばかりではなかった。だからと兵隊が足らずに済ませられる話でもなく、国民公会は籤引きによる徴兵断行を決めたのだ。

三月十日は日曜日でもあった。日曜日といえば、教区教会で聖餐式《せいさんしき》が挙げられる。聖堂に信徒が集まることを幸いとして、そのまま男子を残す手筈《てはず》が取られた自治体も多かった。かくて堂内で籤引きが行われたわけであるが、それが旧ポワトゥー州のヴァンデ県においては、立ちあいの立憲派聖職者を惨殺する事態になったのだ。

「平和、平和、籤引き反対」

掛け声を合わせながら、人々は役場の職員を殴り、共和国の印が付された公文書を燃やした。あげく「革命派」は死刑だと叫びながら、「愛国者」で知られた市民の家に押し入った。その翌日には、西はマシュクールから東はショレ、ブレシュイールまで、まるで三月十一日とあらかじめ口裏を合わせていたかのように、ヴァンデ県の人々は一斉に蜂起《ほうき》に踏み出したのだ。

大切な働き手を兵隊などに取られてたまるか。どこの誰とも知らない輩が勝手に始めた戦争など知るものか。土台が共和国になりたかったわけじゃない。ああ、革命なんか迷惑だ。そんなもので得をしたのは、街の人間だけじゃないか。政府払い下げの土地を買えたのは、金持ちだけじゃないか。俺《おれ》たち貧しい農民には、ひとつも関係ない話だ。そう口上を並べながら、蜂起の理屈は素朴な、あまりにも素朴な農村部の実感だった。

——まさに本音だ。

そう認めて、なおデムーランは共感を寄せる気にならなかった。未曾有の国難において、あまりに近視眼的な発想だと呆《あき》れざるをえないからだ。ああ、戦争には僕だって反対だった。けれど、それだからと背を向ければ、もう次の瞬間には、家族が、友が、フランスの同胞が、外国の兵隊に殺されると、すでにしてそういう事態なのだ。

今まさに全てのフランス国民が一致団結しなければならないとき、ヴァンデ県の人々が示したのは、およそ考えられないくらいに利己的な行動だった。ところが、人間というものは、浅ましいほど正直で、自分に甘く、明日より今日の都合で動く、なんとも短絡的な生き物であるらしいのだ。

——蜂起はみる間に拡大した。

ヴァンデ県だけではない。その興奮状態は隣接諸県にも飛び火した。一週間とたたないうちにロワール・アンフェリュール県の全域、モルビアン県の三分の二、イール・

エ・ヴィレーヌ県の半分、コート・デュ・ノール県、フィニステール県の三分の一と、旧ブルターニュ州の全土を席捲《せっけん》する勢いを示したのだ。

——もう単なる蜂起では片づけられない。

危機感を抱《いだ》かせるというのは、規模が拡大したからだけではなかった。

パン・アン・モージュの馬車引きで、教区教会では香部屋係《こうべやがかり》を務めていたとか、いや、それまでも宣誓拒否僧の密使として働いていたのだとか、様々に噂《うわさ》されるジャック・カトリノー。猟場役人を務めた元兵士で、革命で失業を余儀なくされていたジャン・ニコラ・ストフレェ。元塩税役人で、塩税の廃止でやはり失業していたスーシュ。あるいは理髪師のガストン。または外科医ジョリィ。

指導者といわれる人々の名前も聞こえてきた。そうした輩が暴徒の群れを、「ヴァンデ軍」として組織化した。これがサン・フロラン、ティフォージュ、サヴネイ、クリソン、ボープロー、モンテーギュ、モルターニュ、シュミーイェ、ラ・ロシュ・シュール・ヨン、ノワールムーティエと、地域の要衝という要衝を次々制圧していったのだ。

運動の急速な拡大は、そうした「軍事行動」とも無関係ではなかった。徴兵拒否に端を発したことを考えれば、奇妙きわまりない話でありながら、それが「ヴァンデ軍」による「軍事行動」だというのは、出動した現地の国民衛兵隊を撃退し、急ぎ送られた正規軍さえ、しばしば敗走に追いこんでいたからである。

なるほど、ある意味それはフランス共和国の軍隊などより、遥かに本格的な軍隊だった。

――ボンシャン侯爵《こうしゃく》、あるいは元の海軍将校シャレット……。

蜂起の指導者には、貴族であり、元軍人であるという連中も多く名前を連ねていた。これが農民たちには嫌われていなかった。革命など起きたところで、少しも楽にならないのだから、昔通りに貴族がいてくれたって構わない。迷惑な共和国を倒してくれるというなら、その指揮棒に従うこともやぶさかでない。かくて造られた「ヴァンデ軍」は、農民軍であると同時に貴族軍でもあった。

少なくとも指揮官の資質は高い。貴族将校の亡命が相次いで、ほとんど組織の体《てい》もなさない共和国の軍隊を打ち破って、さほど不思議な話ではない。

――だけではない。

貴族たちは迷わず王党派の名乗りを上げる。かてて加えて、国王ルイ十六世まで殺してしまった共和国の政府にこそ今まさに天罰は下されるのだと、あらんかぎりの声で叫ぶというのが、かねて危険視されていた宣誓拒否僧だった。

とんちんかんに人権を語る立憲派などより数倍ありがたい、なお神を語ってくれる宣誓拒否僧こそ本物なのだとして、農村部における支持の固さはといえば、驚いたことにアンシャン・レジームそのままで、教会改革の痕跡《こんせき》さえほとんど認められないほどだったのだ。

11――使命

――王党派で、カトリックで、反ブルジョワで……。

つまり、ヴァンデに起きた動きは、反革命の反乱だった。

別な言い方をすれば、フランスは内乱に突入した。いや、今の時点で内乱とするのは大袈裟《おおげさ》かもしれないが、かつてその事態を予言したロベスピエールが、こうだからと描いてみせた通りの図式で火の手が上がったことだけは事実である。

――こんなときに……。

外にあっては、対フランス大同盟が結成された。イギリスを中心に、オーストリア、プロイセン、スペイン、ナポリ、ローマ、三月二十四日にはイギリスと同盟を結ぶことにより、これにロシアまでが加わる形勢になった。

立ち向かうフランスは、内にあっても拡大の一途を辿《たど》るばかりのヴァンデの反乱を抱えてしまった。あらためて、まさに最悪の事態なのだ。

――冗談でなく、もうフランスは破滅するしか……。

最近デムーランは本気でそう考えることがある。当然の危惧《きぐ》だ。悲観がすぎるわけじゃない。常識の思考力さえあるならば、誰もが破滅という答えを出さざるをえない。

――それもこれもルイ十六世を殺してしまったからなのか。

それをきっかけにイギリスが動き出し、あるいは王党派が立ち上がりと、具体的な因果関係を論じる以前に、パリではさかんに囁《ささや》かれていた。悪いことばかり、こうまで見事に重なってしまうというのは、きっとルイ十六世の呪《のろ》いの仕業《しわざ》に違いないと。ありとあらゆるフランス人は親殺しと同じ罪に問われて、地獄行きの目に遭わされるに違いないと。

――そうなれば……。

もう議員だなどと、胸を張っている場合ではない。支持者を集めて、アパルトマンで歓談を交わしていることもできない。いや、議席を占める占めないは、この際は関係ないとして、デムーランが恐れるのは今日のこの日を失ってしまうことだった。

――ようやく手に入れたのに……。

それはボンヤリしている間に、勝手に与えられたものではなかった。心を決め、あるいは命を賭《と》しながら、戦い、傷つき、その痛みを乗り越えて、自ら勝ちとったものなのだ。つまるところ、デムーランは煩悶《はんもん》した。このままではいけないのじゃないかと。フランスの未来を積極的に拓《ひら》くべきなんじゃないかと。もしも拓かれるならば、どんな犠牲も惜しむべきではあるまいと。大事な家族がいるからと臆病《おくびよう》に駆られるのでなく、逆にだからこそと自分を鼓舞するのが本当だろうと。

不意に歓談の気配が大きくなった。書斎の扉が向こうから勝手に開いていた。しっかり閉じられていなかったにせよ、鎧戸《よろいど》ごと窓を開放しておく季節でなし、風が吹きこんだわけではない。

あれと首を傾《かし》げれば、オルゴールの音のような声が聞こえた。とはいえ、まだ言葉にはなっていない。ああと気づいて目を下げれば、やはり這《は》い這《は》いの赤子がいた。

──なかんずく、息子のためだ。

じき九カ月、オラースは健《すこ》やかに成長していた。輝かしい未来が与えられた、このフランスという国に守られながら、これからも健やかに育ち続けるはずだった。

いや、そうでなければならないのに、その幸福を僕の息子は今まさに奪われそうになっている。邪《よこしま》な外国人に滅茶苦茶《めちゃくちゃ》に踏みにじられて、あるいは自儘《じまま》なヴァンデの暴徒に内側から蝕《むしば》まれて、大きく大きく実ろうという人生を、祖国と一緒に台無しにされそうになっている。

デムーランは怖かった。フランスが破滅する。息子の手から未来が奪い去られてしまう。ちらとでも思ったが最後で、怖くて怖くて仕方なくなり、手足の震えが止まらなくなる。が、だからこそ身体《からだ》の奥底に生まれるや、灼熱《しやくねつ》の温度を孕《はら》んでしまう怒りもあるのだ。

――許さない。

それがデムーランの結論だった。フランスを破滅させようとする者、フランスを裏切ろうとする者、いや、フランスを積極的に救おうとしない者、つまりはフランスのために何もしようとしない者まで含めて、この国の未来を危うくする輩を僕は絶対に許さない。

その罪を償わせるためならば、どんな非情な手段も躊躇《ちゆうちよ》しない。恨みたければ、ああ、好きに恨むがよい。ルイ十六世の亡霊も呪いたければ、いくらでも呪うがよい。けれど、覚悟はしてもらう。フランスと僕の息子オラースの未来を害するならば、このカミーユ・デムーランはおまえに倍した怨念《おんねん》で、おまえとおまえの家族のことを呪ってやる。ああ、フランスの敵、革命の敵、この国の子供たちの敵は、みんな地獄に堕《お》ちるがいい。

守りたいと願うあげくに宿るのは、やはりといおうか、見境ない攻撃性であるようだった。なるほど、九月虐殺が起きたはずだ。それでも、あの無秩序な蛮行だけは繰り返してはならないのだ。

怒りの念そのものが否定されるべきでなければ、それを正しく表現する道具が、やはり欠かせないことになる。

「革命裁判所の使命は大きい。本当に頼んだよ、市民フーキエ・タンヴィル」

這い這いの息子を床から抱き上げながら、デムーランは繰り返した。可愛《かわい》いお坊ちゃんですなと追従《ついしょう》で受けてから、フーキエ・タンヴィルは答えた。

「ええ、デムーラン議員、ご安心ください。ヴァンデ軍の指導者が捕虜に取られ、パリに連行されてきた日には、ぞんぶんに腕を振るうつもりでおります。しかし、反乱の火が燃えさかる現下においては、まず軍隊に奮闘してもらわなければ……」

「まあ、ヴァンデ軍については、そうだな。ああ、サンテールさんなんかも近く出撃するという。パリの国民衛兵隊が出ていけば、鎮圧は時間の問題だとして、それでも裁判にかけるというのは、まだまだ先の話だ。今日わざわざ来てもらったのは、他でもない。君の法廷に、近々にも引っぱっていくことになりそうな男がいる」

「デュムーリエ将軍ですね」

確かめられて、デムーランは頷《うなず》いた。ああ、そうだ。ことによると、大事件に発展するかもしれない。

「いかにも、大事件に発展する可能性は大ですな。けれど、それまた、ご心配なく、デムーラン議員。革命裁判所でも組織の浮沈がかかる大事と考えております。訴追検事の私にしても、それこそ今日から調査を始めるつもりでおりました」

「それは、ああ、感心なことだが……」

そう半端に受けたまま、デムーランは先を続けなかった。簡単には続けられない。政治は複雑なものだからだ。それ以上に人生も複雑なのだ。

続けなければ、向こうから食いついてくるだろうとも考えていた。案の定、フーキエ・タンヴィルは献身的な猟犬を思わせる仕種《しぐさ》で、こちらの顔を覗《のぞ》きこんできた。

「デムーラン議員、なにか別して考慮するべき事情でも」

「ふむ、なんというか」

再び言葉を切ると、そこでデムーランは居間に声をかけた。リュシル、リュシル、ちょっと来てくれないか。来客に二言、三言と断る時間だけ待たせて、すぐに妻はやってきた。まあ、オラース、お父さまの書斎は駄目っていったでしょう。

デムーランは優しく叱《しか》られた息子をリュシルに託《たく》して、それから改めてフーキエ・タンヴィルに続けた。

「内々の話もある。歩きながら話そう」

先に上着を取りながら、デムーランは訴追検事を促した。ああ、市民フーキエ・タンヴィル、いくつか承知しておいてもらいたい話がある。私はこれから議会に出なければならないが、その道々で聞いてほしい。

12——デュムーリエ事件

周知のように、ベルギー戦線は振るわなかった。

イギリス主導で対フランス大同盟が結成されたこともあり、パリの危機感が高まるほどに問題視されたのが、独断専行とも取れるデュムーリエ将軍の態度だった。

非難の声が上がって然《しか》るべき状況もあった。デュムーリエ将軍がオランダに深入りしすぎたため、ヴァランス将軍、ミランダ将軍が敗走を余儀なくされた。闇雲《やみくも》な進軍を続けることなく、司令官は急ぎ後方の援護に回るべきだった。そうやって戦況の悪化を説明する声が、少なくともパリでは圧倒的だった。

実際、三月十二日の国民公会《コンヴァンシオン》では、ポワソニエール区の代表が発言を希望して、無能な司令官を解職すべしと、デュムーリエ弾劾《だんがい》を陳情した。

このときはペニエール、イスナール、ドラクロワ、バレール、デュアムと、少なからぬ議員がデュムーリエの弁護に回り、それほど大きな騒ぎにはならなかった。

——それも負け戦となれば、早晩責任論が浮上しないでは済まない。

そのあたりの空気は、本人からして感じないではなかったのだろう。くしくも同じ十二日、デュムーリエはベルギーのルーヴァンで手紙を書いた。国民公会に宛《あ》てた手紙は、自分ひとりが生贄《いけにえ》にされては合わないという、ある意味では当然の弁明なのだが、三月十四日にパリに配達されてみれば、それにしても挑戦的な筆致で、しかも無礼きわまりなかった。

「フランスを破滅へと導いている馬鹿な大臣と役人どもによって、共和国の軍隊がいかなる崩壊と苦しみの渦中におかれているか、諸君らは果たして知っているのか」

敗戦の責任は前線の将兵のせいでなく、専《もっぱ》ら政府のせいではないか。陸軍省の無能は無論のこと、アッシニャを増発した財務省まで、フランスの首脳部は目も当てられない体《てい》たらくだ。ベルギーの反感を買ったのも、そのせいだ。かかる声の荒らげ方で、デュムーリエときたら関係者を名指しせんばかりの勢いだったのだ。

十五日、国民公会の国防全体委員会で朗読されるや、非難の声が噴出した。国防全体委員会とは、戦況の好転と内政の引き締めを期して一月一日に設立された、国権の執行《しっこう》諮問《しもん》機関のことだ。

バレールなど即日の告発を試みた。が、そこで弁護を試みたのがダントンだった。

「いや、なんたって奇蹟《きせき》の勝利を遂《と》げた将軍だ。デュムーリエは兵士の信頼を得てるんだ。今ここで罷免《ひめん》しちまったら、ベルギー戦線なんか負け戦で、とっくに浮足立ってるんだから、たちまちにして崩壊だぜ。みる間に軍隊の体もなさなくなって、それこそフランス破滅の入口を開けることになるぜ」

かの巨漢は昨秋から数度のベルギー出張を繰り返していた。戦線の実情については、他の議員の数倍は詳しい。「ベルギー通」の説明は説得力があった。国民公会は態度をたちまち軟化させたが、かわりというか、ダントンは再び出張を余儀なくされた。三月十二日付の手紙について、デュムーリエ自身に釈明を求めるために、同僚議員ドラクロワを伴い、再度の戦線訪問を義務づけられたのだ。

「まったく、御苦労な話だね。まあ、気晴らしの小旅行くらいのつもりで行ってこいよ」

「いや、カミーユ、そんな遊び半分じゃ務まらねえぞ」

「…………」

「デュムーリエの旦那《だんな》だが、俺《おれ》たちでも目を覚ますことができなかったら、もう処刑に回すしかなくなるぜ」

発《た》つ前に残した、それがダントンの言葉だった。

親友が何を知り、どう危惧《きぐ》していたのか、それはわからない。が、デムーランは少なからず驚いた。それほどの話ではないと考えていたからだ。

こちらの国民公会も、向こうのデュムーリエも、互いに感情的になっているだけだと、要するに子供の喧嘩《けんか》と同じなのだと、それが顚末《てんまつ》から受ける率直な印象だった。それが「ベルギー通」となると、意外なくらいの深刻顔だったのだ。他人事《ひとごと》でないといわんばかりに、重い溜《た》め息まで吐《つ》いたのだ。

「楽観できないよ、この騒動については」

デムーランは話を仕切り直した。パタンと扉が閉まると、嘘《うそ》のように静かになった。サン・ジェルマン大通りで馬車に乗りこみ、車室の座席に腰を落ち着けながらだった。

四頭立ての馬車は、今春ようやく手に入れた一台だった。中古ながら、艶々した黒で車体を塗りなおし、なかなかの見栄えである。

デムーランにも多少は自慢したい思いがある。でなければ合わない。車庫を借り、厩《うまや》を手配し、馬を養い、御者《ぎょしゃ》を雇いとすれば、それだけで議員の給与など消えてしまうくらいの出費になるのだ。

が、これも政治活動の一環である。相応の権威を演出しようとすれば、簡単に省くわけにはいかなかった。

とはいえ、馬車そのものが珍しいわけではない。パリには乗合馬車も多く走る。ただ乗せられる分には特段の興奮もない。フーキエ・タンヴィルのほうは淡々として、今度は世辞ひとつ使わなかった。あくまで仕事の話として、本題から逸《そ》れなかった。

「けれど、そこはデュムーリエ将軍とて、共和国の司令官であられます」

「司令官だから、どうだというんだね。司令官だろうがなんだろうが、革命裁判所が遠慮するものではあるまい」

「もちろんです、デムーラン議員。革命裁判所の検事部は、それとして厳正なる調査を進めるつもりでもあります。ただ私が申しましたのは、フランス共和国の司令官ともあろう人物が、痴話喧嘩のような争いに目を奪われて、それきり大局を見誤るような真似《まね》はなさらないのではないかと」

「十二日付の手紙は、単なる自己弁護にすぎないと？　敗戦の責任を転嫁されたことで、デュムーリエの保身の欲求が爆発、いや、暴発したものにすぎないと？」

「ええ、結局のところは、それだけなのではないかと。巷《ちまた》で高じております悪口そのままに、わざとオーストリア軍に負けたのだとか、もうベルギー方面軍を投げ出すつもりなのだとか、そのような話には現実味がないように」

「ううむ、そうか」

「そう軽々《けいけい》に祖国を裏切るような真似をなさるだろうかと、私などは首を傾《かし》げてしまうのですが、まあ、それも考え方ではございます。内閣、あるいは議会に不服従の態度を示せば、すでにして反革命なのだと解釈できないわけではありません。ええ、それも訴追検事である私の訴状の書き方ひとつですから、デュムーリエ将軍を有罪にすること自体は造作もない……」

「いや、いや、そういう話をしているんじゃない。ああ、罪を捏造《ねつぞう》しろというつもりはないんだ。ただ忘れてほしくないのは、デュムーリエも貴族なんだということさ」

「いかにも、貴族の出であられます」

「そのうえルイ・カペーこと、元フランス王ルイ十六世の気に入りだったんだ」

自分で話題にしておきながら、またルイ十六世かと、デムーランは辟易《へきえき》する思いだった。どこまで振り回されなければならないのだ。話題に上らせること自体が業腹《ごうはら》だ。癪《しゃく》に感じるあまり、いくらか黙ったままでいると、その間にフーキエ・タンヴィルが先を続けた。

「王の処刑については、ええ、デュムーリエ将軍は憤激を隠そうともしていないと、それは私も聞いております」

「タンプル塔に収監されている王子、あの王太子ルイ・シャルルを『ルイ十七世』にして、王国を再興するとも息巻いたらしいじゃないか」

「本当ですか、デムーラン議員」

フーキエ・タンヴィルは声を高めた。馬車のなかだけに、耳が痛くなるほどだ。本当に知らなかったのかもしれないが、それとしても、やや芝居がかったきらいがあった。

こういう大袈裟《おおげさ》な風は好きじゃないなと思いながら、デムーランは先を続けた。

「そのときは自分が摂政《せっしょう》になるとも、打《ぶ》ち上げたとか打ち上げなかったとか」

「まさか」

「そういう噂《うわさ》は絶えないよ」

「本当だとすれば、痴話喧嘩とか、保身とか、そうした程度には留《とど》まりません。そもそも共和国の司令官という立場さえ難しくなるわけで、ううむ、ことによると、王党派クー・デタというのも、単なる噂以上の内実があるかもしれませんな」

「ああ、嫌疑は濃厚だね。思想信条からすれば、確かに反革命の輩《やから》ではないのかもしれないが、デュムーリエはなんといっても野心家だからね。それも革命の理想を上回る熱狂で、己の栄達を夢みているような輩だ。一部では、ベルギー、オランダと征服して、両国を合わせた新たな建国を遂げたあげくに、自ら王になろうとしているともいわれている。まったく、厄介な男もいたものだよ」

13――本題

建物の並びが切れて、新橋《ポンヌフ》がみえた。右に曲がれば、シテ島の先端を掠《かす》めながら、右岸に渡ることができる。テュイルリ宮もすぐだったが、せっかく開けたセーヌ河の風景を再び都会の高層建築に遮《さえぎ》られるまま、デムーランは今来た左岸の道をまっすぐ進むことにした。

右岸では渋滞に嵌《は》まる恐れがあった。空いている時刻で、仮に近道だとしても、無理をしてまで先を急ぐ必要はない。むしろ、じっくり時間をかけたい。少なくとも事実として、デュムーリエ問題は拗《こじ》れていた。

三月二十日、ダントンとドラクロワはルーヴァンでつかまえて、デュムーリエと会談を果たした。パリに戻ったこの二人の派遣議員が三月二十六日に明らかにしたその成果が、「十二日付の手紙については釈明の用意がある、しばし待たれよ」という二行ばかりの手紙を託《たく》されましたと、それだけだったのだ。

「デュムーリエはパリ進軍を計画している。もう三月二十七日にはベルギーを出発した。派遣議員との会談をやりすごすや、大急ぎで着手したのがオーストリアとの秘密交渉だった。カペー未亡人こと元王妃マリー・アントワネットの故国には、国民公会《コンヴァンシオン》の解散と王政再興を約束した。その条件で休戦を引き出し、背後の安全を確保したからには、いつでもパリに軍を進めることができる」

「と仰《おつしや》るあれやこれやも、人々の噂《うわさ》になっているわけですか」

デムーランは頷《うなず》いた。ああ、それも蓋然性《がいぜんせい》の高い噂だよ。

「やはりデュムーリエは臭いよ。クー・デタの疑いは濃くなるばかりだよ。だって、市民フーキエ・タンヴィル、そうでないなら三月二十九日の宣言は、全体どう解釈したらいいんだね」

「パ・ドゥ・カレー県とノール県に関する宣言ですね。自分と自分の軍隊は両県を守るとして、唐突に打ち出した宣言のことですね。なるほど、ベルギーとオランダにパ・ドゥ・カレー県とノール県という国内の後背地《こうはいち》を合わせて、ああ、そうですか、一種の地域政権を樹立するわけですか。自らその王になるのでなくとも、かくて足場を確保できれば、さらなるクー・デタの成功も夢ではないという話ですか」

デムーランは頷いてみせた。ああ、すでに宣戦布告も同然なんじゃないかね。

「というのも、自分と自分の軍隊は両県を守る、それも誰から守るといって、デュムーリエは外国の敵から守るのみならず、国内の無政府状態からも守ると述べたわけだからね」

「その国内の無政府状態というのは、全体なにを意味するのでしょう」

「同じくデュムーリエによれば、『行き過ぎた愛国主義の形をとり、またその言葉を吹きまくる、いっそう危険な』状態ということだ。はん、下手《へた》な皮肉だ。つまり、現下のフランス共和国政府はまともじゃない、無政府状態に等しいといったんだよ、デュムーリエは。だから倒さなければならないと、すでにしてクー・デタを臭《にお》わせているんだよ」

「なるほど、そのように解釈しなければ、確かに理解不能ですな。ううむ、これは仰《おっしゃ》るとおりに穏やかでありません。いや、わかりました、デムーラン議員。やはり訴状は有罪の線で作成することにします」

「だから、そういう話をしているつもりは……」

フーキエ・タンヴィルは手を差し出して止めた。いや、わかっております。ええ、本当にわかっております。デムーラン議員のほうから、なにか特定の圧力がかけられたなどとは、決して口外いたしません。

「いや、だから、圧力をかけるとかでもなくて、いや、なんというか、ただ三十日の議会でデュムーリエの法廷召喚が正式に決まっただろう」

汗までかいて焦りながら、デムーランは言葉を急いだ。事実として三月三十日の国民公会では、カミュ報告に基づいて、デュムーリエの法廷召喚が決議された。こうまで嫌疑があるかぎり、このまま放置しておくわけにはいかない、とにかく一度パリに来てもらわなければならないという結論だった。

とはいえ、軍隊という暴力装置を手中にする相手だけに、役人ひとり派遣して、裁判所まで引っ張ってこられるとも思われなかった。その身柄の拘束ならびに連行にあたっては、カミュ、キネット、ラマルク、バンカルという四議員と、陸軍大臣ブールノンヴィルという議会使節が、戦地に派遣されることになった。いかな将軍、いかな軍隊といえども無視できない権威をもって、速やかに処分を進めるという発想である。

「かたわら、三十一日にはパリ自治委員会から第一助役ショーメット、第二助役エベールとやってきて、デュムーリエ裁判は革命裁判所で行うべしと要請が寄せられたじゃないか。ということは、いよいよ他人事《ひとごと》じゃなくなるわけで……」

「だから発破《はっぱ》をかけようとなされたと、ええ、デムーラン議員、このフーキエ・タンヴィル、もちろん、そういう話と理解しております。ええ、いくらか簡単に考えていたかもしれません。まだ昨日の今日だから、これからの調査で十分に立件できるなどと、見通しが甘かったとも反省しております。ええ、気持ちを入れ替えます。ええ、デュムーリエ将軍の訴追に向けて、全力を挙げるつもりであります」

「無論のことだ。ああ、市民フーキエ・タンヴィル、それは、うん、それで頼むよ」

そこでデムーランは引き揚げた。が、きっぱりと引き揚げて、もう話は終わりにする、他に話題を切り替えると、そういうわけでもなかった。いいにくそうに口許《くちもと》をもごもごさせ、けれど容易に声にすることができず、そうしたこちらの煮え切らなさに気づいたのだろう。

また忠犬の顔になって、フーキエ・タンヴィルは言葉を足した。なんなりと仰ってください、デムーラン議員。私に足りないところがございましたら、どんな努力も惜しまないつもりであります。

「いや、足りないとかじゃない。デュムーリエのことは本当に、それでいいんだ。ああ、あの男なら徹底的に裁いてほしい。が、それだけでは済まないかもしれないんだよ」

「と申されますと……」

「あれは人脈が広い男だからね。今回のことでは政界全体に激震が走ることになるかもしれない。デュムーリエ事件は終わりでなく、もっと大きな事件の始まりになるかもしれない」

それが別して君を呼んだ理由だよ、市民フーキエ・タンヴィル。いったん言葉を切りながら、そこでデムーランは数秒の時間をおいた。

実のところ、ここからが本題だった。

本音をいえばデュムーリエなど、どうでもよかった。ヴァルミィの戦勝でフランスの救世主と持《も》て囃《はや》されたが、そのときも戦争反対だったデムーランは、無邪気な大衆と一緒に熱狂したわけではなかった。

そもそもの人物はといえば、ある日どこかから、ふらっとパリに現れた、どこの馬の骨とも知れない山師という印象しかなく、愛国者面《あいこくしゃづら》してジャコバン・クラブを訪問されるほどに業腹《ごうはら》だった。

本当は大人物だったとしても、それさえデムーランには関係なかった。個人として、特に親しいわけではないからだ。ために好評も、酷評も、あくまで淡々として加えることができるし、その台頭にも、転落にも、特に怒るわけでもなければ、なんら悲しむわけでもない。

——ところが、同じように冷淡には切り捨てられない話もある。

切り出し方が難しいのも、そのためだった。が、そうして躊躇《ちゅうちょ》しているうちに、フーキエ・タンヴィルのほうが先を続けてしまった。

「ダントン議員のことですか」

デムーランは絶句を強《し》いられた。驚いた。その名前が今この段階でフーキエ・タンヴィルの口から吐き出されるなどとは、よもや考えもしないことだった。

——この男は……。

意外や、ただの法律屋ではないのかもしれない。政治的な感覚が鋭いというか。物事を四角四面の理想論より、人と人との間に生じる力学を根本に考えているというか。

その資質を云々《うんぬん》するより先に、デムーランを捕えたのは、えもいわれず不愉快な予感だった。憎らしいとか、恐ろしいとか、はっきり敵意を覚えたわけではないのだが、これまでの認識を改めないでもいられなかった。ああ、とにかくフーキエ・タンヴィルという男は、地縁、血縁だけが頼りの哀れな就職希望者だったと、安易に侮《あなど》れる相手ではない。

14――依頼

もっとも、ダントンの名前は、どうやっても出てこないものではなかった。

政界を眺め続けているならば、むしろそれほど特殊な観察ではないといえる。デュムーリエがクー・デタを考えているとするならば、単独での計画とは考えられない。パリの人脈と連動しての話だろうと読むのは、ごくごく常識的な発想なのである。

――共犯者は誰だ。

そう問えば、ダントンの名前が挙げられても仕方ない状況はあった。

第一に、数度にわたる出張を通じて、「ベルギー通」は現地のデュムーリエと個人的な紐帯《ちゅうたい》を築いたといわれていた。それを裏づけるかのように、第二に、国民公会でも積極的にデュムーリエを弁護している。二十日の会談では短い手紙だけ託され、いってみれば小馬鹿にされた格好であるにもかかわらず、それを報告した二十六日の議会でも、なおダントンは将軍弁護の口ぶりを貫いたのだ。

そのため、さらに穿《うが》った見方も生まれた。デュムーリエとの会談が二十日であるなら、ベルギーからは二日もあれば十分なのだから、ダントンは二十二日にはパリに戻れたはずだというのだ。それが二十六日まで遅れたからには、空白の四日間には相応の理由があるのじゃないかと。

「あっ、まさか」

と、フーキエ・タンヴィルは素頓狂《すっとんきょう》な声まで上げた。腹立たしい感じもあって、デムーランのほうは顔を顰《しか》めた。が、ふと気づけばドキドキ胸の鼓動が速くなっていて、これは動揺しているということか。

声も不機嫌にならざるをえない。

「で、なんだね、今度は」

「いえ、先ほどデムーラン議員が触れられた噂《うわさ》です。派遣議員との会談が終わった直後から、デュムーリエ将軍はオーストリアと内通を始めたという……」

「その噂話が、どうしたというんだね」

「もしや交渉にあたったのは、ダントン議員ということですか」

「馬鹿な」

それはない。絶対にないぞ、市民フーキエ・タンヴィル。言下に打ち消しながら、その間もデムーランの心臓は、ドキドキ、ドキドキ、動悸《どうき》の波を速くするばかりだった。

三月二十二日までにパリに帰れたはずなのに、二十六日まで遅れた。ベルギーからの帰還に際して生じた、ダントンの空白の四日間を解釈しようとするならば、オーストリアと交渉していたという想像は、ひとつの仮説として成立しえない話ではなかった。が、それはない。ダントンにかぎって、そんな、祖国を裏切るような真似《まね》をするわけがない。

「では、デュムーリエ将軍のクー・デタ計画に、パリのほうで連動している様子があると、つまりは首都で地下活動をたくましくしていると、そういう嫌疑がかけられているわけですか、ダントン議員には」

「いや、だから、ダントンに嫌疑がかけられているとはいっていない。というか、疑わしくないんだよ、ダントンは」

馬車の車内であることを幸いに、今度はデムーランのほうが声を大きくする番だった。ああ、違う。オーストリアと内通した事実はない。クー・デタ計画に備えて、パリで準備を進めているわけでもない。

「そもそもデュムーリエなんかに肩入れしていない。潔白なんだよ、ダントンは。しかし、ああ、まさに君が推理してみせたように、疑われかねないような状況はある。訴追検事の君に別して理解してもらいたいのは、つまり、なんというか、そういうことなんだよ」

「そういうこと、と申されますと……」

「つまり、ダントンは共犯なんだというような流言に、君まで惑わされないでほしいというか。あの男の潔白は、この私が保証するから……」

「立件するなという御依頼ですな」

「…………」

「わかりました、デムーラン議員。ええ、しかと了解いたしました」

フーキエ・タンヴィルに先回りされるほど、デムーランは顔を伏せないではいられなかった。恥ずかしさに自分が赤面したことがわかった。卑劣な真似をしている気がした。ああ、確かに卑劣だ。要するに僕は裏から手を回したのだ。手心を加えてほしいと、恩人顔して因果を含めようとしたのだ。

——それでも、ダントンは救わなければならない。

なんとなれば、あの親友は告発されるかもしれないのだ。法務大臣時代の使途不明金を追及された経緯もあり、またぞろ訴えられるなら、いや、単に醜聞を起こしただけでも、その政治生命は一気に危うくなってしまう。

しかも今度は革命裁判所に引き出されるかもしれない。革命を守るための特別措置で、専《もっぱ》ら厳罰ばかりを期待されている裁判所だ。その被告は政治生命どころか、文字通りの命まで奪われかねないのだ。

フーキエ・タンヴィルが続けた。ええ、ええ、私は了解いたしました。

「ただ革命裁判所の他の吏員《りいん》が、ダントン議員の嫌疑を取り上げないともかぎりません。いえ、その可能性は高いとみるべきでしょう。ほとんど確実といった形勢でしょう」

「そ、そんなに、かい」

確かめたものの、デムーランとて裁判所の雰囲気は察しないわけではなかった。革命の理想を上回る熱狂で、己の栄達を夢みている。つまりダントンも世間ではデュムーリエと同じ穴の狢《むじな》とみられているのだ。

「ええ、デムーラン議員、それも無理からぬ話かと。なにせ、ダントン議員はデュムーリエ将軍を弁護なされたきりなのです」

「あ、ああ、それか」

「御自分の行動については、何ひとつ弁明しておられない。その沈黙こそが……」

「無罪の印と解釈されるべきじゃないかね」

デムーランは少し強気になることができた。確かに余人の目には、それまた不可解にみえるだろう。が、そこなら親友として、絶対の自信がある。

「ですか。ううむ、ということは、なにか特殊な事情でもおありなのですか、ダントン議員には」

そうフーキエ・タンヴィルに掘り下げられても、やはり動じないで済んだ。いや、確たる証拠があるではない。けれど、僕にもわかるんだ。ダントンが疑わしくみえるのは他でもない。

「守ろうとしているからさ」

「誰を、ですか。あるいは何を」

「それは明らかにできない。できないから、ああ、ものすごく苦しいんだよ」

一方的に押しつけると、デムーランは馬車の御者にいいつけた。橋の袂《たもと》で停《と》めてくれ。いや、セーヌ河は渡らなくていい。カルーゼル広場まで行くと、渋滞に嵌《は》まってしまう。

「さて、市民フーキエ・タンヴィル、到着したようだ。国民公会の審議では、今日にも何か動きがあるかもしれない」

訴追検事として慎重な判断をするためにも、是非にも傍聴してくれたまえ。勧める言葉で扉を開けると、フーキエ・タンヴィルは抗《あらが》うことなく、従順な頷《うなず》きで馬車を降りた。

15――ラスルス

褐色の自毛を整えた短髪ながら、L字に前に迫り出して、すんでに頬髭《ほおひげ》になりそうなもみあげが、下手な鬘《かつら》に倍して悪目立ちしていた。演壇に立っていたのは、マリー・ダヴィッド・ラスルスという男だった。

「いえ、市民ダントンに投げかけようと思うのは、正式な告発ではありません。ただ議会の判断に委《ゆだ》ねたいと願わずにいられない、ひとつの推測があるというのです。胸のうちを隠す術《すべ》など知らない性格なものですから、ダントン氏、それからドラクロワ氏の行動が自《おの》ずともたらした考えというものを、これから率直に述べたいと思います」

ラスルスは南フランス、タルン県選出の議員である。その寝言のように聞こえる言葉の訛《なま》りが、デムーランを苛々《いらいら》させた。生意気なようにさえ覚えたのは、あるいは三十歳を超えたばかりという若さのせいだったろうか。

「デュムーリエは反革命を計画したと専《もっぱ》らいわれております。実際そうだったとして、けれど、ひとりで計画したのか、それとも仲間がいたのか、そうした問いかけにも答えが得られるように私は考えているわけです」

四月一日の国民公会《コンヴァンシオン》も、議題はデュムーリエ問題だった。政治的にも、軍事的にも、波紋が広がりそうなだけに、当の将軍のパリ召還を待つ間も論じないではいられない。かかる気分が支配的であるならば、宙ぶらりんの今日の時点で槍玉《やりだま》に挙げられるのは、やはりといおうか、パリにいるダントンだった。

「これまでの経緯を簡単に整理しておきましょう。ダントン氏はいいました。デュムーリエに懲罰を加えることなどできないし、仮に加えることができても、加えるべきではないと。デュムーリエがいなくなれば、将軍も、将校も、それこそ軍隊では誰ひとりとして、命令を聞かなくなるからだと」

ラスルスは続けていた。その後でダントン氏は、こうもいいました。将軍に捧《ささ》げられる信頼は信頼として、やはり軍隊は共和主義者のものであると。デュムーリエが告発されたと報じる新聞を読めば、将兵は自ら司令官を拘束して、議会の証言席まで連行してくるだろうと。国防全体委員会では、もはや共和国はデュムーリエに期待できないとも報告したと聞きます。ロベスピエール氏がデュムーリエの素行調査を要求したときは、これに反対したのみか、熱弁を振るうことまでしました。フランス軍のベルギー撤退が完了するまで、デュムーリエに手を出すべきではないと述べて、その意見がそのまま議会で採用された経緯も周知の通りです。発言の内容を精査しますと、なんだか矛盾も散見される気もしますが、とにかく、ここまでが事実です。ここからは私の推測ということになります。

「あえて結論から申し上げましょう。私は実際に王国再興のための計画があったと思います。もちろん、首謀者はデュムーリエです。そこで、なのです。計画を成功させるために、デュムーリエは何をしなければならないか」

そこでラスルスは、いかにも意地が悪い感じで一拍おいた。

「第一に軍隊を握り続けなければなりません。とすると、ほら、ダントン氏は議会の演壇に立ったじゃないですか。デュムーリエの軍事的資質を称賛したじゃないですか。同時に軍隊は危険でないとも請け合った。王党派であるはずがない、共和国の軍隊だからと、皆を安心させようともしています。あげく帰国まで手を出すなというわけですから、これではパリまでの道を開けて、反革命の軍勢を迎え入れようとしたも同然じゃないですか」

デムーランは絶句した。ダントンには疑われる余地がある。そう認めて、なおラスルスの物言いには呆《あき》れざるをえなかった。

いや、本来なら呆れるまでもなかった。具体的な証拠が挙げられたわけでなく、これでは、ただのいいがかりだ。

なるほど、告発でなく自分の推測にすぎないと、きちんと前置きされていた。だからといって、こうまでの邪推を声に出す言い訳になるのだろうか。あげくがデュムーリエの共犯者と名指ししながら、王政復古クー・デタの一味とまで断定したのだから、これほど無礼きわまりない暴論が、果たして公論の舞台で許されてよいものか。

「ダントン氏がやったことは、それだけじゃありません。デュムーリエの陰謀を隠蔽《いんぺい》するために、祖国の危機まで誇張して、大いに喧伝《けんでん》したのです。国民の臆病心《おくびょうしん》を利用することで、戦線の維持を容認させ、つまりはデュムーリエを解任させまいとしたのです」

「馬鹿な……」

いよいよもって、声に出さずにいられない。馬鹿な。馬鹿な。いうに事欠いて、祖国の危機を誇張しただと。フランスの破滅など、ありえない絵空事だと。一語一語を嚙《か》みつぶすような気分で吐き捨てるほど、デムーランの内には怒りが蓄積していくばかりだった。それを本気でいっているなら、ラスルス、おまえは本物の阿呆《あほう》だ。ヴァンデの反乱はダントンが招いたようなものだと、そうまでいいかねない勢いだが、だったらイギリスの参戦は嘘《うそ》なのか。諸国による対フランス大同盟まで、ありえない絵空事だというつもりか。欺瞞《ぎまん》と自覚がありながら、なお堂々と口にしたなら、ラスルス、おまえは卑劣でさえある。

憤りはひとりデムーランだけのものではなかった。議場が騒然となっていた。わけても左側の激し方は一通りでなく、黙れ、下がれ、出ていけの大合唱が生じたのみか、威嚇《いかく》するように足を踏み鳴らし、あるいは帽子だの、靴だの、生卵だのと、ものまで虚空《こくう》に走らせた。

ところが、それで右側は失速するわけではない。懲《こ》りない輩《やから》が再び演壇を占めるなら、それを拍手喝采《はくしゅかっさい》で迎える始末だ。ええ、ラスルスの発言を補足したい。議員諸氏には、いっそう興味深い事実をお知らせしたい。そうやって飛びこんできたのは、ビロットー議員だった。

「ええ、国防全体委員会での話です。祖国救済を討議していたときのことです。ファーブル・デグランティーヌ氏、いうまでもなく、ダントン氏に非常に近いことで知られるファーブル・デグランティーヌ氏が、こう仄《ほの》めかしたことがあったそうです。すなわち、フランス共和国を救う手だてが、ひとつだけあるんだがなあと」

「なんだ、聞かせてみせろ」

「おうさ、おうさ、ひとつ御教示ねがいたいものだねえ」

「ところが、ファーブル・デグランティーヌ氏は口を噤《つぐ》んだといいます。口が裂けてもいえないと断りながら、思わせぶりな態度を取り続けたと伝えられます。それでも、討議の最後の最後になって、とうとう明かしたというのです」

「なんだ、なんなんだ、その起死回生の妙手というのは」

「王だそうです」

「…………」

「王政復古さえ果たせば、フランス共和国は救われるのだそうです」

もっとも、そのときフランスは共和国じゃなくなっていますがね。ビロットーが皮肉でまとめると、今度は議会の右側が爆発した。やはりクー・デタ計画はあったんだ。動かぬ証拠だ。ダントン一味は議会から、内閣から、密《ひそ》かに懐柔しようとしていた。口々に叫びながら、こちらも口笛を吹き鳴らし、あるいは酒瓶を投げながらの大騒ぎだった。

もちろん、左派とて沈黙するわけではない。

「いい加減にしろ、悪辣《あくらつ》な作り話にも程があるぞ」

「うるさい。なにが作り話だ。いいから、ファーブル・デグランティーヌを召喚しろ。あいつに証言させればいい」

「だから、そんな法螺話《ほらばなし》には、つきあっていられないというんだ」

「逃げるのか、逃げるのか、それなら罪を認めたも同然だぞ」

16──全面戦争

デムーランは飛び交う野次を、ただ呆然《ぼうぜん》と聞いているしかできなかった。気がつけば、怒りよりも驚きのほうが大きくなっていた。

──ダントンが真正面から攻撃された。

いや、告発されかねないとは思っていたが、もう少し時間があるように考えていた。まだ間に合うと踏めばこそ、フーキエ・タンヴィルとも談合したのだ。

ところが現実の議会では、非難の声は早くも一党にまで及んでいた。ファーブル・デグランティーヌの名前が出たからには、じき自分の名前も議場に響きかねないぞと、戦慄《せんりつ》する思いもある。が、それ以前に、だ。

──ラスルスも、ビロットーも、ジロンド派じゃないか。

それがデムーランの驚きだった。いや、ありえない。なにかの聞き間違いかもしれない。なんとなれば、ダントンが守ろうとしてきたもの、それはジロンド派だというのが、かねて寄せてきた観察だったからだ。

――デュムーリエからして、ジロンド派だ。

ブリソやペティオン、ヴェルニョーやビュゾというような面々ほど、党派色が強いわけではないながら、ともに内閣を組んでいた昨年来の誼《よしみ》で、やはりジロンド派であるといってよい。

デュムーリエのオランダ侵攻とて、国民公会の外交委員ブリソが主導したオランダへの宣戦布告と、きっちり足並を揃《そろ》えたものなのだ。それが売国的行為を行い、あるいは政変を画策しているとするなら、協力者として一番に疑われるべきはジロンド派だろう。王政再興が目的だとするならば、ルイ十六世の処刑を躊躇《ちゅうちょ》したジロンド派にこそ、一番に加担の嫌疑がかけられなければならないだろう。

事実、これまで共犯者と専《もっぱ》ら名前が挙がっていたのは、元の内務大臣ロラン・ドゥ・ラ・プラティエールこと、「ジロンド派の女王」と呼ばれるロラン夫人の御亭主だった。従前ダントンが疑われたというのも、そのジロンド派に近いと目されていたからなのだ。

――実際に近いから、そこが痛い。

単純な話でないことは、デムーランも承知していた。

好きか嫌いかをいえば、ダントンとてジロンド派など嫌いだろう。それでも必要だというのが、かねて打ち明けられてきた親友の考え方だった。

簡単に喧嘩《けんか》したものじゃねえ。和解できるものならば、和解したほうがいい。たとえ陰でベロを出していたとしても、表でニコニコ握手できれば、それで政治は前に進めるものなんだ。そう続けながら、ダントンはときに不可解と思えるくらいの努力も惜しまなかった。

もちろん、野心ゆえの努力ではある。右にジロンド派、左にジャコバン派あるいは山岳《モンターニュ》派を置けば、その両者を仲介し、もしくは争いを仲裁し、または利害を調整することで、自分が扇の要《かなめ》になれる。まさしくダントン中心の政権であり、実現のために東奔西走したとしても、それは当然という話になる。

――けれど、単なる野心でもないのだ。

デムーランは親友として、そう感じることがあった。ああ、ダントンは守ろうとしている。なにをといって、本来的には挙国一致の体制をだ。今のフランスには何より必要だと思うから、労苦をいとわず東奔西走していたのだ。

自分に嫌疑が及ぶことまで覚悟のうえで、デュムーリエを弁護したのも、そのためだ。仲間にまで二枚舌と悪口をいわれながら、ジロンド派に手を差し伸べ続けるのも、そのためなのだ。

――だから、悔しい。

デムーラン自身の本音をいえば、ジロンド派など直《ただ》ちに破滅してほしかった。連中が長《た》けているのは、がっちり政権を握るまま、ただそれを手放さないことだけだと思うからだ。

権力の座に居続けて、それでは何をするかとみていれば、ろくろく考えもなしの冒険主義か、さもなくば空論で御茶《おちゃ》を濁したあげくの無為無策だけだった。だから、フランスは戦争に苦しめられている。国民の生活とて、すさんでいくばかりだ。

——ああ、ジロンド派こそ諸悪の根源だ。

本当ならデムーランも、その排斥《はいせき》に力を傾注したかった。ロベスピエールから、マラから、エベールやショーメット、さらにいえばルーやヴァルレといった激昂《アンラジェ》派の連中まで、皆がジロンド派の追放を叫んで憚《はばか》らないのだから、できれば自分も加わりたいのだ。

それをしないのは、ダントンがいうように挙国一致が崩れたとたん、フランスにさらなる災厄が降りかかるような気もするからだった。

いや、そうした利口ぶった理屈を退けられたとしても、なおジロンド派の排斥には没入できないだろう。少なくともダントンの融和の努力だけは、無に帰すことはできないからだ。ダントンが身を挺《てい》して守っているかぎり、デムーランはジロンド派に手を出す気にはなれないのだ。

そう理解していればこそ、デムーランは首を傾《かし》げざるをえなかった。

――守られているジロンド派が、どうしてダントンを攻撃するのだ。

ジロンド派に近いというのが理由なだけに、これまでダントンを疑ってきたのは、主として左派の面々だった。意見を対立させてきたのも、左派だ。また左派であるがゆえに、ダントンは仲間だという思いも強く、あからさまな告発が躊躇《ためら》われてきたのも、そうした事情あっての話だ。

――いきなりの非難は、なるほど右派の仕業《しわざ》らしいとはいえ……。

デムーランは自問してみた。ラスルスやビロットーはジロンド派を代表するというより、ジロンド派の一部であるにすぎないのか。あるいはジロンド派は再び分裂しているのか。分裂しないまでも、全員の意見をまとめきれていないのか。

――あるいは皆して、またダントンを切り捨てるのか。

蓋然性《がいぜんせい》はなくもなかった。ああ、デュムーリエは本当にヤバいのだ。議会が使節団を派遣して、その身の連行を図っている最中だが、その要求に応じない恐れもあるのだ。たとえ陰謀などないとしても、それだけで問題である。少なくとも醜聞にはなる。処分は関係者にまで及ぶというのも、また当然の展開だろう。だから、切り捨てることにしたのか。蜥蜴《とかげ》の尻尾《しっぽ》切りよろしく、ダントンに全て負わせて捨てることで、一件落着にしたいということなのか。

デムーランは連中の高慢顔を思い出した。また下品だなどと、ダントンを見下《みくだ》しているのか。あるいはジャコバン派と両天秤《りょうてんびん》にされるのは嫌だなどと、自らは守られているジロンド派が、この期《ご》に及んで考え違いの狭量に捕われているというのか。

「だとしたら、ジロンド派は腐っている」

デムーランは自分の議席で呟《つぶや》いた。ほんの小さな声だったが、それが洩《も》らさず聞き取られた。誰にといって、隣席で腕組みしているダントンにである。どんと大きく胡坐《あぐら》をかいて、何事にも動じないような鼻が、そのときヒクと動くのがみえたのだ。

意外といえば、そこに小山のような巨漢がいることも、また意外だった。最近ベルギー出張が多く、議会そのものを欠席していたこともある。が、それにしても久しぶりで、なんだか目新しい印象まであるほどだった。

――なんとなれば、僕の隣席ということは、議場の左側なのだ。

それも最も左側の最上段に近いところで、つまりは「山岳《モンターニュ》」と呼ばれる一角である。マラやファーブル・デグランティーヌのみならず、ロベスピエールから、クートン、サン・ジュストといった面々までが席を並べる、山岳派の定位置なのである。

――いつもは中央寄りにいるのに……。

どこにいようと関係ない。誰が、どこで、なにを叫んでいようが、俺《おれ》さまは俺さまだ。そういわんばかりに泰然自若《たいぜんじじゃく》と目をつぶり、全ての出来事を静かに受け止めているようでありながら、こちらの小さな呟きにも敏感に反応して、やはりダントンは内心穏やかならざるようだった。

　ならば好機かもしれないと、デムーランは動いた。ほとんど衝動的な行動だったが、ここぞと親友に働きかけないではいられなかった。

「ダントン、あいつらは腐っているぞ」

「………」

「ジロンド派のことだよ。まだ守ろうというのか。そんな価値なんかないぞ」

「だな」

　縦に走る傷痕《きずあと》をずらしながら、分厚い上下の唇が動いた。自分が始めていながら、デムーランは思わず、えっと聞き返した。

「ああ、カミーユ、あいつらじゃあ、甲斐《かい》がねえ」

「だったら……、だったら、ダントン、反撃していいんだね。あいつらを叩《たた》きのめしていいんだね。この僕が演壇に向かっていいんだね」

「いや、俺が行く」

　そういうと、ダントンは本当に立ち上がった。

17——ダントンの理由

いかな巨漢であるとはいえ、これといった音もない。また最後列の最上段の動きであれば、大半の議員は気づくはずもなかった。

それが直後に大きくどよめいていた。なお前を注視していたからには、そのとき演壇のラスルスとビロットーが、怪物でも目撃したかのように顔を強張《こわば》らせたからだろう。

右側の議席は戦慄《せんりつ》さえ余儀なくされた。一斉に振り返れば、その視線を迎え撃つのはダントンの鬼気迫る形相《ぎょうそう》と、なお貫かれる沈黙を我こそ代弁してやるといわんばかりに爆発した、傍聴席の大声だった。

ダントンの人気は根強い。些《いささ》かの嫌疑や醜聞くらいでは廃れない。あるいは捨てたくても、捨てられない。期待できる男となると、もとより限られているということだ。

「まってました、コルドリエ街の大将」

「いけ、ダントン、一発ぶちかましてやれ」

「おお、おお、俺《おれ》たちが味方だ。何も怖いものなんかねえぞ」

「ああ、パリがおまえを守ってやる。だから、いいたいことといってこい」

「ラスルス、ビロットー、この生意気な若造奴《わかぞうめ》が、おまえら覚悟しやがれよ」

こしゃくな傍聴席の声にならと反論できるということか、右の議席も再び騒ぎ出していた。

「ああ、そうだな。ラスルスとビロットーの疑いに答えてくれ」

「弁明してみろ、ダントン。申し開きができるものなら、きちんと申し開いて、その身の潔白を訴えればいいのだ」

「なにを、てめえら、偉そうに」

再び左右で野次合戦になった。あらん限りの声が張り上げられたばかりか、口笛が吹かれ、足が踏み鳴らされ、椅子《いす》が投げられ、鬘《かつら》が飛び交い、議席中央で双方に挟まれる格好の平原派《プレーヌ》は、文字通りに耳を塞《ふさ》ぎ、そのまま両手で頭を守る者までいた。

その騒ぎも、のっしのっしという感じで歩む巨漢が、演壇に辿《たど》り着くまでだった。ダントンに見据えられるや、スウーと潮が引いていく印象で、みるみる議席は静けさを取り戻した。いうまでもなく、先がけてラスルスとビロットーは演壇を降りている。

ダントンは始めた。

「らしくねえかもしれねえが、最初にオマージュを捧《ささ》げてえ。人民の安寧《あんねい》に一身を捧げる覚悟を決めた男として、ああ、あの『山岳《モンターニュ》』に陣取る同志市民たちに」

取り違えられる態度ではなかった。その大きな身体《からだ》を極左の議席に向けながら、ダントンは太くて長い腕まで、すっと持ち上げていた。

デムーランは胸が震えた。ということは、今日の着座は偶然ではなかったのか。きちんと意味がこめられた行動だったのか。つまり、はじめから左派に戻るつもりでいた。ジロンド派を捨てるつもりで……。あるいはジロンド派との決裂が決定的になって……。

「俺のことは俺なんかより、皆のほうがずっとわかってくれてると思うんだが、実は俺も俺なりにな、長いこと悩んできたってわけだ。性格が激しすぎるんじゃねえかって。やることが極端すぎるんじゃねえかって。ぜんぶ台無しになっちまう前に、自分を柔らかくしようとしたりしてな。難しい状況で働くことにもなってたから、俺は自然と穏便な方法を学んだのさ。まあ、そのときの状況から、そうするべきであったとは思うが、もしか皆は俺のことを弱気と責めるかもしれねえな。ああ、その通りだ。そのことについては、全てのフランス人を前にして、素直に認めて謝りてえ」

デムーランは痛いくらいに手を叩《たた》いた。立ち上がり、一番に拍手を捧げることで、左派の仲間を続かせながら、そうしているうちに涙が出た。いや、謝ることなんてない。なにも、おかしなことなんてない。だって、ダントン、それが人間ってものじゃないか。それが男ってものじゃないか。

――情が薄くて、なんで天下に男を名乗れるというんだい。

アントワネット・ガブリエル・ダントン、つまりはダントンの内儀が死んだのは、すぐる二月十日の話だった。

産褥期《さんじょくき》の異状で、母親の命を奪った赤子まで死産だった。

そのときダントンはベルギーにいた。前線を転々とする出張で、なかなか連絡がつかなかったこともあり、ようやくパリに帰ることができたのは、すでに葬儀も済んだ二月十七日のことだった。

親友として同道したから、デムーランは知っていた。頼まれて、クロード・アンドレ・ドゥセーヌという彫刻家も手配した。その日の深夜、ダントンは大きな肩にスコップひとつ担《かつ》ぎながら、サント・カトリーヌ墓地に向かった。まだ固まりきらない土を掘り、泥に汚れたきりの真新しい棺《ひつぎ》を暴くと、亡き妻の遺体をなかから出したのだ。

寒い季節のこと、腐敗が進んでいないことは幸いだった。ただ冷たいだけで、まだ生きているような女を無理にも脇《わき》から支えたのは、嫌がる彫刻家を急《せ》かして、その胸像を作らせるためだった。ああ、作ってくれ。せめて、胸像くらい作ってくれ。こいつは俺の女房だったんだ。誰がなんといおうと、女房だったんだから、その証《あかし》をこいつのために、俺は建ててやらなくちゃあならないんだ。

彫刻家の仕事が終わってからも、ダントンはしばらく内儀の亡骸《なきがら》を棺に戻すことができなかった。朝が来るまで抱きしめながら、声を殺して泣いていた。

——愛していたんだな。

浮気もしたし、泣かせもしたし、なにより心配のさせ通しだったけれど、だからこそダントンはアントワネット・ガブリエルを強く深く愛していたのだ。

共感するデムーランであれば、当然思うところがある。

——愛する妻を失った。

一緒に赤子まで死んだ。落ち込んで、当然だった。ああ、正気をなくして、無理もなかった。ああ、その言動に腑《ふ》に落ちないところがあったとすれば、それはダントンが怪しかったんじゃなく、おかしかったんだ。おくびにも出さない男だが、その実は気が変になって当然というくらいの、大きな不幸に見舞われていたのだ。

「とぼけた話をするんじゃない」

「ラスルスに対して、弁明しろといっているんだ、ダントン」

野次が響いた。いうまでもなく、右側からだ。デムーランは発作の勢いで弾《はじ》けた。

「うるさい、おまえらが発言する番じゃない」

「ラスルスの話だって聞いたのだ。今度は君たちが静かに聞く番だろう」

ロベスピエールだった。嬉《うれ》しいじゃないかと、デムーランは思う。原理原則ばかり唱えている、冷たい優等生でもわかるのだ。尋常な人間ならば、わかるのだ。

「いや、わかんねえ奴《やつ》らだよな」

ダントンだった。縦に傷痕《きずあと》が走る分厚い唇を歪《ゆが》めながら、にやりと不敵な風に笑い、元の豪放磊落《ごうほうらいらく》な男が戻ってきたようでもある。が、デムーランは祈るような気持ちになる。無理はするな。くれぐれも無理はするな。

「ラスルスに弁明しろだと？　いや、あれだけ荒唐無稽《こうとうむけい》な作り話につきあうとなると、俺まで嘘《うそ》をつかなきゃいけなくなるじゃねえか」

「なにが作り話だ。実際のところ、デュムーリエは……」

「ジロンド派だろうが」

「………」

「おまえらと同じ、ジロンド派じゃねえか」

「同じじゃない」

あの軍人の組閣に協力してやっただけだ。我々は議会でデュムーリエを追及したこともあるぞ。仮に関係あったとしても、あの男が戦場に出たことで縁が切れた。ああだ、こうだと言葉を続けるほどに、ジロンド派は自ら後ろめたさを白状するようなものだった。声の調子からして、まさに必死の弁明で、しかも理屈が苦しかった。見苦しさは自分たちでもわかっているはずなのに、それでも止《や》めようとはしないのだ。

――仲間のふりなんかするから……。

ダントンは与《くみ》しやすいと思われてしまった。馬鹿な理屈をゴリ押しできるとまで勘違いされた。こんな下らない連中に、つまりは、なめられてしまった。

——それでも、いつものダントンだったら……。

一睨《ひとにら》みで黙らせることができる。それが今できないのは、さすがの巨漢が一回りほど小さく萎《しぼ》んでみえるからだ。やはりというか、まだ完全には自分を取り戻せてはいなかった。

——誰か助けにいかなければ……。

なめられていないのは誰だ。ジロンド派は自分たちこそ誰よりも偉いかの顔をする。これになめられていないとすれば、ダントンとは反対に容易に人を寄せつけず、それゆえに未《いま》だ得体《えたい》が知れないと思われている男だけだ。さて、僕はどうだろうかと、デムーランが一番に自分の出馬を考えたときだった。

「いや、だから、ダントン、ズバッといってやろうじゃないか」

演壇に現れたのは、いつの間にかのマラだった。どうやるのかは知れないながら、気づかれずに不意を突く。黄ばんだターバンを突き出しながら、ぼりぼり肘《ひじ》の内側をかく様子ときたら、まさに人を食うの図である。まんまと食われるジロンド派のほうはといえば、みるみる言葉を失っていく。そうして生まれた空白に、「人民の友」は無造作なようにも聞こえる、決定的な言葉を投げかけるのだ。

「王党派の小さな晩餐会《ばんさんかい》、そこには誰がいたね」

「デュムーリエがパリに戻ってきたときの晩餐会のことか」

「パリをどうにかしたいって話なら、ベルギーで飲み食いさせても仕方ないだろう」

「だな。ああ、デュムーリエの奴と秘密の夕食をしたのは、ああ、マラ先生の御察《おさっ》しの通りだぜ」

「ラスルスのことかい」

「そのうちのひとりだったな、確かに」

「ひとりじゃ、駄目だよ。裏切り者は全て告発しなくちゃあ」

「だな。陰謀の仲間は吊《つ》るし上げておくべきだな。ああ、あのときいたのは、今になって俺を殺そうとしている面々だ」

戻っていた議席で、ラスルスが、いや、ビロットーまでが慌てた。なにかに弾かれたように立ち上がり、早口で捲《まく》し立てた。

「ど、どうして断言できるんだ」

「ダントン、おまえこそ、出鱈目《でたらめ》をいうんじゃない」

「出鱈目じゃねえ。出鱈目なわけがねえ。なにせ、この俺さまも、その場にいたんだ」

「…………」

「しかし、もうデュムーリエなど恐れねえ。デュムーリエが俺から引き出せるのは、もう弾劾《だんがい》の法廷に導く暗い一本道だけだろうさ。これまで親しくしてやった連中のことだって、もう怖がってやるもんかい。ああ、洗いざらい喋《しゃべ》ってやらあ」

「あれっ、ダントン、君はジャンソネの手紙を持っているんだっけ。ジャンソネはデュムーリエと親しかったものなあ」

と、マラも受けた。ふざけるな、マラ。ダントン、おまえも嘘をいうなよ。またしてもの野次は恐らく当のジャンソネだったが、いずれにせよ、もはや先刻までのような迫力は失《う》せていた。

マラが続けた。

「ジロンド派の嘘というのは真実のことだ。ダントン、真実は述べなくちゃあ」

「マラ先生のいう通りだな。ああ、いうまでもねえ。王政の仲間といやあ、暴君の救出を望んだ輩《やから》に決まってらあ。革命の砦《とりで》パリを中傷した輩に決まってらあ。ああ、そうさ。デュムーリエの仲間ってえのはブリソだし、ガデだし、ジャンソネだし、つまりはジロンド派だ。奴らはデュムーリエと定期的に手紙をやりとりしていたぜ」

どよめきが大きくなっていた。ジロンド派が慌てる、いや、それを通り越して、もはや目を泳がせるというのは、さかんに隣席と囁《ささや》き合うのが、中央の議席だったからである。議決の帰趨《きすう》を握る、中道平原派だ。これに動じられては困るのだ。

「なるほど、俺はよく知っているはずさ。これまでは争いの間に立ってきたからさ。が、もう休戦は終わったぜ。暴君の死を望んだ愛国者たちと、暴君にへつらうために俺たちに対する中傷をフランス全土にばらまいた卑怯者《ひきょうもの》どもとの休戦は、もう終わっちまったんだ」

ダントンは今こそ声のかぎりだった。ああ、俺は暴君を救おうとした連中、共和国の統一を壊そうと陰謀を企《たくら》んだ連中の行動審査を要求する。

「俺さまは今日まで理性の砦にたてこもってきた。が、出てきたぜ、マジな大砲をひっさげてな。俺さまを告発するだと。はん、そんなふざけた悪党どもこそ、こっぱみじんに粉砕してやるぜ」

拍手の波が起きていた。空気を震わせるくらいの激しい大波である。なるほど左のみならず、中央までも一緒に手を叩いている。議会が動き出した証拠だ。ジロンド派の排《はい》斥《せき》が始まったのだ。やった。やった。快哉《かいさい》を叫びたくなる一方で、デムーランのなかに残る冷静な部分が問うていた。

――やるのか。

外にヨーロッパ中を敵に回すような戦争を行い、内に規模を拡大するばかりの反乱を抱え、すでに火だるまのフランスで、この政界でも全面戦争をやるというのか。

「やるしかない」

そうは呟《つぶや》きながら、刹那《せつな》デムーランはブルと震えた。背中の寒さに、ブル、ブル、ブルと三度も大きく震えてから、今度は左右の膝《ひざ》が激しく揺れ出した。

やるしかない。ダントンまでが決断しているのだから、やるしかない。そう言葉を繰り返し、自分を納得させようとはするのだが、それを心に強《し》いるほど、身体のほうは禁じえない戦慄を表現して、しつこいくらいに止まろうとしなかった。

18──猛攻

四月十日、議会の演壇に立つのは、ロベスピエールだった。

「陰謀は内と外の敵により、同時に企《たくら》まれました。その首謀者はデュムーリエです。しかしながら、それはまた王位を主張できる人々でもあったのです。生まれについて定めた古き法と、それにデュムーリエの友人たちとして広く知られる面々や、あるいは知られていなくとも、正当な理由から友人であると思われる面々の工作に助けられれば、王位を主張できると考えたわけなのです。諸君が望むのであれば、こたびの陰謀を覆い隠している幕を、この場で剝《は》いでやることもやぶさかではありません。しかし、今日は疲れたというならば、他の機会に譲りましょう。ええ、私は抗《あらが》いません。私自身が疲労困《ひろうこん》憊《ぱい》していますから」

そこで飛びこんだのが、こちらのヴェルニョー、そしてバルバルーである。

「ロベスピエール議員、あなたの胸に告発の意図があるというならば、この場で明らかにするべきじゃありませんか」

「ああ、私も要求するぞ。もったいつけず、告発を行うべきだ。祖国のための時間を無駄にするべきではない。誰が敵で、誰が味方か、はっきりさせようじゃないか。ああ、ロベスピエール、君が務めを果たさないかぎり、これきり議会の団結は失われるぞ」

なにか癇《かん》にさわったのか、ロベスピエールの顔つきが変わったことが、遠目からでもわかった。いや、なにももったいつけているわけではありません。ええ、そうまでいうなら、わかりました、告発に踏み出します。

「ええ、私は国民公会《コンヴァンシオン》に要求します。『平等《エガリテ》』を僭称《せんしょう》したオルレアン家の者たちが、革命裁判所に連行されることを。シルリィ夫妻とヴァランスはじめ、同家に特につながりが太い輩《やから》も同様です。さらにデュムーリエの共謀者がいたならば、その輩についても革命裁判所に訴追が命じられるべきです。ブリソ、ヴェルニョー、ジャンソネ、ガデと、あえて名前を挙げるまでもないでしょうが……」

そう名前が飛び出せば、もちろん右側の議席は黙っていない。おかしないいがかりをつけるな。だから、憶測でものをいうなという。正式の告発なのか。それは正式の告発なのか。だったら、きちんと証拠を出せ。ああ、議員の過半数を納得させる自信があるなら、投票にかけてみせろ。

議場は一気に沸騰《ふっとう》した。怒号の束が渦を巻けば、手当たり次第に物が投げられ、椅子《いす》も、床も、蹴《け》られ、踏まれ放題になる。証拠などいるか。ジロンド派はデュムーリエを擁して、公然と内閣を組んでいたではないか。証拠なら出してやる。ジャンソネ、おまえの家にパリの有志を送りこんで、決定的な手紙を探させたっていいんだぞ。負けず左派まで応戦したからには、あまりの野次合戦で聞くに堪えない。

離れた傍聴席にいながらも、ロラン夫人は両の掌《てのひら》を本当に顔の横まで運んだ。頬《ほお》を歪《ゆが》め、きつく目までつぶったが、それでも甲高く響きながら、なおも演説の文言《もんごん》だけは聞こえてきた。

ロベスピエールは続けていた。ええ、動いていたのは、議会の非常に強力な党派です。それがヨーロッパの暴君どもと謀《はか》りながら、我々に新たな王などを無理強《むりじ》いしようとしていたのです。

――支離滅裂に逆上した猫でなければ、癇癪《かんしゃく》持ちの女みたい……。

見苦しいほどだ、ともロラン夫人は思った。挑発されたせいもある。自ら明かしたように、ひどく疲れているようにもみえる。それにしてもロベスピエールは、敵意というほか名づけられない感情を剝《む》き出しに、それに術《すべ》もなく翻弄《ほんろう》されるばかりにみえた。まことしやかな告発など、もはや虚《むな》しく感じられる。敵意そのものは不自然でないのだが、ピリピリ毛羽立つ神経まであけすけに表に出して、ロベスピエールも一端《いっぱし》の人物を気取りたいなら、もう少し包み隠して然《しか》るべきではないかと思うのだ。

もちろん、好感は持てない。嫌悪ばかりが募《つの》る。が、一片の共感も持てないほどに、なにか尋常でないものが感じられたことも事実である。

――言葉そのものからして、もう一切通じないような……。

教養あるブルジョワであり、理路整然たる法曹であり、なにより言葉で身を立てる政治家ともあろう男が、すでにして文明社会の価値観さえ共有しないような、そんな思いがけない印象に、さすがのロラン夫人も胸を衝《つ》かれたのだ。

いや、根本から異なる人種だとして、それが専《もっぱ》ら野蛮な本能に突き動かされる輩なら、まだしも見下《みくだ》しようがある。

――ダントンは敵に回った。

完全に敵に回った。四月一日、ラスルスにデュムーリエとの共謀、その王党派クー・デタへの加担を取《と》り沙汰《ざた》され、業《ごう》を煮やした巨漢は、とうとう危険な橋を渡った。

それでもロラン夫人は慌てなかった。ダントン自身は使いでがあるのだが、いかんせんジロンド派の面々に嫌われている。嫌われすぎている。共闘は成立しえず、仮に成立しても破綻《はたん》が時間の問題であれば、そろそろ潮時として、あきらめるしかないとも思う。

またダントンならば、やりようもあった。理性ならざる本能に従う輩であるなら、それこそ打つ手には困らない。

――問題はダントンひとりに終わらないことだわ。

火がつけられた格好で、幕が切って落とされたのは、議会の全面戦争だった。ダントンに勇気づけられ、ジャコバン派あるいは山岳《モンターニュ》派は、ジロンド派に対する攻勢を怒濤《どとう》の勢いで強くしたのだ。なかんずく激越な攻撃に進んだのが、マクシミリヤン・ロベスピエール、その人だった。

もう四月三日には、デュムーリエの共犯者の訴追を議会に要求した。その時点でジロンド派の領袖《りょうしゅう》ブリソを名指しして、微塵《みじん》も迷う様子がなかった。

デュムーリエ本人への告発なら、わからないわけではない。事実、そうした流れは看取された。平原《プレーヌ》派のカンボンさえ告発に踏み出して、その手紙の公表と閣僚在任中の職務調査を要求したほどだ。

マラなども向後《こうご》は貴族出身者に軍隊の指揮権を与えるべからずと、デュムーリエの裏切りを前提にした発議をなした。が、あの御《ぎょ》しがたい「人民の友」でさえ、そこ止まりだったのだ。

四月一日の泥仕合についていえば、ラスルスは無論のこと、ダントンにしても勇み足の印象が拭《ぬぐ》えなかった。真《ま》に受けて、たちまち大騒ぎするというより、まずはデュムーリエの弁明を聞こう、議会代表が身柄の召還に出向いたからには、あと数日でパリに到着するだろうから、まずは当人の話を聞こうと、様子見の空気のほうが強かった。

ジロンド派も、平原派も、ジャコバン派においてさえ、とりあえずの慎重論が支配的だったというのに、ロベスピエールだけは一寸《ちょっと》も待たずに突進したのだ。

——なにがあったの。

ロラン夫人も理由を考えないではいられなかった。

あるいは、と思う推理はある。事件の現場が出身地ピカルディだけに、ロベスピエールのところには情報が一足早く、それこそ二日の時点で届いていたのかもしれない。デュムーリエに関する続報が届けられ、広くパリに広まったのは、その告発演説と同じ四月三日だったからだ。先んじて知っていれば、常軌を逸した怒りの虜《とりこ》にされることも、あながち不可解な話ではなくなるのだ。

パリの議会でダントンとラスルスが対峙《たいじ》していた、四月一日の話である。

陸軍大臣ブールノンヴィルと、カミュ、バンカル、キネット、ラマルクの四人で成る国民公会の全権代表は、デュムーリエと面会を果たした。夕《ゆうべ》の六時、国境地帯の小都市サン・タマンでの話で、問題の将軍はプチ・シャトーと呼ばれる市内の建物で待っていた。

応接した下階の大広間には、ヴァランス、トゥヴノ、バンヌ、ノルドマン、レスキュイエ、ドゥヴォー、ニス、ロム、ランヴィルというような歴戦の将校たち、さらに双子一緒にデュムーリエの愛人になっていることで知られる、軍服の麗人としても有名なフエルニッヒ姉妹も同席していたという。

いわば身内が居合わせる場を、わざわざ選んで通達するのも忍びなく、議会代表は別室への移動を求めた。が、デュムーリエは聞かなかった。やむをえず、カミュはその場で国民公会の決定を告げたという。

「つまりは、わしを逮捕するということだな」

そう確かめてから、デュムーリエが続けたことには、ならば、わしは偉大な日の決行を躊躇《ちゅうちょ》しないよと。

デュムーリエは陸軍大臣ブールノンヴィルと四議員の身柄を拘束、すぐさま国境の彼方《かなた》のオーストリア軍に引き渡した。そのうえでフランスに向け、高らかな宣言を発布した。

「軍部がその祈願を声高く叫ぶときがきた。今こそフランスから虐殺者と煽動《せんどう》政治家を追放し、それら代議士たちの犯罪行為で失われた安寧《あんねい》を、我らが不幸な祖国に取り戻すときなのだ」

かかる宣言を伴いながら、北方の顚末《てんまつ》を伝える報がパリに届けられたのが、四月三日だったのだ。

――デュムーリエは本気だった。

ベルギー、オランダ、さらに北方諸県を束ねて自らの基盤としながら、王政再興のクー・デタを起こす気だったとか、自ら摂政《せっしょう》となる算段は同じながら、そのときは旧主の忘れ形見の王太子をルイ十七世にするつもりだったとか、いや、自らの幕下《ばっか》に元シャルトル公ルイ・フィリップを置くからには、その父君である元オルレアン公、フィリップ・エガリテを擁立《ようりつ》するつもりだったとか、その後の行動計画については様々に憶測されている。が、それを具体化させる前に果たされるであろう、一番の仕事だけははっきりしていた。

――ジャコバン派を一掃する。

国王ルイ十六世の処刑を進めた「虐殺者と煽動政治家を追放する」という文言の、それが具体的な意味だった。

デュムーリエは四月二日、配下の軍勢に回れ右を命じたとも伝えられた。背後のオーストリア軍と休戦協定を結びながら、新たに定めた進軍先はパリだった。

――クー・デタが始まる。

フランス軍が自らの首都に侵攻する。他に軍がないではないながら、方面軍はそれぞれの持ち場に釘付《くぎづ》けにされている。予備の兵力までがヴァンデの反乱鎮圧に駆り出され、デュムーリエの行く手を阻《はば》む兵力など、事実上ないに等しい状態である。

しかもベルギー国境からは、馬で二日の距離しかない。それが軍隊という鈍足の大所帯であったとしても、ほんの数日でパリまで到達するはずだった。

――ほら。

テュイルリ宮に太鼓の音が近づいてくる。調馬場《マネージュ》の砂でも掘り下げているような重々しい地響きを伴わせ、途轍《とてつ》もなく大きな気配ばかりは、すでに疑わせなくなっている。よくよく神経を研ぎ澄ませば、巨大な大蛇を連想させるそれが、もう建物の周りを囲みにかかったことまでわかる。

なにごとが起きたのか。そう自問しているうちに、遠く響いた声が言葉として耳に届く。

「全体とまれ。歩兵第一ならびに第二中隊は前へ」

ここからはみえない調馬場付属大広間玄関の吹き抜けに、ばんと大きな音が響く。演壇に目を戻せば、ロベスピエールが総身を硬直させている。ひくと頰《ほお》まで痙攣《けいれん》させて、臆病《おくびょう》な小男は直感せずにいられないのだ。

バタバタ、バタバタ、駆け足の音が無数に重なる。廊下から押し出されて、最初に現れるのは転げた議会の衛視である。その醜態を踏みつぶしながら、やはりというか、やってきたのは目に青いばかりの軍服の群れなのだ。

銃剣が銀色に閃《ひらめ》くほど、議場を悲鳴が席捲《せっけん》していく。左だ、左だ、議席の左を軒並み逮捕していくのだ。ジャコバン派は逃げようとするのだが、反対側の入口からも別動隊が突入してきた。

やめろ、やめろ。こんなこと、許されると思うのか。そうした抗議の声とても、圧倒的な暴力を前にしては虚しいばかりだ。なかんずく、ロベスピエールなのだ。

抵抗したつもりなのか、ばたばた手足を動かすも、大柄な兵士に襟首《えりくび》をつかまれては、もうどうすることもできない。幽霊さながらに白い顔を引き攣《つ》らせ、果ては股間《こかん》に失禁の黒染みまで広げながら、問答無用に連行されていくしかない。

「……いえ、王と一緒に押しつけられるのは、貴族的な憲法に違いないのです」

想像ならぬ現実の世界では、ロベスピエールの演説が続いていた。その憲法は外国の軍隊の力と国内の動乱を利することで、我々を恥ずべき取引へと誘《いざな》おうとするでしょう。それはイギリス政府に都合のよい政体です。対フランス大同盟の魂そのものというピットに都合のよいものなのです。野心家にも悪くない。平等を恐れるブルジョワ貴族にも、己の財産のことしか頭にない連中にも、きっと気に入られることでしょう。貴族的な代議制を定めてもらえるのだから、もちろん貴族の好みでもあります。新しい王の宮廷では大仰《おおぎょう》な区別も再び設けられるでしょう。

「つまるところ、共和国は人民にしか、諸条件に関係なく純粋で高尚な魂を有する人々にしか、人文主義の友人である哲学者にしか、フランスにおいては熱狂的に自称される呼称であるサン・キュロットにしか、適さないのです」

19——倒すべきはパリ

ロラン夫人は唇を嚙《か》むしかなかった。

小柄なことも手伝って、今度のロベスピエールは生意気ざかりの学生のように感じられた。悔しい。癪《しゃく》だ。折檻《せっかん》を加えてやりたい。子供のように泣かせてやりたい。それができたら、どんなに痛快なことだろう。それをデュムーリエが果たしてくれるなら、あの精力旺盛《おうせい》な脂性の男、くどさを隠すつもりなのか、かえって嫌みなばかりの香水ぷんぷんの男に、いくらか大きな顔をされたとしても、それは大目にみてあげようとも思う。

——ええ、多少の逸脱は仕方がないわ。

手段を問うべきでもないわ。大それた話であるとは思いながら、ロラン夫人にはクー・デタを容認する、それどころか積極的に期待する気分さえあった。

この期《ご》に及んでは、クー・デタしかないと、そうまで思い詰めることがある。デュムーリエの暴挙が報じられたときは、密《ひそ》かに手を叩《たた》いたくらいなのである。

――けれど、現実は……。

デュムーリエのクー・デタは失敗した。共和国に勝利をもたらした将軍に、その軍勢は従おうとはしなかった。王政復古の意図がみえみえだったからだ。一部の将校や古参兵士は別として、すでに義勇兵が過半を占めている軍隊では、共和国の大義しか通用しなくなっていたのだ。

失意のデュムーリエは泣く泣く亡命に転じた。国民公会代表を拘束してから三日後の、四月四日の話だった。

幕下《ばっか》の元シャルトル公ルイ・フィリップも、一緒にオーストリアに逃れた。ために連座を疑われて、同日パリでは元オルレアン公フィリップ・エガリテ、さらにブリュラール、ジャンリ・ドゥ・シエリ、ショデルロス・ドゥ・ラクロらがオルレアン派として逮捕された。

――ロベスピエールが取り沙汰《とざた》するまでもなく……。

政治の空白は許されないとして、内閣改造も断行された。デュムーリエに捕われた陸軍大臣ブールノンヴィルの後任として、ジャン・バティスト・ノエル・ブーショットが入閣した。冴《さ》えない軍人にすぎなかったが、ダントンの推薦ということである。海軍大臣モンジュも更迭《こうてつ》されて、ジャン・ダルバラードが入閣を果たしたが、これまたダントンの推薦だった。

政治の空白以上に認められないのが軍事の空白であり、新しい陸軍大臣が一番に果たした仕事が、オーギュスト・マリー・アンヌ・ピコ・ドゥ・ダンピエールを新しい北部方面軍司令官に任命することだった。

前任の将軍デュムーリエは、もはや売国奴呼ばわりである。外務大臣、陸軍大臣を歴任し、ベルギー前線に出馬してはヴァルミィ、ジェマップと戦勝を重ね、一時はフランスの救世主とまで称《たた》えられた男も、こうなれば全体なんだったのか。

——もう笑い話だわ。

いや、笑い話で終われれば幸いである。実際、それでは済まなかった。デュムーリエの暴挙が発覚して以来、国民公会は連日蜂《はち》の巣を突《つつ》いたような騒ぎになった。

——まさしく、ジロンド派の存亡の危機。

四月五日、ジロンド派のイスナールは議論の誘導を試みた。かかる事態を招いたのは議会の国防全体委員会が機能していないからだと、その討議が公開性であるために国家の最高機密に属する重大事を忌憚《きたん》なく議論できず、ために迅速かつ的確な対応が困難になっているのだとした、いうなれば責任転嫁の論法だった。

が、これが好意的に取り上げられた。受けたのがジャコバン派寄りの中道議員バレールで、かわりに「良き公安委員会」を設立しては如何《いかが》かと発議したのだ。

国民公会の一委員会という位置づけながら、立法には関《かか》わらず、専《もっぱ》ら内閣と行政の監督を行うという機関である。取るべき対処は非公開の討議において協議され、祖国と革命に対する陰謀が告発されれば、議員、将軍、閣僚については国民公会の追認において、その他については一切の許諾なしに、革命裁判所に訴追できるともされた。

四月六日には投票が行われ、公安委員会の設立が決まった。七日には委員も選抜され、バレール、デルマ、ブレアール、カンボン、デブリ、ダントン、モルヴォー、トレイヤール、ドラクロワの九人が、その任に就《つ》くことになった。

デブリが健康上の問題を理由に辞退して、かわりにロベール・ランデが委員を引き受けることになったが、このランデを入れても、ダントン、ドラクロワと合わせて、ジャコバン派は三人、残りは全て中道議員で占められた。

ジロンド派は一人も選ばれていないが、それは設立の経緯が経緯だけに、自ら遠慮した結果だった。遠慮しても大きな危険はないと、そうした判断もあった。

――確かに今のところは、名ばかりの組織だわ。

ロラン夫人も同じ見方で、大騒ぎするつもりはなかった。非常時の全権委員会として設けられた、そもそもの国防全体委員会からして、ろくろく実効も上げられないまま、一月一日の設立から半年ももたなかったのだ。それが公安委員会に刷新されたからと、急になにかできるようになるとは思えなかったのだ。

が、かたわらでは特別の強権を委《ゆだ》ねられる非常時の体制が、着々と整えられつつある事実も認めざるをえなかった。

四月九日には、前線の軍隊に任務を命ぜられる全権代表の制度、いわゆる派遣委員の制度が可決された。また、三月十日に設立された革命裁判所でも、この四月六日に初審理が果たされている。

――中央で公安委員会、地方で派遣委員、睨《にら》まれた者が送られるのが革命裁判所……。見方によれば、恐るべき圧政のトライアングルだった。

いや、それをジャコバン派が一手に握るわけではない。ジロンド派が毒牙《どくが》にかけられるわけでもない。

公安委員、派遣委員についていえば、その陣容も不変ではなかった。かえって頻繁《ひんぱん》な改選が予想され、そう遠くない未来にジロンド派が全てを手中にしている事態とて、十分にありうるのだ。

いいかえれば、圧政のトライアングルはジャコバン派を血祭りに上げるための、便利な道具にさえなりうる。

――だから、現時点では無闇《むやみ》に恐れるべきものではない。

それでもデュムーリエ事件の流れで設立されたと思い返せば、やはり愉快な話ではなかった。まったく余計な真似《まね》をしてくれた。自分が無様《ぶざま》に失脚するのみならず、本当ならなかったはずの暴力装置まで、フランスに出現させることになった。

「というのも、デュムーリエの共犯は明らかでしょう。我々は知っています。ヴェルニョーはデュムーリエの政見は奇異なものではないと、革命の原理に忠実なのだと弁護しています。同じくジャンソネについても知っています。飛脚に次ぐ飛脚を走らせ、常に書簡をやりとりすることで、国民公会との間の、あるいは国防全体委員会との間の仲介役になっていました。ブリソなど最も大胆であり、恐るべき外敵とはさっさと和を結んでしまおうという考え方、つまりは後にデュムーリエによって公然と行われた取引の考え方を、前もって議会に提言していたほどなのです」

ロベスピエールは少し顎《あご》を上げ気味に、見下すような目つきで右側の議席を一瞥《いちべつ》した。やはり態度は生意気な学生を思わせるものだった。であれば、それほどの中身はない。この小男自体が怖いわけではない。確かに激越きわまりない攻撃的な演説だったが、これくらいの弁舌であれば、自在に振るえる人材は他にもいるのだ。

ジロンド派は、いっそうの雄弁家さえ揃《そろ》えている。守勢に回されたならば、回されたなりの弁舌さえ、自在に駆使してみせる。

「発言を求めます」

議長の許可を求めたのは、ピエール・ヴィクトゥルニアン・ヴェルニョーだった。ええ、黙ってはいられません。このような告発に全体なんの意味があるのか、私は理解しかねるからです。

「というのも、ロベスピエール議員の告発は、徒《いたずら》に憎しみを煽《あお》るばかりでした。要は民衆の怒りを想起させることで、議会を脅《おど》しつけようという意図しかないのです。しかし、恐怖によって革命は成るのでしょうか。むしろ逆ではありませんか。革命を達しうるのは、ひとえに友愛のみではないのですか」

そうして始められたヴェルニョーの演説は、ジャコバン派の反論になど、つけ入る隙《すき》を与えないはずだった。守勢は守勢ながら、その牙城は決して崩れることがない。であるかぎり議員の大半は動かず、また公安委員会も、革命裁判所も、訴追になど及べない。この議会においてジロンド派が恐れるものなど、なにもない。しかし、どっかり議席に腰を落ち着け、安穏《あんのん》としていられるわけでもない。

「下がれ、ヴェルニョー」

「なにが友愛だ、ヘナチン野郎。庶民の苦労も知らねえくせに、綺麗事ばっかいってんじゃねえ」

「おおさ、おおさ。だいいち、そんなもんで共和国が回せたら、政治家なんかいらねえってんだ」

天井に木霊《こだま》するのは、またも聞き苦しいばかりの野次だった。足まで踏み鳴らして、うるさいといったらない。金輪際係わり合いたくもない。そう強く思うのに、なぜだか目は吸い寄せられてしまうのだ。

傍聴席の大半は真っ赤だった。赤帽子《ボネ・ルージュ》は開戦運動を盛り上げるため、一七九一年にブリソが提唱したものである。それが今では共和国市民の印、わけてもサン・キュロットの印とされるようになっていた。パリのいくつかの街区《セクシオン》では、その着用を住人に義務づけているくらいだ。

かかる赤帽子が議会の傍聴席を我が物顔で占拠していた。茶色に汚れた歯を剝《む》き出し、その輩《やから》が下品な言葉を欠片《かけら》ほどの遠慮もなく叫ぶのだ。

——こしゃくな貧乏人たち。

ロラン夫人は唾《つば》を吐きたい思いだった。一緒にされたくないとの思いから、なんとか押し留《とど》めただけであり、なおも嫌悪感は胸中狭しと暴れるばかりである。

横並びの傍聴席に座らなければならないこと自体、すでにして侮辱に感じられた。どうしてって、この連中ときたら、がさつだし、不作法だし、なにより決定的に無教養だしで、本当に吐き気がするわ。

もとより発言の権利などない。本当なら傍聴する資格だって与えられるべきではない。そうロラン夫人は本気で考えていた。ええ、サン・キュロットは議会に立ち入り禁止にするべきではなくて。支離滅裂な理屈を吠《ほ》えたてるのみか、槍《やり》など振り回して、議員を威嚇《いかく》するかの態度なのよ。それで主張を通そうとするなんて、議会政治の冒瀆《ぼうとく》以外のなにものでもないのではなくて。

——まあ、あなたたちには、なにをいっても無駄だわね。

軽蔑《けいべつ》の言葉でまとめかけて、ロラン夫人は戦慄《せんりつ》した。だから、なのだ。言葉が通じないからこそ、サン・キュロットは恐れなければならないのだ。

議会が議会であり、法律が法律であり、正論が正論であるうちは、ジロンド派が恐れるものなど何もなかった。公安委員会も、派遣委員制度も、革命裁判所も怖くない。ダントンのような政治屋はいうにおよばず、ロベスピエールのような頭でっかちの論客でさえ、凌《しの》いで凌げないものではない。恐れるべきものがあるとすれば、己の優柔不断くらいのものなのだが、それも政治の主軸が余所《よそ》に移されるとなると、たちまち話が違ってくる。

——止めるべきは大衆政治。

やはり大衆政治だと、もはやロラン夫人の問題意識は動かなかった。

革命は議会政治で終わらせる。その軸足を大衆に移させてはならない。別な言い方をするならば、議会から大衆を切り離さなければならない。

議会と関係ないところでなら、サン・キュロットも好きに大騒ぎすればよい。が、その無秩序な暴言は議会で許されるべきではない。フランスを主導するべき立法府には、理知的な言葉しか認められるべきではない。

——サン・キュロットに政治などさせるものですか。

そうまで断じて、ロラン夫人は留保もないのだ。とりたてて不正義を述べたとも思わない。なんとなれば、差別ではない。ええ、不平等ではありえないわ。あなたたちも勉強しなさい、せめて本が買えるくらいには怠けないで働きなさい、つまりは真面目《まじめ》に努力しなさい、そうして自らを高めなさいと、そういっているだけだもの。立派な人間に成長して、なお締め出すつもりはないんだもの。

――間違ったことは、いってないわ。

それが証拠に、民主主義の国といって、アメリカの政治が貧乏人を軸に回るわけではない。共和政の国といって、イタリアの都市国家など見渡しても、貧民に政治の主導権を与えているところなどない。それがフランスでは欲しいなんて、サン・キュロットも思い上がりが甚《はなは》だしい。

――ゆえに倒すべきはパリ。

サン・キュロットの都であるパリ。やはり活路は、そこにしか求められないようだった。ええ、パリさえなければ、ダントンも、ロベスピエールも怖くない。ジロンド派が恐れなければならないものなど、ここを限りで消滅する。

自分が生まれた街だからと、ロラン夫人に安手の感傷はありえなかった。一緒にされたくはない、こんな連中と一緒にされるくらいなら、いっそ生い立ちを詐称したほうがマシだわと、気持ちに弾みがつきこそすれ、迷いなどにはなりえなかった。

20――やるべき仕事

「やはり、マラなんだよ」

論じていたのは、吊《つ》り目と大口の相貌《そうぼう》がどことなく狐《きつね》を思わせる男、ジロンド県の選出議員マルグリット・エリ・ガデだった。

四月十一日の議会も引けて、ブリタニク館に集う夜だった。

昼間の議事を振り返りながら、ああでもない、こうでもないと論じ続けるジロンド派の風景は、いつも通りで変わりなかった。硝子《ガラス》の杯に満たされる赤黒いボルドー酒まで同じであり、それは話が違うとは思いながら、庶民の苦労を知らないといわれれば、確かに知らない絵図ではあった。

「だから、マラなんだよ」

と、ガデは続けた。あいつの減らず口だけは、もう我慢ならない。どうしてって、なんのためにもならないんだ。ただパリの貧民どもを焚《た》きつけて、ただ議会を混乱させているだけなんだ。

その日の議会も、確かにマラ旋風にやられていた。

「ぐらぐらと議会まで覚束《おぼつか》なくさせちゃって、デュムーリエの共犯者どもときたら、本当にしょうがないね。まあ、当の共犯者どもが牛耳《ぎゅうじ》っている議会だから、当然といえば当然ではあるんだがね」

それで外野が騒ぎ出した。ジロンド派を追放しろ。このままじゃあ、フランスのためにならねえ。まったく、ろくなことしやしねえ。赤色で埋め尽くされた傍聴席からは、またぞろ暴風が生じたのだ。

「しかし、我々が悪いっていうのかい。議会の麻痺《まひ》は、我々のせいだっていうのかい。冗談じゃない。サン・キュロットどもが議事を妨害してるんじゃないか。それを助長する言辞ばかりで、つきつめればマラが国民公会《コンヴァンシオン》を停止させてるも同然じゃないか」

国政停滞の元凶だよ。大衆に支持されていると思いあがって、今や好き放題なんだ。ああ、あいつだけは許せない。マラだけは今こそ倒さなければならない。あいつさえ倒すことができれば、パリのサン・キュロットどもだって思い知るに違いない。いっぺんで意気消沈して、これからは議会に脅《おど》しをかけようなんて、もう二度と思わなくなる。

そうやって、ガデはブツブツと続けた。

隣室から様子を窺いながら、ロラン夫人は自分が出ていくべきときを見定めていた。

それにしても気になるのは、「今こそ」とか、「これから」とか、前向きな未来を思わせるような言葉が連発されることだった。その「今こそ」とは、いつ来るのか。「これから」とは、いつからなのか。これまでも何度となく繰り返された、ジロンド派のひとつ覚えなのだとは、ついぞ思い起こさないのだろうか。

――変わらない。

ロラン夫人は、あらためて思わずにいられなかった。ぐるぐる、ぐるぐる、同じところを堂々巡りしているばかりで、ジロンド派は変わらない。が、それでよいのか。

少なくともジャコバン派との全面戦争だけは、もう始まってしまった。うろたえろとはいわないながら、危機感ひとつ持たない様子となると、これは如何《いかが》なものだろうか。マラ、マラ、マラと唱えていれば、それで政権運営が好転するとでもいわんばかりの無邪気まで、この期《ご》に及んで容認されたままだとなると、いよいよ末期状態か。

溜《た》め息を吐《つ》きかけて、ロラン夫人は思い返した。いや、そこまでは、ひどくないか。

「マラなんか構うことない」

返したのは、さすがの見識のブリソだった。ああ、あんな男を相手にするのは、金輪《こんりん》際《ざい》止《や》めにしよう。デュムーリエ事件のことは、私たちのほうで終わりにするんだ。もちろんマラのほうは、これからも執拗《しつよう》に追及してくるだろうが、それも相手にしなければいいだけの話さ。悪意の誹謗中傷《ひぼうちゅうしょう》に留《とど》まらず、仮に告発まで試みたところで、それが議会を通るわけではないんだから。ああ、中道の穏健派まで取りこんで、議会に圧倒的な優位を占めているのは、我々ジロンド派のほうなんだ。

「その優位を守ることに、全力を挙げようじゃないか。そのために、やるべき仕事を粛々とこなしていこうじゃないか」

「やるべき仕事というのは、新しい憲法の制定のことをいうのかね」

ペティオンが受けた。なるほど、なくては始まらないものだものね。

憲法制定国民議会が制定した憲法、すなわち一七九一年の憲法は無効になっていた。選挙法をはじめとする、法文の不備を云々《うんぬん》する以前に、あくまで立憲王政を前提とした憲法だったからだ。

今や政体そのものが別になっていた。王政を廃し、共和政を樹立したからには、新たに共和国の憲法を制定しなければならないのだ。

自明のことだ、とブリソは続けた。

「このままでは、フランスは法治国家だというほどに、お粗末なばかりだからな」

「確かに急務だね。憲法なくしては、世の秩序も、社会の公安も、あったものじゃないからね。ああ、議員の大半も無関心じゃいないはずさ」

「うん、憲法制定こそ本道だよ。そこに立ち戻れば、議会はジロンド派の支持を崩さないよ」

正論ではあった。本道というのも、上辺《うわべ》だけの言葉ではなかった。ブリソにせよ、ペティオンにせよ、とってつけたような誤魔化《ごまか》しを即興で述べているわけではないのだ。

それが証拠に、昨年十月十一日に発足した憲法制定委員会は、ブリソ、ペティオン、ヴェルニョー、ジャンソネ、コンドルセ、ペイン、シェイエス、バレール、ダントンから成った。九人中六人までがジロンド派だ。憲法制定はジロンド派が買って出た。そう胸を張れるくらい、力を傾注しているとの意識もある。

「ええ、憲法は大切ですわね」

ロラン夫人は自ら前に出た。硝子の酒杯が鳴る音が聞こえるほど、穏やかに言葉が交換されていた広間であれば、女の身で話の輪に加わろうとして、なにも難しいことはなかった。鶉《うずら》を潰《つぶ》したパテとローヌ・エ・ロワール県から取り寄せたチーズを盆で運びながら、まめまめしく働くサロンの女主人として登場するなら、なおのこと造作もない。

「ええ、ええ、皆さん支持してくださいますわ。国民公会は憲法制定の旗手として、必ずやジロンド派の働きを歓迎することでしょう」

「そう思われますか。ロラン夫人も賛成してくださいますか」

「ええ、賛成いたしますよ、ブリソさん。議会の話にかぎるのなら、ね」

「そう申されるのは……」

て」

「ペティオンさん、市長を務めていらしたのですから、あなたならわかるのじゃなく
「議会は納得しても、パリは納得しないと、そう仰《おっしゃ》りたいのですか、マダム」

ロラン夫人は頷《うなず》いた。ええ、仮にマラが放念しても、なおパリはデュムーリエ事件にこだわり続けて、とことん追及しようとするでしょうね。なにせ国王裁判のことも忘れることなく、未《いま》だに「人民への呼びかけ《アペル・オ・プープル》」に投票した議員を断罪しろ、なんて叫んでいるくらいですからね。

「戦争に、内乱にで、フランスが破滅しかかっているのに、憲法どころじゃないなんて声も上がるでしょう。それ以前に憲法じゃ腹がくちくならない、先に食糧不足や物価高をなんとかしろと、そう唱えて、パリは譲らないのじゃありませんか」

「なんとも、まあ、支離滅裂な理屈だ」

その鼻面で獲物に食いつく狐を思わせ、ガデが再び前に出た。だから、馬鹿な大衆どもを勢いづかせないためにも、悪辣《あくらつ》な煽動家《せんどうか》から片づけないと。やはりマラを……。

「それは、おかしい」

同郷の盟友さえ遮《さえぎ》りながら、前に出たのはヴェルニョーだった。だって、国民公会なんですよ。フランス各県から選ばれた議員たち、いいかえれば国民の代表が一堂に会している、国権の最高機関なんですよ。

「それがパリに遠慮して、本来の仕事ができなくなるだなんて」

「嘆かわしい話ですわね。ええ、私とて結構と思っているわけではない……」

「言語道断ですよ」

ヴェルニョーは収まらなかった。ええ、我々に譲る謂《いわ》れはありません。それどころか、断じて譲るべきではない。国民公会の議員たるもの、あくまでフランスのために働かなければならないからです。パリ選出の議員だからと、専《もっぱ》らパリのために働くのだとすれば、ジャコバン派の連中のほうが間違っている。自分たちの発言力を増すために、パリに諂《へつら》うのだとすれば、ジャコバン派は卑劣でさえある。

「パリの利害でなく、サン・キュロットの利害を代表しているのだと、連中は申し開くのかもしれません。が、それにしても一部の利害であることに変わりはない。国家の舵《かじ》を取ろうとするなら、全体をみなければならない。一部に圧力を加えられることで、大局を見誤ることは許されない。それも祖国が未曾有《みぞう》の危機に喘《あえ》いでいるときに……」

ヴェルニョーらしい発言だった。ああ、この雄弁家の、これこそ真骨頂なのだ。ロラン夫人は思わず拍手で応じそうになった。もちろん心からの讃辞《さんじ》でなく、たっぷりの皮肉をこめた嫌みの拍手だ。

——ブラボ、ブラボ。

それでも声にも表情にも出すことなく、あくまでロラン夫人の上辺は、全てを受け止める母親さながらの柔らかな微笑だった。ええ、本当にヴェルニョーさんが仰る通り。

「ですから、私、ああ、さきほどガデさんも仰いましたね、パリの横暴で議会が麻痺してしまうことが怖いのです」

「…………」

「サン・キュロットの要求なんか無視したいし、無視するべきだとも思います。憲法制定こそ急務だとも思うのです。けれど、そのために議会が動かなくなってしまうようでは、それこそ元も子もないのじゃないかと」

「そんな馬鹿な話が……」

「いや、ヴェルニョー君、ありえなくはないぞ」

「本気でいっているのですか、ペティオンさん」

「パリの蜂起《ほうき》は君とて目《ま》のあたりにしているはずだよ」

「しかし、国民公会ですよ。フランスで唯一の立法府たる議会なんですよ。暴君なら武力で退けられるとして、いくらなんでも正式な選挙で選ばれた国民の代表を……」

「王さえ退けた連中だからだよ」

ブリソも理屈を認めてくれた。ああ、議員くらい、なんでもなかろう。選挙で選んだだけなのだから、ありがたくもなんともないだろう。神のように崇《あが》めた王さえ廃して、あまつさえ殺してしまった連中にしてみれば、ブルジョワ出の議員くらい。

「だとすれば、我々がなすべきこととは……」

ヴェルニョーは反論をあきらめたようだった。オロオロして、雄弁家で鳴らす逸材とも思われない、情けない顔になった。だから、ひとの話を最初から大人しく聞きなさいというの。叱責《しっせき》を心に続けながら、ロラン夫人は嵩《かさ》にかかって、やっつけようとするではなかった。

かわりに目だけで合図を送る。口を開いたのは、酒杯片手にすでに輪のなかにいたロランだった。

「リヨンでは不満が高まっているようですな」

予定通りに夫は始めた。ええ、かつて工業監察官として赴任していた都市ですので、向こうの友人とは今もやりとりがあるのですが、それが心穏やかでない様子なのです。

「フランスの命運をパリの勝手で左右されては堪《たま》らないと」

「ノルマンディも同じです」

ビュゾが続いた。過日も選挙区の支援者たちに訴えられました。いくらパリがフランス最大の都市だからといって、フランス全体を代表できるわけがないと。そもそもパリが首都だなんて、誰が決めた話なんだと。王がいなくなった、王政は廃止された、白紙から憲法を作りなおすというなら、まさに首都の選定から始めてほしいものだと。

「地方はパリに反感を覚えている。思えば当然の話ですわね」

卓にパテとチーズの皿を並べがてら、ロラン夫人はまとめた。ええ、パリ出身の私が考えても、なるほど道理に合わない話ばかりですもの。

21――妙案

地方はパリに反感を覚えている。というより、反感を覚えるように、こちらで焚《た》きつけていた。

夫のロランを動かし、恋人のビュゾを動かし、地方の世論を操作すること。国王裁判で自派の行く末に不安を覚えて以来、それがロラン夫人が密《ひそ》かに進めてきた次なる一手だった。

地方選出議員が少なくないジロンド派であれば、共感の声が上がるのも必定《ひつじょう》である。

「確かにパリの言いなりに堕したとあっては、大きな顔して選挙区には帰れないなあ」

「ああ、私のところのマルセイユなんか、もとから血の気が多い土地柄だからね。『ラ・マルセイエーズ（マルセイユ野郎どもの歌）』を歌う革命で、どうして俺《おれ》たちがパリの後ろを歩かなければならないんだなんて、首ねっこをつかまれて、いきなり凄《すご》まれかねないよ」

「いや、バルバルー、それはボルドーにしても、同じさ。商人の街だからね。必然的にブルジョワが強いわけだからね。パリの、しかもサン・キュロットに屈服させられたなんて、それこそ袋叩《ふくろだた》きの目に遭わされるだろうさ」

イスナール、バルバルー、ジャンソネと続いた声をまとめたのが、ペティオンだった。

「つまりジロンド派は今こそ連邦主義を声高に唱えるべきだと」

確かめるような調子だったが、ロラン夫人は給仕に戻る素ぶりで盆に目を伏せた。

ペティオンが自分に水を向けたのだとしても、それには答えたくはなかった。大それた宣言に責任を負いたくはなかったし、もとより主義主張などは、どうでもよかった。国家の形態として、フランスが極度に中央集権化されようと、連邦制といえるくらいに地方分権の構えを取ろうと、そんな話は関係ない。この難局をどう乗り越え、どうジロンド派の明日につなげるか、今はそれが全てなのだ。

「いずれにせよ、地方当局と連絡を密にすることです。地方の力を借りることで、パリの横暴を抑えていかなければならないのです」

ロランが先を続けてくれた。受けたペティオンの調子には、早くも乗り気な風がみえる。つまりは、内務大臣時代からロラン氏が繰り返し提言していた政策ですね。

「あのときの県民衛兵隊構想は頓挫《とんざ》した形になりましたが、ええ、悪くないですね。国民公会《コンヴァンシオン》の召集に、共和政の樹立に、国王裁判にと、大きな政治課題を乗り越えた今にして、再び議会で発議を試みるというのは、ええ、ええ、確かに悪くない」

「いや、今度も県民衛兵隊といいたいわけでは……」

「違うのですか。各県から選抜させた衛兵隊に議会の周囲を固めさせ、パリの暴挙を撥《は》ね返す壁となす。自由な議論を守るためには、有効な手立てだと思うのですが」

「いや、それはそうです。ただ、今のフランスに県民衛兵隊を召集するだけの余力があるだろうかと」

「戦争に、内乱にと見舞われて、そんな余力があれば、ううむ、確かに前線に出したいところだな」

「そうなのです、ブリソさん。それに時間的な猶予もありますまい」

「ゆるゆる召集している間に、短気なパリは爆発してしまうだろうと。そうすると、ロランさん、なにか他に妙案でも」

「妙案というか、ええ、なんというか」

そこでロランは言いよどんだ。どうして、もたつくの。ここが勝負どころじゃないの。そんな自信なげでは、せっかくの秘策の妙が、うまく伝わらないじゃないの。給仕を装い、盆に顔を伏せたまま、その姿勢を崩すつもりはなかったが、ロラン夫人の本音としては夫を睨《にら》みつけてやりたい思いだった。

せめてもと、心のなかでどやしつけた。さあ、あなた、はっきりいってやりなさい。

「議会の移転です」

「えっ、なんです」

「ですから、議会の移転です。パリでない他の都市、例えばブールジュあたりに、国民公会を移してしまおうというのです」

「そ、そんな大それた……」

ペティオンは声を上げた。無理もないと、驚きについてはロラン夫人も、特に責めるつもりはなかった。確かに大それた真似《まね》なのかもしれない。事実、これまでも話に出ないではなかったが、あまりに大それているというので、いつも見送られてきた。

――でも、大それたというのは、ほんの思いこみにすぎないのじゃなくて。

議会はパリに置かれなければならないと、そもそも定めなどなかった。

常にパリに置かれていたわけでもない。国民議会は最初ヴェルサイユにあった。王がパリに移住させられたから、一緒に移転しただけだ。

その王がいなくなれば、パリに置かれる根拠もなくなる。もとより憲法は白紙の状態であり、他都市に置かれてはいけないという論拠はない。

実際の手間を考えても、容易だった。つまるところ、七百五十人の議員が引越せばよいだけなのだ。軍隊でいえば、ほんの一連隊にも満たない人数の移動で済む。ごく簡単でありながら、やかましいパリの圧力は綺麗になくなる。その日暮らしの貧乏人どもに、余所《よそ》に引越せるほどの余裕はない。

「いや、理屈としては通らないではないのでしょうが……」

「待てよ、待てよ」

ずいと手を差し出しながら、不意にブリソが立ち上がった。いや、待て、待ってくれ。これは妙案かもしれないぞ。確かに有効かもしれないぞ。

「大ミラボーが、かつて同じような構想を抱《いだ》いていた。あの大胆不敵な男は臨時政府の樹立まで考えていたが、それに比べてみるほどに、さほど身構えるような話じゃないとも思えてきた。今回は王を同道させるわけでなし、ただ議会を移転させるだけなのだからな」

「しかし、パリは反対しますよ」

異を唱えたのは、ヴェルニョーだった。ええ、前に話に出たときも、パリは反対しました。チラと聞こえただけで、もう火がついたような猛反対でした。

「けれど、あれはロンウィ陥落の直後だったろう。プロイセン軍が明日にも迫りくるというときに、おまえたちはパリを見捨てるつもりなのかと、そういう理屈での反対だった」

「その理屈が今では通らない、ええ、それはわかりますが、だとしてもパリは反対するに違いありません。その現実的な見通しだけは、譲る気になれないのです」

正論好きのヴェルニョーらしからぬ物言いだった。ロラン夫人が首を傾《かし》げているうちに、なるほどと思わせる言葉が続いた。ええ、パリは必ず反対します。

「それを無理押ししてしまえば、内乱になってしまいます」

「…………」

「今度はパリと地方の内乱です。ヴァンデの反乱、つまりは革命と反革命の内乱さえ鎮まる気配がないというのに、加うるに集権主義と連邦主義の内乱まで起こしてしまえば、土台が諸外国と交戦中なのです。今度こそフランスは破滅してしまいますよ」

最後は悲鳴のようだった。聞きながら、ロラン夫人は思う。正論好きというより、ヴェルニョーは理想家肌、否《いや》、むしろ夢想家なのかもしれない。

――つまりは政治家には向かない。

内乱の種になるといえば、確かに危険もないではなかった。内乱は大袈裟《おおげさ》だとしても、いわれるようにパリの猛反対は明らかである。ただでは、済まされない。議会の移転が、すんなり認められるわけがない。が、今は無理押ししてでも、我を通さなければならないのだ。今を措《お》いては、じきに無理押しもできなくなるに違いないからだ。

――でなくたって、多少の危険は当然だわ。

勝負だもの、当たり前だわ。危険がなければ、旨《うま》みもないのよ。そうした世の理《ことわり》を、才走るだけに厄介な夢想家に、どう説いて聞かせるべきか。ロラン夫人が頭を抱える思いでいると、飛びこんできたのは今度は不躾《ぶしつけ》なくらいに明るい声だった。

「はは、なんです。ははは、なんの話をしているんです」

ガデだった。議会の移転ですって？　パリの圧力から逃れるために？　いや、そんな大袈裟な話をする段階じゃありませんよ。いや、意外に簡単なんだと、単なる引越なんだと仰るかもしれませんが、ブールジュですか、とにかく余所に移るというのは、どうかなあ。

「しかし、ガデ、それが現時点では最も有効な方策だろう」

「だとしても、感心しません」

「どうして、だね」

「だって、ペティオンさん、考えてもみてください。つまり、我々は逃げるんですよ」

「…………」

「パリに恐れをなして、パリとの対決を避けて、こそこそパリから逃げ出そうというんですよ。仮に利口なんだとしても、逃げるなんて、そんなのは女のやることだ」

「…………」

「だから、マラなんです。あいつさえ黙らせることができれば、パリなんか怖くもなんともないんです。黙らせてやることで、我々の実力をみせつけてやればいいんです」

「といって、告発できるのか」

「ええ、ブリソさん、すでに尻尾《しっぽ》はつかんでいます」

「そりゃあ、種はいくらでもあるだろう。告発はできるだろう。が、それを議会で可決させるのは、容易な話じゃないというんだ」

「いえ、そうとはかぎりませんよ」

「秘策でもあるのかね」

「まあ、秘策というほど大袈裟なものじゃありませんが」

「聞かせてくれ、ガデ」

同僚に促したのは、話に戻ったヴェルニョーだった。話題はマラ告発の秘策に戻り、そのままの流れで、ジロンド派はいつもながらに談笑を取り戻した。馬鹿な、馬鹿なと思いながら、さすがのロラン夫人も話を巻き戻そうとは思わなかった。そんなのは女のやることだといわれては、もう……。

22――二日酔い

建物の壁に手をついて、なんとか身体《からだ》を支えながら、エベールは不機嫌に舌打ちした。ちっ、結局のところ、コルドリエ僧院に泊まりになった。てえことは、無様《ぶざま》にゲロをはかないまでも、朝には頭が痛くなるって寸法なんだ、くそったれ。

「いや、だからって、道端に座りこむわけにはいかねえ」

こんなところで、へたってちゃあ、それこそ正しいサン・キュロットの名折れだ。えいやと自分に気合を入れて、またエベールは歩き出した。まっすぐ歩いているつもりだったが、やたらと肩が沿道の壁だの、物だの、看板だのにぶつかってしまう。いや、それでも二日酔いなんかじゃねえぜ、くそったれ。

「お天道《てんと》さまが眩《まぶ》しくて、ろくろく目も開けられねえだけなんだ、くそったれ」

ショーメット、モモロ、アンリオ、それにヴァンサン、ロンサンといった仲間たちと寄りあって、昨夜も額面はコルドリエ・クラブの集会だった。

いや、最初のうちは嘘《うそ》でなく、真面目《まじめ》な政治活動だった。当世の諸問題を取り上げて、侃々諤々《かんかんがくがく》に議論を戦わせ、つまるところ、一日の終わりは革命に捧《ささ》げるというのが、正しいサン・キュロットの来《こ》し方《かた》なのだ。

「とはいえ、ろくでもねえ安酒に飲まれちまって、あっけなく沈没するってえのも、またパリの庶民にお決まりの日課なんだよ、小便たれ」

ああ、もよおしてきた。これぱっかりは仕方がねえ。建物の陰で立ち小便しがてらに、エベールは四月二十四日の朝日から、ひとまず逃げることにした。

ジョボジョボ音を聞きながら、ひっく、ひっくと繰り返し、楽しい酒ではあったなあと振り返る。へへ、俺《おれ》っちにも少し運が向いてきたかな。へへ、デュムーリエの大チョンボさまさまだな。

陸軍大臣ブールノンヴィルが敵国に売り渡されて、周知のようにブーショット連隊長が後任に就《つ》くことになった。それが幸運の始まりだった。新大臣はダントンが親しくしてきた男らしく、その口利きで四月十四日、コルドリエ街の仲間であるヴァンサンが、陸軍省の書記官長に抜擢《ばってき》されたのだ。

これは大した出世である。フランソワ・ニコラ・ヴァンサンはパリ生まれだが、元はしがない牢番《ろうばん》の倅《せがれ》にすぎない。自分も代訴人の下働きなどしたようだが、数年でクビにされて、革命が始まる頃《ころ》には食うや食わずの、まさしくその日暮らしだった。

まあ、こちらのエベールも似たような状態で、その頃から弟分として面倒をみてきたような感じだ。コルドリエ・クラブで書記などさせたこともある。昨年八月十日の革命からは、一緒にパリ自治委員会にも入れた。それが二十六歳の若さにして、今や陸軍省の高官だというのだ。

「お祝いをしなくちゃあ」

そういっているうちに、昨日の四月二十三日には別な人事が聞こえてきた。これまたコルドリエ街の仲間であるロンサンが、やはり陸軍省で大臣補佐に任じられたのだ。

シャルル・フィリップ・ロンサンは、こちらは四十二歳の苦労人である。ソワソンの樽作《たるつく》り職人の息子だが、最初は軍隊に入った。伍長《ごちょう》まで進んだところで、その先の昇進はないと達観したらしく、ならば文筆で身を立てようということで、パリに出てきた。

劇場の切符係だったエベールとは、劇作家として何本かを芝居にした頃からの付き合いである。革命が始まってからは、そのままコルドリエ・クラブの同志になった。なんとか守《も》り立ててやりたいと、最近もパリ市長パーシュと一緒に、あちらこちら推薦してきた。この市長も元の陸軍大臣ということで、省内に顔が効く。かくて運動は大臣補佐の抜擢に結実したのである。

――いやはや、嬉《うれ》しいことじゃねえか、くそったれ。

皆でコルドリエ・クラブに集まれば、自然と心が浮き浮きした。実際、ヴァンサン、ロンサンともに羽振りがよくなって、差し入れなど持ってきた。不景気で、物不足の折りに、陽気な酒盛りなどやれたのは、そういう理由からなのだ。

いいや、羽振りがよくなったといえば、それはエベール自身の話でもあった。身分はパリ市の第二助役で変わらないながら、『デュシェーヌ親爺《おやじ》』のほうが陸軍省御用達《ごようたし》の新聞として、これからは軍隊という軍隊に配られることになったのだ。

兵隊が御上品《おじようひん》なインテリでないかぎり、『デュシェーヌ親爺』の愛読者が急増すること請け合いである。ということは、支持者が増える。それよりなにより、売り上げが飛躍的に増大する。税金で支払われる購読料は、しかも取りこぼしがない。

——めでてえ、めでてえ、これが飲まずにいられるかってんだ、くそったれ。

かくて二十三日の夜は、コルドリエ・クラブで酒宴となった。

政治活動の流れで持たれた就任祝いというならば、最初は仲間内の席だったが、いつの間にやら人数が増え始めた。どこでどう聞きつけたのか、界隈《かいわい》の面々が続々とやってきて、最後はだだっ広い僧院が混雑するくらいの大宴会になった。まあ、いいや。金もねえ。酒もねえ。あるならパンを買ってきなって、カカアにはどやされる。それがサン・キュロットの実際だっていうんなら、こういうときに飲まずにいられるかってんだい、くそったれ。

「ああ、今夜は無礼講だ。混ぜものの酒でいいなら、ぞんぶんに飲んでくれ」

そう上機嫌で打《ぶ》ち上げたまでは、記憶がある。が、一緒にあおった一杯が、決定的に効いたらしい。泥酔して、それからの記憶がない。目覚めてみれば、僧院の大広間で雑《ざ》魚寝《こね》のひとりになっていた。

——おっとっと、高鼾《たかいびき》で寝てなんかいられねえ。

サン・キュロットといえば、早起きと相場が決まる。でなくても、今日は遅れるわけにはいかねえんだ。慌てて起き出し、すぐさまコルドリエ街を飛び出したが、ラ・アルプ通りの坂道に背を押されるように進むうちに、やっぱり気分が悪くなった。もうじきセーヌ河だというところ、サン・タンドレ・デ・ザール教会の近くまで来て、小便も我慢ならなくなってしまった。

「と、それは構いやしねえんだが……」

みると、小水を弾《はじ》いているモノの先っぽに、白っぽい薄膜が張りついていた。そういえば、酒盛りには女たちも何人か混じっていた。女性にも人権を寄こせとかいう、昨今流行の活動家というわけだが、てえことは知らないうちに、やっちまったか。

「まいったなあ」

エベールは残り少ない前髪を、乱暴な手つきで掻《か》いた。別段まいる話でもないが、かの有名なデュシェーヌ親爺と寝たんだなんて、覚えもない女に触れ回られたりしたら、それはそれで愉快ではない。かてて加えて、大口で聞こえた割には小さかったなんて、笑い話にされるのも悔しい。女房にばれたりしたら、これまた面倒なことになる。

「どれだけ仕事で疲れても、家に戻れば古女房に律儀働き」

これまた正しいサン・キュロットの来し方なわけだしなあ。でなくても昨日の夜は、亭主の務めを果たしていないわけだしなあ。ぶつぶつと零《こぼ》しながら、エベールは指でつまんで、ぺりぺり乾いた薄膜を剝《は》ぎ捨てた。とりあえずは証拠隠滅。いや、やっぱり見抜かれちまうかなあ。いや、いや、見抜くも見抜かないもなく、亭主と同衾《どうきん》した夜の翌朝より、かえって上機嫌だとしたら、これまた面白くねえ話だなあ。

「俺っちの留守をよいことに、もしや、あの女ときたら……」

自分が浮気しておきながら、俄《にわ》かに女房の浮気を疑い始めるエベールは、理不尽を棚に置いて、どんどん立腹していった。いや、許せねえ。それだったら、許せねえ。ひとり寝が苦手な女房もさることながら、これ幸いと間男《まおとこ》を狙《ねら》うほうも許せねえ。

「それは人間として最低の行いだぜ、くそったれ」

かっと顔が赤くなる。それくらい、腹が立って、腹が立って、仕方がない。チンピラより強引で、コソ泥より目敏《めざと》くて、高利貸しより利に聡《さと》くて、ほとんどエゲツないほど汚い。エベールがそうまで酷評するというのは、他でもない。

――マラが逮捕されちまった。

23――マラの逮捕

四月十二日の国民公会《コンヴァンシオン》で、ジロンド派が動いた。ペティオンがロベスピエールを相手に仕掛けて、かつての盟友対決は双方一歩も引かない大論争に、いや、ともに声を張り上げる罵《のの》り合いに発展したが、それも後から振り返れば、ほんの前座にすぎなかった。

続いたのが、ガデだった。

「独裁官だの、三頭政治だの、その呼び名を度《たび》ごとに変えながらも、諸君らに絶えず専制政治を勧めてきた男が、この議会のなかにいる」

そうして手をつけたのが、ジャン・ポール・マラの告発だったのだ。

ガデが得意顔で取り出したのが、ジャコバン・クラブが四月五日付で地方支部に発送した廻状《かいじょう》だった。そこから、「暴君を助けんとして、自らの使命を裏切った公会議員の罷免《ひめん》と召喚を求めよ」とか、「祖国から裏切り者を根絶せよ」とか、「奪え、殺せ、国民公会を解散に追いこむのだ」とか、過激な文面を引用して読み上げたのだ。

こういう声明を出したのだから、マラは告発されるべきだという論法だが、告発自体は従前と変わらず、お粗末といってよいほどだった。

「いや、マラを非難しているのはフランス全体だ。我らはその判事にすぎないのだ」

ボワイエ・フォンフレードが続けば、ジャンソネ、ビュゾと駄目を出す。

「というのも、マラは議会を否定したのだ」

「少なくとも、議会を分裂させようとしている。それは間違いない」

四月十三日、告発の案件が投票にかけられた。さすがマラというべきか、元フランス王ルイ・カペー並の扱いで、指名点呼による投票は実に九時間を要した。投票が確定したのが翌十四日で、賛成二百二十六票、反対九十三票と、これが国民公会の議決だった。

――かくてマラの逮捕が決まった。

しまうものをしまうと、エベールは通りに戻った。また坂道を下り始め、そうすると二日酔いの不快が薄らいできた。腹立ちのあまり、身体《からだ》が熱くなっていたらしい。どっと汗が噴き出して、一緒に酒毒も流れ出てしまったようだ。平静を取り戻しつつありながら、それでも、それきり顚末《てんまつ》に覚える憤りまで、綺麗に放念できるわけではなかった。

「マラの逮捕なんて、普通なら、ありえない話だぜ」

歩きながら薄毛を掻《か》き掻き、エベールはぶつぶつ続けた。いや、やつらの姑息《こそく》な企《たくら》みを暴くには、それこそ刃物なんか必要ねえ。簡単な足し算で事足りるんだ。

議決は賛成二百二十六票に反対九十三票、合わせて三百十九票である。棄権も少なくなかったらしいが、いずれにせよ、国民公会の議員定数七百五十には遠く及ばない。欠席した議員が多かった。実に三百八十九人もいた。そのうち三百七十四人は出張中だった。それを事前に計算し、そのうえでジロンド派は投票に持ちこんだのだ。

「議員の留守を窺《うかが》って、それだから間男《まおとこ》さながらだってんだ」

だけではない。議会では元からジロンド派が強かったが、二倍差をつけるほどの力はなかった。いくら欠席者が多かったといって、これほど圧倒的な差はつけられない。常ならず中道平原派《プレーヌ》がドッと流れたというのは、その四月十三日の議会にはジャコバン派もしくは山岳派《モンターニュ》の議員が、ほとんどいなかったからなのだ。

多勢に無勢で掻き消され、反対意見が耳にまで届いてこなければ、無定見の中道議員が大挙賛成に回るというのは、いわば当然の結果である。

「けど、ジャコバン派は働いてたんじゃねえか」

出張していた議員の多くが、ジャコバン派で占められていた。過日に布告された三十万徴兵を速やかに進めようと、皆でパリを離れて、派遣委員として全国各地に飛んでいたためだった。風雲急を告げるばかりの戦況を好転させるため、つまりはフランスを救うため、有志は労を惜しむことなく東奔西走していたのだ。

「その隙《すき》を突いて、ジロンド派の奴《やつ》らときたら……」

最低だ、とエベールは思う。最低の最低で、二日酔いしたあとの下痢便と同じくらい、臭くて臭くてたまらねえ。てえのも、てめえらは働かねえんじゃねえか。ぬくぬくパリに留《とど》まるままで、票読みばかり抜け目ねえんじゃねえか。庶民の苦労も、兵隊の苦闘も、議員の頑張りまでどこ吹く風と、要するに腐心するのは自分の保身ばかりじゃねえか。

義憤に駆られて、エベールは動いた。いうまでもなく、マラ逮捕の議決に激怒したのは、ひとり第二助役だけではなかった。

――パリ自治委員会が動かねえわけがねえ。

第一助役ショーメット、市長パーシュも、自発的に動いた。もちろんマラの釈放などという、ありきたりな哀訴で終わらせるつもりもない。

四月十五日、国民公会に届けた請願は、ブリソ、ペティオン、ガデ、ヴェルニョー、ジャンソネ、ビュゾ、バルバルー、ビロットー、ラスルスはじめ、ジロンド派で知られる全部で二十二議員の追放を求めるものだった。

――利口な自重なんかに留めておけるかってんだい、くそったれ。

激昂《アンラジエ》派で知られるルーやヴァルレの不良活動家ならぬ、尋常なパリ自治委員会の振る舞いとしては如何《いかが》なものかと、眉《まゆ》を顰《ひそ》める向きもないではなかった。が、エベール自身はやりすぎだとは思わなかった。

また相手も激怒した。ジロンド派のなかで名指しされなかった議員、例えばボワイエ・フォンフレードなどは、名指しされなかったことを幸運と取るより屈辱と解釈したらしく、傍目《はため》にも見苦しいくらいの激し方だった。

「私も加えろ。追放リストに私の名前も加えるがよい」

そうやって騒ぎ出すと、後から後から、私も加えろ私も加えろと議員が続いて、ついにはジロンド派総員での大合唱になった。全員をリストに加えろ。全員だ。全員だ。

国民公会は騒然となったが、それも一時のことだった。二十二議員の追放を求めた請願は、反対多数で却下された。なお議会は動かなかった。ジロンド派のいうなりに、新憲法の審議に戻るばかりだった。ったく、なんて話だ、くそったれ。

——こんな議会でも、議会は議会だ。

いや、議会なのかとエベールは、その先の問いすら禁じえなかった。多数決の名の下に、出鱈目《でたらめ》が罷《まか》り通る。それに腹を立てながら、民衆が声を上げても、全く届かない。

「マラ逮捕、マラ逮捕」

議決が出るや、実際にジャコバン派はサン・トノレ界隈《かいわい》で大きく叫んだ。ガデの告発が容《い》れられたぞ。マラの逮捕が正式に決まったぞ。

聞きつけた民衆は、パリ自治委員会が動くより先に動いた。誰が呼びかけるともなく自然に集まると、いきなり議場に乗りこんで、大事な「人民の友」を自らの手に確保した。その小さな身体を守るように取り囲むと、さっさと外に連れ出してしまったのだ。

——議会なんか、無視されて、虚仮《こけ》にされて、それも無理からぬ話だぜ。

こちらの話は痛快きわまりなかった。マラからして、逮捕が決まった瞬間には、こう惚《とぼ》けたものだった。

「おやおや、君たち、本気でパリの蜂起《ほうき》を招こうという気かね。私を逮捕したりなんかすれば、蜂起が起こるに決まっているからね。いや、二人ばかり憲兵をつけたなら、監獄に送るより、ジャコバン僧院に送りたまえ。そこで私は人民を捕まえて、平和というものの価値を説いてあげるから」

あながち冗談でないというのは、そうして人々に守られたマラを、誰も逮捕できなくなったからだった。議場から連れ出されれば、そのまま十八番《おはこ》の地下潜伏となるわけで、となれば、さすがの国民公会も打つ手なしに陥らざるをえない。

——ジロンド派が牛耳《ぎゅうじ》るならば、議会では戦わないのが利口だってか。

さすがマラだと思う半面で、らしくないと思うエベールもいた。確かに利口だ。当たり前に利口だ。そこが、非常識が看板のマラらしくない。

——と思いきや、やってくれるから、マラは痺《しび》れる。

三日間の潜伏のあと、「人民の友」は自らアベイ監獄に出頭した。マラが自首した。あの悪党が遂《つい》に観念した。そうやってジロンド派は喜んだが、これは例外でしかなかった。他は誰もが、そんな殊勝な玉ではないと、さらなる騒動の勃発《ぼっぱつ》を確信した。

――かくて、マラの裁判が始まる。

それが今日、四月二十四日朝に審理開始の予定である。だから、遅れられねえ。二日酔いなんかで、へばっていられねえ。

24――マラの移送

エベールはサン・ミシェル橋に急いだ。「橋」というからには、もうセーヌ河まで来たわけだが、変わらず建物の灰色が続いていた。

隙間《すきま》なく連なる高層建築は河岸も例外ではなかった。のみならず橋の上にも、びっしり左右に並んでいる。新橋《ポン・ヌフ》のほうまで行かないと、ひらけた川面《かわも》は拝めないのだ。

建物が常に頭に影を落とす界隈《かいわい》は、時刻など関係なしに薄暗かった。サン・ミシェル橋を渡り、シテ島に入るなら、なおいっそう暗くなる。それがパリの都心も都心だからだ。最古の一角でもあるからには、道幅が狭いのだ。

建物が変わらず左右に切り立てば、もう陽《ひ》ざしなどろくろく射さない体《てい》になる。バリユリー通りに歩を進めれば、いよいよ息苦しさまで覚える。シテ島の西側を南北に貫いている通りだが、建物の密集で圧迫感が生じているというよりも、そこには独特の重々しさ、ないしは厳《いか》めしさが漂うのだ。

「やっぱ好かねえ。できれば寄りたくねえもんだぜ、くそったれ」

屋根の形も様々に、町屋が並ぶ風景そのものは同じである。左岸のほうから進めば、ほどなく通りの左側に、橋に名前を与えたサン・ミシェル教会が現れる。その並びで違和感となっているのが、三角屋根の円柱塔を左右に並べた楼門なのだ。

野次馬だろう。その楼門から道路に人が溢《あふ》れていた。いや、溢れているというような生易《なまやさ》しいものでなく、ほとんど一帯を埋め尽くして、ただの往来もままならないくらいだった。しかも、ほとんど全員が風呂《ふろ》に入る習慣もないサン・キュロットなのだ。

「くせえ、くせえ」

うるせえ、うるせえ。警笛の音も耳障りに響いていた。警備が出動して、群集の整理に腐心していたわけだが、そんなもの、素直に容《い》れることがない輩《やから》だから、世に「パリジャン」と呼ばれているのだ。

もっとも官憲といって、いつものように乱暴ではなかった。デュシェーヌ親爺《おやじ》、デュシェーヌ親爺と、人々に声をかけられかけられしながら進んでいくと、強面《こわもて》の巡査はエベールにも丁寧《ていねい》な挨拶《あいさつ》をくれてよこした。

「おはようございます、第二助役閣下」

「やめてくれ、柄でもねえや、くそったれ」

照れ隠しがてらで、エベールは片づけたが、聞きつけた人々は囃《はや》し立てた。

「調子づいて余所《よそ》で浮気するんじゃなかったら、なにも出世は罪じゃねえぜ、デュシェーヌ親爺」

「げっ、なんで……」

「実は尊敬してるんだ、デュシェーヌ親爺。おっかねえ巡査だって、ひとつ顎《あご》で使ってみせてくれや」

「俺《おれ》っち、尊敬なんかされたくねえよ。ただ愛されたいだけだ、くそったれ」

「だったら、俺たちサン・キュロットの代表として、だ」

「ああ、革命的サン・キュロットの名に値したいなら、マラを守れ。そいつがデュシェーヌ親爺の命令だって、あんたがよこした巡査じゃねえか」

実際のところ、警備を担当していたのは、パリ自治委員会の職員だった。

マラの収監が知らされるや、熱心なパリジャンの訪問が始まった。あるいはマラ詣《もう》でというべきなのかもしれないが、いずれにせよアベイ監獄はてんやわんやの騒ぎになった。が、なにか事件が起きては、事だ。外国人に貴族の手先、ヴァンデ軍が送りこんだ密偵からジロンド派の手下まで、パリの巷《ちまた》には誰が紛《まぎ》れているか知れないのだ。

パリ自治委員会の職員が、泊まりこみで警備にあたることになった。議会が派遣した人員は人員で、また別にいたのだが、自治委員会の警備のほうが遥《はる》かに大掛かりだった。

なるほど、もはや自治委員会だけではない。部隊ごと出動した国民衛兵隊もあれば、街区《セクシオン》を挙げて息巻きながら、ぶんぶん槍《やり》を振り回している赤帽子《ボネ・ルージュ》の集団もあり、俺も、俺もと自分から来る輩を拒まず、一種の勝手連を許しているうち、なんだか物々しい風さえ醸《かも》すようになったのだ。

群集を整理するといいながら、その実はどこまでが野次馬で、どこからが警備なのか、ちょっと判然としない風まであった。

「てえか、おまえら、みたところは蜂起《ほうき》じゃねえか、くそったれ」

もっとも、もはや場所はアベイ監獄ではなかった。マラの身柄が移送されると、警備の人員も、野次馬の群れも、つまりは一緒になって暴徒になりかねない人々までが、大挙移動してきたのである。

――このコンシェルジュリまで……。

コンシェルジュリとはシテ島の旧王宮のことである。フランス王家がパリに築いた最も古い王宮だが、ルーヴル、ヴァンセンヌ、テュイルリと余所に宮殿を拵《こしら》えては引越したので、何百年も前から空き家になっていた。専《もっぱ》ら管理人《コンシエルジユ》に預けられてきたから、コンシェルジュリというわけだ。

楼門を抜けると、小さな中庭が現れる。やはり人だらけだ。それも赤帽子ばっかりだ。すぐ右手が王家の礼拝所として作られたサント・シャペルで、その奥のほうが所謂《いわゆる》コンシェルジュリの建物だが、他に行き場がないということか、その堂内だの、その回廊だのも、サン・キュロットに占拠される体だった。

「ったく、よく行くもんだぜ」

余談ながら、かつての王家の住居棟は今は牢獄《ろうごく》として使われている。

——お世話になりたかねえもんだ。

そう思うから、コンシェルジュリが嫌いなのか。いや、それなら嫌いというより、怖いになるだろう。やはり嫌いというなら、はん、理由なんか問うまでもないかと思いながら、エベールはサント・シャペルから、さらに右深くに折れていった。

厳めし顔の円柱塔が何本も現れた。最古の王宮というより、籠城《ろうじょう》を決めるための砦《とりで》だった素性さえ物語りながら、してみると、それは改築も中途半端な建物だった。自治委員会の職員が警備していたが、その玄関もエベールは顔で通ることができた。

まだ四月だというのに、すでにして蒸し暑くさえ感じさせる熱気だった。すなわち、人、人、人の混み方は変わらない。いや、いっそう鮨詰《すしづ》めになっている。

やはり赤帽子が多いので、パッとみたところは真っ赤だ。一歩進めば、やあ、デュシェーヌ親爺。二歩進めば、遅いぞ、デュシェーヌ親爺。いたるところで声もかけられてしまうのだが、めげずにエベールは階段に向かっていった。上階を占める大広間こそ、目指すべき法廷だった。

――パリ高等法院……。

そう呼ばれて、ほんの数年前までは世の人々を畏怖《いふ》させた建物だった。王さえ手を焼いたという司法権力の牙城《がじょう》は、他面では法服貴族たちの本丸でもあった。

――いけすかねえ、エリート顔ばっかりだったぜ、くそったれ。

エベールが好きになれない理由も、そこだった。よくできた正義を振りかざしながら、自分たちばかりは英雄のつもりでいたろうが、それもサン・キュロットの目からみれば、庶民の苦労も知らずに威張り散らしていただけだ。まことしやかな法文を駆使しながら、こちらの身を縛りにきかねないと思えば、なおのこと癪《しゃく》に感じられてならなかった。その輩は革命が起きて後も、多くフイヤン派で幅を利かせていたものである。

――だから、追放してやった。

これからだって、追放してやる。そういえばジロンド派のなかにも、ちらほらとみつかるなあ。そんなことを思いながら、いっそう敵意を燃やすエベールだったが、裏を返せば、こうして大広間に歩を進めて、自ら敵の巣窟《そうくつ》に踏みこんだことになるのか。

――いや、昔の話だ。

入口から見渡しただけで、かつての高等法院は一変していた。派手やかなタピスリー飾りは壁から外され、王家の紋章である「青地に金百合《きんゆり》」が描かれた絨毯《じゅうたん》も、すっかり巻き取られてしまっている。デューラー作のキリスト画なども撤去され、もはや新時代にふさわしい簡素な風に、すっかり変わっていたのである。

「その名も革命裁判所か、くそったれ」

あらためて声に出せば、その新しい名前も緊張を強《し》いる点では変わらなかった。

25――マラの裁判

あるいは革命裁判所のほうが、高等法院より恐ろしいかもしれなかった。なにせ、かつては腐れ貴族が、にやにや談笑していただけなのだ。今や新時代の峻厳《しゅんげん》な精神が、問答無用に悪を裁いて捨てるというのだ。

「って、本当なのかよ」

その革命裁判所でマラは裁かれちまうのかよ。今さらながら、エベールは複雑な思いだった。

古《いにしえ》の異端審問所にも比べられる、恐怖の圧政機関だなどと騒ぎ立てて、その設立に猛反対したのは、ジロンド派のほうである。それが政敵を葬る段になると、迷わず革命裁判所を指名する。ご都合主義というか、ちゃっかりしたものである。が、こちらのジャコバン派もジャコバン派で、革命裁判所は作りっ放しということなのか。

「おい、デュシェーヌ親爺《おやじ》」

人をかきわけ進むうちに、また声をかけられた。なにやってんだよ、デュシェーヌ親爺。あんたのこと、お仲間のショーメットが探してたぜ。

「ああ、そうか。で、どこにいるんだ、俺《おれ》っちの上役《うわやく》は」

「あそこだ」

教えられてみれば、ひどい癖毛に油をつけて、無理に真ん中分けにして、後ろのほうは女のように長く伸ばしているという、ある種こだわりの髪型は見間違えようがなかった。気取り屋の色男、第一助役ショーメットは傍聴席の最前列だった。隣りの白髪が恐らくは市長パーシュで、反対側の隣席が空いたままだということは、それが俺っちの場所かと思いついたものの、なお最前列まで行きつくのは容易でないようだった。

「デュシェーヌ親爺、あんた、なんとかしてくれるんだろうなあ、マラのこと」

「なんとかって、俺っちは議員じゃねえ。ただの新聞屋だぜ」

「新聞屋なら派手に書けよ、デュシェーヌ親爺」

「書くから、その前に道を開けてくれよ」

「ところでデュシェーヌ親爺、あんた、また禿《は》げたんじゃねえか」

「うるせえよ。ほっとけよ。それに禿げはモテるんだよ、特にサン・キュロットの女にはな」

「それは本当よ。素敵だわ、デュシェーヌ親爺」

「ベアトリス姉《ねえ》さんも、おいおい、いくら会場が暑いからって、襟《えり》が開きすぎじゃねえか。ほとんど、おっぱいみえてんぜ」

「なにいってんの。みえるどころか、全部ポロンと出したじゃないのさ、昨日の夜は」

「え!?」

頭のなかが白くなれば、みえるのはショーメットの横顔だけである。こちらに気づいていたのだろう。第一助役を務める相棒は、平素の澄まし顔を崩して、笑いを嚙《か》み殺していた。てえことは、知っていたのか、こんちくしょう。げらげら笑いで眺めるだけで、止めてもくれなかったのか。自分だけ明日は早いからなんて、ほどほどに酒を切り上げながら、あげくベアトリスなんかに預けて、俺っちを置きざりにしたってのか。

「ショーメット、おまえ、友達甲斐《がい》がねえぞ、くそったれ」

どうしてベアトリスだと甲斐がないのか、そこのところは、まあ、いろいろな事情がある。深く考えこむより逃げ出したいと思う気分の表れか、エベールは自分の席に向かわなかった。いや、すぐまた向かうつもりではあるのだが、いったん出直したい気分だった。いや、まずい。まずいわけじゃねえが、しごく愉快な話でもない。とにかく、そんなこと、今は考えている場合じゃない。

「やあ、エベール」

そう声をかけられたのは、大広間の入口まで下がったときだった。「デュシェーヌ親爺」でなく、「エベール」と呼んできたからには、相手は自《おの》ずと限られてくる。

「おお、カミーユか」

ボサボサ頭が相変わらず野暮な感じの、カミーユ・デムーランだった。

気安い相手で、これまたコルドリエ街の仲間だった。が、深酒を控える以前の問題で、昨夜の宴会には来なかった。来ないといえば、最近コルドリエ・クラブにも顔をみせない。デムーランも議員になって、いろいろ忙しいようだった。社交も自宅にサロンを開くのが専《もっぱ》らで、わいわい、がやがや、仲間と騒ぐような真似《まね》もしなくなったらしい。

――それでもジャコバン・クラブになら、ちょくちょく顔を出すってんだろ。

デムーランのみならず、ダントン然《しか》り、ファーブル・デグランティーヌ然りで、コルドリエ・クラブには来ない。だから、すっかり人変わりしたとか、一種の裏切りじゃないかと騒ぐつもりもないのだが、いくらか距離が開いたような感じは否《いな》めなかった。

「で、カミーユ、おまえも遅刻か。ああ、そうか、あの可愛《かわい》い嫁さんと、朝から律儀に励んできたっていうわけかい」

デムーランは少しムッとした顔になった。冗談だよ、冗談。そう続けてやると、ようやく答えてくれた。

「裁判所の職員と話してきたんだ」

「裁判所の職員てえのは」

「訴追検事を少し知っていてね」

「ああ、そうか」

我ながら素頓狂《すっとんきょう》な声だった。が、これぞ吉報とエベールは喜ばずにはいられなかった。そうか、そうか、聞いてるぜ、カミーユ。同郷だとか、親戚《しんせき》だとか、とにかく訴追検事は、おまえの推薦だったんだな。

「フーキエ・タンヴィルっていうんだっけ」

「しっ、エベール、声が大きいよ」

すまねえ、すまねえ。謝りながらも、エベールは胸すく思いに手が震えた。そうだ、そうだ、ジロンド派のちゃっかりが通用するわけがねえ。革命裁判所はジャコバン派の肝煎《きもい》りで作られたんだ。人事だって、ジャコバン派の息がかかってるんだ。

「で、あのチンポコがデカい先生は、どうだって」

「なに、どこの先生だって」

「だから、おまえと親しい検事さんだよ」

「デ、デカいのかい、あの男は」

「いかにも、デカそうじゃねえか、不敵な面構えからしてよ」

「知らないよ、そんなこと」

だから、エベール、ふざけないでくれ。そう窘《たしな》め、しょうがない男だといわんばかりの一瞥《いちべつ》をくれてから、そこは仲間ということで、デムーランも教えてくれた。

「マラもダントンに劣らぬ大切な同志なんだと、そこは念を押してきたよ」

「なんで、ダントンが出てくるんだ。ああ、あの旦那《だんな》も告発されかかったもんな。そうか、裁判になったときの便宜を、あのときも図らせようとしたってわけか、フーキエ・タンヴィルに」

「そういう言い方は……。まあ、いいけど……」

「で、どうだって、検事さんは。マラを無罪にできそうかい」

エベールは聞いた。が、答えは聞くまでもないと考えていた。無罪に決まっている。こんな出鱈目《でたらめ》な裁判なのだから、無罪でなければ、どうかしている。

「全力を尽くすとはいってくれたよ」

それがデムーランの言葉だった。エベールは確かめずにいられなかった。いや、カミーユ、その全力を尽くすってのは、どういう意味だい。

「だから、そういう意味だよ。法廷には判事もいれば、陪審員もいる。全力を尽くすが、自分ひとりの力では、どうにもならないときもあると、そういう言い方だったな」

「ちくしょう。判事と陪審員はジロンド派に買収されちまったか」

「そ、そうなのかい」

「なのかいって、そうだろう、普通に考えれば」

「あっ、ああ、そうだね。ああ、エベール、そうかもしれないね」

「カミーユ、おまえ、なんだか頼りねえなあ」

そのときだった。木槌《きづち》が打ち鳴らされて、一同の胸を衝《つ》いた。法廷に判事、検事、陪審員が現れて、ある種の厳《おごそ》かささえ感じさせる静けさのなか、各々《おのおの》の場所に分かれていった。

訴追検事フーキエ・タンヴィルも、もちろん持ち場に就《つ》いた。

「頼んだぞ」

デムーランは小さく声に出していた。念を籠《こ》めて、目の合図も飛ばしたようだった。が、フーキエ・タンヴィルには気づいた素ぶりがない。というより、傍聴席になど、ちらりとも目をくれない。

「なんだよ、あいつは。なんなんだよ」

デムーランは小声で続けた。聞きながら、こちらのエベールは苦笑だった。

「だから、なっ、カミーユ、あの旦那は持ちものがデカいんだよ」

質の善《よ》し悪《あ》しは別にしてな。エベールはそろそろと笑いを噛み殺した。といって、愉快、愉快と、いつまでも笑っていられるわけではなさそうだった。ああ、自分は自分の役目を果たす。ひとりの力ではどうにもならないと、そこはフーキエ・タンヴィルがいう通りなのだ。

——さて、と。

どのみち傍聴席は立ち見である。それでも前のほうがいい。後ろからでもみえないことはないながら、後ろからでは参加しにくいという理屈はあるのだ。

ショーメットは憎らしい。が、せっかく確保しておいてくれたのだからと、やはりエベールは最前列の場所に向かうことにした。

26――マラの登場

　気取り屋のショーメットが大枚《たいまい》はたいて、最近ようやく手に入れた懐中時計によれば、午前十時すぎのことだった。判事、検事、陪審員と着席した法廷に、いよいよと最後に姿を現したのが、我らがジャン・ポール・マラだった。

「で、待ってましたとなるわけだ」

　実際、すぐ背中に風が巻いた。ひええ、ひええ、また髪が抜けちまう。もう薄い前髪だけじゃねえぞ、くそったれ。なんとか堪《こら》えている後ろ髪まで、残さず飛ばされちまうじゃねえか、くそったれ。そうエベールが口走ったとき、ぶつぶつ呟《つぶや》いたのでなく、まるきり普通の声だった。厳粛なる法廷で、それが問題にもならなかったのは、ぶわと動いた分厚い空気の塊《かたまり》が、劣らず大きな音声を孕《はら》んでいたからだった。

　人々は口々に叫んでいた。が、うわんうわんと高天井に反響して、なにがなにやらわからなかった。それに恐らくは言葉になどなってはいなかった。やたらな霊感に突き上げられ、とにかく皆が吠《ほ》えたのだ。賢《さか》しらに意味など考える以前に、もう一刻も黙っていられなくなったのだ。

革命裁判所の真っ赤な傍聴席は、まさしく大爆発だった。いや、傍聴席だけではない。屋内の喚声は外にも洩《も》れ聞こえたのだろう。法廷に入れず、通りに屯《たむろ》している連中も、大広間での開廷を察したということだろう。

外でも騒ぎになっているらしく、コンシェルジュリ全体が声に包まれるのがわかった。ぼんやりした大きな膜のようなものに閉じ込められたような、なんだか奇妙な感覚だった。

吐き出された息の、ことごとくが熱かったとみえて、俄《にわ》かに温度も上昇した。エベールの日ごと広くなるような額には、実際じんわり汗が滲《にじ》んだ。あるいは群集の熱気という以前に、自分の身体《からだ》がかっかと燃え始めたということか。

傍聴席の最前列にいるからには、人々の大騒ぎをそっくり背負う形だった。声、声、声は、その場に留《とど》まり、重たくのしかかろうとするより、こちらの身体をグイグイと前に押し出そうとするかのようだった。

されたからと抗《あらが》う理由も、またなかった。ああ、飛び出してやろうじゃねえかと、エベールは立ち上がった。デュシェーヌ親爺《おやじ》ここにありと、大きな声で叫んでやった。

「マラ、愛してるぞ」

いったん言葉になってしまえば、皆の無意味な咆哮《ほうこう》も端から順にフランス語になっていく。だから、気持ち悪いってんだよ、デュシェーヌ親爺。

「こんな禿《は》げのいうことは忘れて、とにかく、マラ、なにも心配することたあねえからな」

「おうさ。あんたのためなら、俺《おれ》あ死んでも構わねえんだ」

「本当だ、本当だ。あんたは受難の聖者なんだ。助けることができるんだったら、おお、おお、俺ごときのチンケな命が、なんで惜しくなるもんかい」

「確かに、確かに。『人民の友』には、俺たち、パリのサン・キュロットがついてるぞ」

「がんばれ、マラ、がんばれよ。革命裁判所なんかに負けんなよ」

そうした言葉は段々と恐れ知らずの野次になり、それこそ革命裁判所ともあろう場所を我が物顔に駆け巡った。そうだ、そうだ、マラが負けてたまるもんか。

「革命裁判所だかなんだか知らねえが、この大事な御方《おかた》を有罪になんかしやがったら、てめえら、わかってんだろうなあ」

「有罪の『ゆ』の字でもいってみな。そのろくでもねえ舌を、この場で引っこぬいてやる」

「てえか、無事に家まで帰れると思うなよ。てめえら、誰に喧嘩《けんか》売ったのか、たっぷりわからせてやるからな」

マラばんざい、人民の友《ヴィーヴ》ばんざい。マラばんざい、人民の友ばんざい。そうした言葉に声を収斂《しゅうれん》させながら、実際のところ、ただ見物に来たわけではなかった。

群集はマラを守り、また助ける気でいた。野次が洒落《しゃれ》にならないというのも、赤帽子《ボネ・ルージュ》をブンブンと振り回し、あるいは槍《やり》の尻でダンダンと床を突き、または持参の鍋蓋《なべぶた》をガンガンと打ち鳴らしながら、実際に法廷を威嚇《いかく》しようとした輩《やから》が少なくなかったからである。

それだからとエベールが、もちろん眉《まゆ》を顰《ひそ》めるではない。

「なに、遠慮することたあねえ。正義は俺っちたちにあるんだ」

「今度はいいぞ、デュシェーヌ親爺。正義ってのは、いいぞ」

「おお、禿げ助平も下ネタばっかりじゃないんだな。たまにはいいこというんだな」

「ああ、確かにいいね。ああ、正義だ、正義だよ。ふざけた不正義ばっかりは、絶対に阻《はば》んでやるって、俺たちはそれだけのことなんだ」

急ごしらえの嘘《うそ》ではなかった。誰もがマラを圧政の被害者だと思っていた。現政権を護持するための人身御供《ひとみごくう》であることさえ、しっかりと意識していた。そのうえで自分にもなにかできないかと、皆しごく真面目《まじめ》な気持ちでコンシェルジュリにやってきたのだ。

——といって、さすがに拙《まず》いか。

エベールは常ならずも、ハッとして我に返った。ただの盛り上がりではない。派手な威嚇にも留まらない。そのとき感じられたのは、はっきり殺気と呼んでよいほどの危うさだった。実力行使も辞さないと思い詰めた輩も、なかには少なくなかったのだ。

今のところ野次で済んでいるのは多分、いくらか安心できたからである。少なくとも最前列のエベールは、はっきり目で確かめることができた。

「意外に元気そうじゃねえか、くそったれ」

頭には黄ばんだターバン、羽織る上着はボサボサと毛羽が立ち、安物だとはいわないものの、あちらが白くなったり、こちらが黒ずんだりで、まめに洗濯しているとも思われない。その袖《そで》を捲《まく》りながら、肘《ひじ》の内側を爪《つめ》で掻《か》き掻き、半病人ともみえかねない風情《ふぜい》ながら、それこそはジャン・ポール・マラなのだ。数日の牢屋《ろうや》暮らしを強《し》いられたからといって、それで萎《しお》れたわけではないのだ。

「ああ、さすがはマラだ。簡単にみくびれたもんじゃねえぜ」

マラの健在は第一声から明らかだった。ちょいと掲げた鉤《かぎ》なりの人差し指、それひとつで魔法のように大騒ぎを鎮めてしまうと、吐き出した台詞《せりふ》は次のようなものだった。

「いやね、市民諸君、判事閣下に物申そうなんて考え方は、正直いただけないね。だいいち、気の毒じゃないか。どこかの被告みたいには、度胸が据わっていないみたいだしね」

いわれて、はじめて気がついた。判事席の面々は顔面蒼白《がんめんそうはく》になっていた。青いとか、白いとかを通り越して、ほとんど黒みがかるほどで、昔からルーヴル宮に出るといわれる幽霊が、王宮つながりでコンシェルジュリに引越してきたかのようだ。

「へへ、完全にビビってやがる」

エベールは声に出した。というか、そう思うや、もう声に出てしまった。聞きつけた周囲が下卑《げび》た笑い声を立てると、シッと指を立てて咎《とが》めたのは隣席のショーメットだった。しっ、判事は敵と決まったわけじゃない。今から好んで敵にすることはない。仮に買収されていたにせよ、根っからのジロンド派というわけじゃないんだ。

「ビビるのは当然さ。これだけの大迫力だよ。平気な顔されたら、逆に困るよ」

「確かに」

そうエベールが受けたのは、判事席の空気が少し弛《ゆる》んだように感じられたからだった。なるほど、脅《おど》すなとマラ直々《じきじき》の言葉があった。先がけて、マラの健在に安堵《あんど》した傍聴席は、ぴりぴりした殺気を弛めた。高座の面々は、それで人心地つけられたのだ。

27――マラの話術

「だから、脅《おど》かしちゃあいけないんだよ」

と、マラは繰り返した。告発されているのは、判事閣下じゃないんだ。あくまで被告は私のほう、ああ、このジャン・ポール・マラなのさ。けれど、ひとつ忘れてもらっちゃ困る話もないじゃない。

「いいかい、市民諸君、君たちの目の前に立っているのは、決して罪人なんかじゃない。人民の友であり、自由の使徒であり、ことによると、自由の殉教者になるかもしれない男だ」

今度の傍聴席は静まり返った。エベールがちらと眺め渡したところ、居並ぶ顔という顔が神妙な表情で、神官かなにかに託宣《たくせん》でも伝えられているかのようだった。

ああ、そうかと得心は深まった。エベールは真面目に思う。ああ、そうか、マラというのは現代の預言者だったのか。

「実際、私という男は長いこと、祖国の敵というような情け容赦もない手合いから、迫害され続けてきたからね。御覧の通り今日だって、こうして告発されている有様だよ。それも今回は国家の要人たちが、おぞましいほどの謀《はかりごと》を巡らせた結果だっていうんだからね」

鼻をすする音が聞こえた。しんみりと空気が変わったことだけは、エベールも感じていた。

「この三年余というもの、思えば悲しい勉強ばかりだったよ。圧政の輩《やから》から人民を解放しようなんて、いかに危険な企《くわだ》てなのかということ。これから先十八カ月の出来事をズバリいいあてるだけの仕事が、いかに惨《むご》い目に遭わされるかということ。いや、たくさん勉強させられたよ。あげくが中傷の毒がたっぷり塗られた矢の的にされるなんて、こんなにも残忍な迫害を受けた者が、はたしてこの世にいたものかね。すぎた報復、不断の監視、人間としての権利の剝奪《はくだつ》、そうされることの悲しみ、そして苦しみ、暗殺者の一団に命を狙《ねら》われ、暴君の手におちれば恐ろしい拷問《ごうもん》が待ち、ありとあらゆる種類の危険にさらされるってんだから、害を加えられたほうは、ひとつも忘れることができないよね」

傍聴席の静けさのなか、啜《すす》り泣きの気配が充溢《じゅういつ》した。ひどい話だ。誰が被告だ。被告として本当に裁かれるべき人間は他にいて、むしろマラはその被害者なんじゃないか。

そう思いを強くしながら、もう一言を、それこそ決めの一言を待望した瞬間である。

「ま、いいけどね」

それでマラは被告席に着いてしまった。であれば、傍聴席は静かなままではいられない。一言がもらえないなら、自分で発しないではいられない。

「よくねえぞ、よくねえぞ」

「これは裁判なんかじゃない。政治活動の抑圧だよ。言論の弾圧なんだよ」

「インテリ先生の難しい言葉はわからねえが、とにかく許しちゃあおけねえ」

「おい、判事、てめえのこと、いってんだぞ。マラは優しいから許すかもしれないが、俺《おれ》たちは残念ながら、そんなに人間ができていねえ」

「おおさ、弱いもの苛《いじ》めなんかしてみやがれ。仕返しに、おまえの弱みを襲ってやるからな。女房と娘をさらって、売春宿に叩《たた》き売ってやるからな」

「いや、息子だって売ってやらあ。小金を貯《た》めてる元の修道士って手合いにゃあ、救いのねえ男色家が珍しくねえからな」

いうまでもなく、判事席の顔、顔、顔は、再びの幽霊面《ゆうれいづら》である。いったん引けた恐怖が、勢いを倍にして戻ってきたのだから、いよいよ芯《しん》から震えないではいられない。

引いて、戻して。上げて、下げて。騒がせて、静まらせて。こちらのマラはといえば、管弦楽団を自在に操る指揮者《マエストロ》さながらの鮮やかさだった。

またも指先ひとつで、静けさを取り戻す。あげくが掌《てのひら》をひらりと返しながら、ことなげなのである。

「さあ、どうぞ、判事閣下」

先に進めて、だなんて、いや、痺《しび》れる。やっぱりマラは痺れるねえ。そうは認めるエベールだが、ショーメットの心配顔も気にしないではいられなかった。もしやマラは本気なのかな。だとしたら、本当にマラの指先ひとつで革命裁判所に暴動が発生するぞ。コンシェルジュリからパリ全土に拡大して、蜂起《ほうき》に発展してしまったら、パリ自治委員会としては難しいところだな。

——いつだって、マラは確信犯だからな。

そうした「人民の友」のふてぶてしさに比べるからか、審理開始を宣言した判事の声は情けなかった。裏返り加減で高くなってしまったこともあり、ひどく間が抜けても聞こえた。こっここ、これより被告ジャン・ポール・マラの犯罪について、初日の審理を始める。

「こっここ、こっここ、なんて、あんた、鶏かよ、くそったれ」

エベールが放言すると、傍聴席には失笑が洩《も》れた。くっくく、くっくくと大勢に刻まれて、法廷の緊張が少し弛《ゆる》んだようでもあった。それを問答無用の迫力で、元の喉奥《のどおく》まで押し戻してしまうのだから、こちらはこちらで、やはり大した役者というべきだった。

また空気が変わった。判事の許しで被告席の前まで歩を進めたのは、訴追検事フーキエ・タンヴィルだった。

きびきびした身のこなしが、少しだけ意外だった。意外といえば、思っていたより大柄な男だった。いや、でっかく分厚いダントンは無論のこと、ほっそり細長いブリソなどと比べても、たぶん大きいわけではない。それが法廷に立つと、やけに大きくみえたのだ。

「つまりは、あそこがデカいんだな、やっぱ」

眉間《みけん》に深く皺《しわ》を寄せ、そうすることでVの字の太眉毛をいっそう吊《つ》り上げ、フーキエ・タンヴィルの表情は厳《いか》めしかった。なんだか人間離れして、すんでに作り物めいた感さえあり、いうなれば鉄仮面さながらだ。手元の書類を覗《のぞ》き、かと思えばマラをみやり、それを何度か繰り返しているうちに、法廷の空気が重くなっていくのがわかった。

――ビビってねえ。

裁判所の人間で、ただひとり平静を貫いている。が、それは当然の話だった。少なくともエベールは、そう理解していた。ああ、全力を尽くすが、自分ひとりの力では、どうにもならないときもあるってんだろ。だから、みんなで吠えて、騒いで、裁判所を脅してやったんだ。少しだけ笑わせて、滅茶苦茶《めちゃくちゃ》に爆発しないところまで押し戻して、つまるところ、お望み通りにお膳立《ぜんだ》てしてやったんだ。しっかり働いてくれよな、検事さん。

「女をその気にさせちまってから、ごめんなさい、やっぱりできませんじゃあ、いくらモノがデカくたって、それこそ男が立たねえってもんじゃねえか、くそったれ」

もっとも、やる気まんまんだったのはパリジャンどもで、さんざ弄《いじ》くったのはマラだったけどな。ぶつぶつ勝手にやっていると、常識家のショーメットが脇《わき》から肘《ひじ》で突《つつ》いてきた。顎《あご》の動きで注意を促した先が、他でもないフーキエ・タンヴィルだった。

例の鉄仮面が少しだけ歪《ゆが》んでいた。苦笑なのか、失笑なのか、そこまでは判然としなかったが、さっきと比べて、やりにくそうな感じはあった。ああ、やっぱり聞こえちゃったわけね。そこまで声に出してから、エベールは急ぎ左右の手を運んで、止まらない口を自ら塞《ふさ》いだ。

ショーメットは殺した声で受けた。ああ、それでいい。おまえのせいでしくじられたら、それこそ取り返しがつかない。

「偉大な裁判になるでしょう」

それが訴追検事フーキエ・タンヴィルの第一声だった。判事閣下、それに陪審員の皆さんにも、よくよくの注目をお願いしたいと思います。一字一句に注意して、ひとつも聞き逃さないでほしいと、お願いしたいのです。

「というのも、この法廷で裁かれようとしているのは、今日まで常に『人民の友』と呼ばれてきた、有名な愛国者だからであります。フランスの人民大衆は被告のことを、常に自分たちの友であり、その権利の守り手であると信じてきたのです」

傍聴席は沸いた。響いたのは耳に心地よいくらいの、絶妙な拍手だった。訴追検事は味方なのかい。少なくとも敵じゃなさそうだな。出方を窺《うかが》った分だけ気後《きおく》れが生じてしまい、それで加減がうまくいったようだった。

「ああ、うん、まあ、その通りだな」

「わかってんじゃねえか、革命裁判所も」

「検事さん、あんたのこと、嫌いじゃねえぜ」

「あたしなんか、もう愛しちゃったわよ」

「いうねえ、ベアトリス姉《ねえ》も」

「へへ、噂《うわさ》のベアトリス姉を裏切ったら、へへ、いいかい、検事さん、あんた、自慢の一物《いちもつ》をちょん切られるぜ」

「あら、そんなことしないわよ。あたし、とっても優しいのよ。ねえ、デュシェーヌ親《お》爺《じ》」

エベールが耳まで塞ぐと、元の騒ぎが控え目だったおかげで、もう静けさが取り戻された。しんとなるのを待ってから、しかしながらと、フーキエ・タンヴィルは言葉を継いだ。

「しかしながら、私は革命裁判所の訴追検事として、今日は正式な告発状を読まなければなりません」

28――マラの証言

告発状が朗読された。求刑されたのは、死刑のようだった。死刑だったと断言できないのは、傍聴席の最前列で聞いていても、はっきりとは聞き取れなかったからだ。傍聴席は一瞬にして沸騰《ふっとう》した。してみると、優れた第一印象も考えものだった。よければよいほど、いったん当てが外れてしまうと、今度はやたらと腹が立つのだ。

「やい、検事、んなもん読み上げるたあ、てめえ、大した度胸じゃねえか」

「マラを罪人呼ばわりして、ただで済むとは思ってねえだろうなあ」

「二枚舌男のモノなんか、やっぱちょん切っちゃって、犬の餌《えさ》にしてやるわ」

「ベアトリス姉《ねえ》のいう通りだ。やい、検事、おまえも、やっぱり裏切り者だったんだな」

「いや、公平なだけだよ、検事さんは」

マラだった。ほんの数語で人々の激昂《げっこう》を鎮めながら、またも魔法の手際《てぎわ》だった。ああ、静かに、静かに。心配しなくていい。なにも心配しなくていい。公平なだけなんだ。というのも、この裁判は諸君らのものだからね。ただ公平からね。自由が守られるためには、手続きというものも必要なのさ。つまりは自由のものだからね。手続きであればこそ、諸君らには完全なる静けさをお願いしたい。どうしてって、私を迫害している祖国の敵どもに、諸君らまで誹謗中傷《ひぼうちゅうしょう》させたくはないじゃないか。

「あの不良人民どもは革命裁判所まで脅《おど》した、なんてね」

今度は素直な拍手である。もちろん、その勢いは熱狂に近い。気圧《けお》されて、判事席や陪審員席は目を泳がせてしまったが、自分のことだというのにフーキエ・タンヴィルだけは涼しい顔だった。平然と拍手が引けるまで待ち、それから尋問に着手した。

――まるでベテラン俳優じゃねえか、くそったれ。

それも数多《あまた》芝居に引張り凧《だこ》の名脇役だね。前に出しゃばることもなければ、臆《おく》して下がることもなく、しっかりと自分の出番を心得てやがる。なるほど、そういう名演は邪魔しちゃいけねえやと、エベールは両手を口にあてなおした。

さて、フーキエ・タンヴィルの尋問である。

「先の告発状に基づいて、結論から先取りすることにいたしましょう。当法廷の陪審員に委《ゆだ》ねられます問い、真偽の判別を願わなければならない争点は、おおまかに次の三つに絞られます。

一、被告は殺人、略奪、国家の指導者の刷新、堕落した国民公会《コンヴァンシオン》の解散を教唆《きょうさ》したか。
二、被告は告発された廻状《かいじょう》の本当の作者か。
三、被告は不実な反革命の意図をもって、犯罪行為を促したか。
まずは被告マラ氏の弁明を聞いてみましょう」

訴追検事に水を向けられると、ひとつ肩を竦《すく》めてみせ、それからマラは答えた。

「告発文は私も読んだよ。さっきの読み上げは聞こえなかったが、控え室で読ませてもらった。いつもながらの悪意の抜き書きといおうか、文脈が完全に無視されていたね。きちんと前後を読み合わせれば、殺人も、略奪も、教唆してなんかいないとわかるはずさ」

「御自身で書いたことは、間違いないのですな」

「いや、それなんだが、実は書いた覚えがないんだ」

フーキエ・タンヴィルは、ギョッとなった。もとから上がり気味の眉尻《まゆじり》を吊《つ》り上げて、おお、こいつは見事なくらいに、ギョギョッと驚いたってえ顔だ。

「ちょ、ちょっと待ってください。マラさん、確認させてください。告発状で問題とされているのは、ジャコバン・クラブが四月五日付で地方支部に発送した廻状であります。その廻状に関する証言だと、それは間違いないのですね」

「のようだね。ああ、四月一日の国民公会、ラスルスのいいがかりに堪えかねて、遂《つい》に立ったダントンの演説、あれには皆が励まされたからね。ジャコバン・クラブにしても、あれからジロンド派に対する攻撃に拍車をかけたのさ」

「そのようですな。さすがの影響力と申しますか、廻状を送られたほうの地方支部も、憤慨し、いきり立ち、敵意に逸《はや》り、あげく国民公会に山と請願書を送りつけたと聞いております。ジロンド派の議員を首にしろとか、国民公会を解散しろとか、そういった類《たぐい》の請願というか、要求というか、脅迫というか。その結果、またマラがしでかした、もはや議会政治の否定だ、議員の身分に対する冒瀆《ぼうとく》だ、などと取り沙汰《とざた》する向きがあり、かくて今日の告発の運びになっているわけですが、それが御自身の筆によるものではないと仰《おっしゃ》るのですか」

「ないね」

「しかし、廻状の末尾には『J・P・マラ』と、あなたの署名があります。これは、どういう理由からなのですか」

「その同じ四月五日に、私はジャコバン・クラブの新代表に選ばれたからね。クラブの名前で廻状を出すなら、代表として署名しないわけにはいかないだろう」

「なるほど。しかし、廻状の中身については」

「署名を求められたのは代表の席について、ほんの七、八分というところさ。無責任といえば無責任だが、ろくろく読む間もなかったものさ」

やりとりに耳を澄ませていれば、大人しくしているのも限界だった。ああ、いくらマラに諌《いさ》められても、これほどの出鱈目《でたらめ》を聞かされては、もう黙っていられない。

「おいおい、これが正式な裁判なのか」

「ろくろく確かめもしねえで、そんな告発状が通用するのかよ」

「いくら賄賂《わいろ》つかまされたからって、ちっと酷《ひど》すぎやしねえか、判事さんよお」

「いや、そもそもは議員どもだ。呼んでこい。マラ告発に賛成した議員どもを呼んでこい」

「ああ、そいつらこそ革命の敵だ。革命裁判所に引っぱられるべき悪漢なんだ」

「にしても、四月五日の廻状は誰が書いたんだ」

エベールも口を押さえたままではいられなかった。マラじゃないとすると、誰が書いたんだ。てえのも、なかなかの名文だったぜ。その隠れた文才に新聞なんか出されちまったら、それこそ人気急上昇で、俺《おれ》っちには手強《てごわ》い商売敵《しょうばいがたき》になりかねねえ。

「ただでさえマラに、ごっそり読者をもってかれちまってるってえのに」

傍聴席に再び笑いが流れたのは、幸いだった。そういう話かよ、デュシェーヌ親爺《おやじ》。だとしても、あんたの文章は誰も間違えねえよな。あんな下品な「くそったれ調」は、誰も真似《まね》しやしねえからな。

「うるせえ、うるせえ、俺っちの文章はほっといてくれ、くそったれ」

「怒るなよ、デュシェーヌ親爺。怒ると、また髪が抜けちまうぜ」
「だから、髪は関係ねえだろ。禿《は》げこそ、ぜんぜん関係ねえだろ」
法廷が荒れずに済んで、訴追検事フーキエ・タンヴィルは再開することができた。え
え、それでは第三の争点について、被告に尋ねたいと思います。五日付の廻状を御自身
で書いていないとなると、すでにして問いの意味をなさないのですが、まあ、なんとい
うか、もう少し意味を拡大して、平素の執筆活動一般を含めたところで、お答え願えれ
ば幸いです。
「糾弾《きゅうだん》されております、反革命の意図というのは、どういう」
「ははは、それを判断するのが、それこそ陪審員の仕事なんじゃないかね」
マラが答えると、傍聴席の空気がザザッと横滑りした。その場の全員が、陪審員が並
んでいる席に、一斉に目を移したということだ。陪審員席は階段席になっているので、
誰も誰かの背中に隠れるということができない。
「てことは、こっちがチビる番か」
そういうつもりがなくても、エベールは声に出してしまう。いや、もう小便は出ねえ
な。キュキュッと縮み上がっちまって、子供並に小さくなってんな。そんなチンコ、ひ
とにみられたくねえなあ。俺っちだったら恥ずかしくて、嫁さんにだってみられたくね
えなあ。

聞いて、また人々は爆笑だった。が、陪審員の面々は依然として、笑みなど浮かべることができない。白い粉が吹いたような顔を、がちがちに硬直させながら、おいおい、これじゃあ、パレ・エガリテの見世物小屋に飾ってある蠟人形《ろうにんぎょう》のほうが、よっぽど人間らしいじゃねえか。紐《ひも》で手足が動かせるだけ、操り人形のほうが元気なくらいじゃねえか。

「もしか、とっくに死んでんじゃねえだろうな」

またショーメットが脇《わき》から肘《ひじ》で突いてきた。エベール、おまえの軽口だって、ほとんど恫喝《どうかつ》みたいなものだぞ。殺すぞって、陪審員を恫喝したも同然だぞ。

マラは続けた。とにかく、皆さんで判断してほしいよ。せっかくの裁判なんだし。

「ただ私として付け足せば、ね、国民公会についてだって、解散を訴えたのでも、分裂を呼びかけたのでもなかったよ。ああ、そんなつもりはなかった。議会は自己の言動によって栄えもすれば滅びもすると、ただ一般論を述べただけなんだ」

29——マラの逆転

「ううむ、困りましたね」

受けたフーキエ・タンヴィルは、またもや本当に困ったような顔だった。いかにもという表情がすぎて、かえって見え透いた演技とわかる。バレバレなのに臆面《おくめん》ないということは、それ自体が一流の演技なのである。いやはや、マジで役者だ、くそったれ。ただデカいだけじゃねえや、くそったれ。

「デカいって、なんの話よ」

「げっ、ベアトリス姉《ねえ》、いつの間に……」

知らず背後に迫られて、エベールは慌てた。なんだよ。来るなよ。つれないとか、冷たいとか、そういうことじゃねえよ。うるせえ、誰が禿《は》げだ。いや、おっぱいなんか触ってねえ。向こう行けって、ただ押し返しただけだぜ。だから、俺《おれ》っちの僕ちゃんの話はいいんだって。せっかく行儀よくしてるんだから、寝た子を起こすような真似《まね》するなって。

「判事閣下」

びしっと呼びかけながら、フーキエ・タンヴィルは被告席に背を向けた。傍聴席にも同じく背を向けることになったが、そのアクの強い顔がみえなくなってみると、むくむく湧《わ》き上がるのは期待感だった。ああ、なにかやらかそうってんだ、この旦那《だんな》は。

「ええ、判事閣下、どうやら尋問は困難な袋小路に入ってしまったようです。このままでは評決も判決も出しようがありません。ここで新たな判断材料を得るために、証人喚問に移りたいと思うのですが……」

「許可します」

「ありがとうございます。さて、ここに四月十六日付の『フランスの愛国者』がありま す」

フーキエ・タンヴィルは紙挟みから一部の新聞を取り出していた。ええ、パリでなら誰でも買える新聞です。本号にはフランスで死んだ、というより自ら命を絶ってしまった、ひとりの若きイギリス人の話が引用されています。なんでも『フランスの愛国者』では、自殺の間際《まぎわ》に紙片を残されたのだそうで、その内容というのが、こうです。

「私は自由を享受したくてフランスに参りました。ところが、それをマラが惨殺してしまったのです。無政府状態というのは、かえって専制政治より残虐です。愚劣な悪意と非人間性が、才能と美徳を倒して勝利を収めるという、まさしく痛みに満ちたスペクタクルに、私は堪えられなかったのです」

静けさのなか、フーキエ・タンヴィルは抑揚のない調子で続けた。

「マラ氏が自由を惨殺した。これは新聞の日付からして、問題の四月五日廻状《かいじょう》についていったものだと思われます。マラ氏の手によるものではなかったとすると、あるいは別な文章を指しているのかもしれませんが、いずれにせよ、ひとりの人間が絶望し、若き命を絶たねばならなかったほどの檄文《げきぶん》です。その事実関係を明らかにすることで、マラ氏の犯罪も全容が解明されるものと思われます」

そう前置きして招いた証人は全部で四人、ペグネット、ペイン、チョッピンという三人のイギリス人と、『フランスの愛国者』の編集人ジレイ・デュプレだった。

「件《くだん》の記事を読まなければならないこと自体、とても遺憾《いかん》に思います」

と、第一の証人ペグネットは始めた。どういうことですかと検事に確かめられたが、赤毛の男は悔しそうに口を噤《つぐ》んで、それ以上は語らなかった。

「それでは質問を変えます。ペグネットさん、あなたはイギリス人ですね。記事にある、その若きイギリス人ですが、もしやお知り合いではないですか」

「知り合いの知り合いです。名前をジョンソンといい、ペイン氏の友人でいらしたようです」

第二の証人ペインはトマス・ペイン、イギリス人というか、アメリカ人というか、先の独立戦争で『コモン・センス』という冊子を書いて有名になった活動家である。それからフランスに渡ってきて、こちらに活動の拠点を移し、あげくジロンド派と親しくなったこともあって、今は国民公会《コンヴァンシオン》の議員だ。

「で、ペインさん、そのジョンソン氏はあなたのご友人で間違いないですね」

「私は議員だよ。こんなところに呼びつけられること自体、すでにして……」

「うるせえぞ、アメリカ野郎」

「なんだよ、こいつ、アメリカ人なのか。イギリスから独立するときは、さんざフランスに助けてもらいながら、おまえら、今の戦争じゃあ中立を決めたそうじゃねえか」

「なんだと、この恩知らずが。そのくせ、俺さまはフランスの議員だと、偉そうに」

野次にやっつけられる格好で、トマス・ペインも証言を拒めなくなった。渋々ながらではあるが、ジョンソンという友人の存在を了解し、その最後の言葉という紙片を『フランスの愛国者』に持ちこんだのも自分であると認めた。

「しかし、内容までは知らなかった。ただ手渡しただけだ」

「そうすると、その内容を知っていたのは……」

第三の証人チョッピンは、なにも知らないの一点張りだった。小刻みに震えながら、なにも知らない、フランス語もわからないで、証人喚問にならなかった。といって、第四の証人ジレイ・デュプレにしても、知らないという返事は変わらなかった。

「しかし、新聞業界において編集人が知らないと、そんなような話があるのでしょうか」

「業界一般については知りません。ただ何度も申し上げておりますように、その記事は私が書いたものではなくて……」

「御自身で書かなくとも、編集人なら普通は目を通すのじゃありませんか。一記者の文章をそのまま掲載するなんて……」

「一記者ではありません」

「と仰《おっしゃ》るのは」

「書いたのは、ブリソさんです」

いわずと知れたジロンド派の領袖《りょうしゅう》は、『フランスの愛国者』の社主でもある。ざわざわと声の波が、再び法廷を覆い始めた。が、フーキエ・タンヴィルは淡々と先を続けた。

「さて、再び袋小路です。判事閣下、法廷は新しい証人を召喚せざるをえないようです」

そう切り出された瞬間に、判事のほうは目を白黒させた。

法廷に立つ面々の間では審理の中身が事前に了解されている、とは素人でも知っている話である。それが慌てざるをえなかったというのは、フーキエ・タンヴィルの要求が根回しにないものだったからだろう。ああ、そういうことか。自分ひとりの力では、どうにもならないときもある。その、どうにもならない風向きだったら、そのまま蓋《ふた》をするつもりだったわけだ。

裏を返せば、今にも飛び出してくるのは、そういう隠し玉である。なんとなくみえてきて、なるほど、そいつは隠し玉だ。

判事は受けた。で、その新しい証人というのは。

「ジャック・ピエール・ブリソ氏です」

「やっぱり、やっぱり」

「ああ、ブリソしかねえ。そりゃあ、ブリソしかねえよ」

「おもしれえ。ブリソが来るなら見逃せねえ」

「静粛に、静粛に」

叫びながら、判事は木槌《きづち》を打ち鳴らした。それも机が壊れるのではないかと思うほど、激しい打ち鳴らし方だった。が、それが本日初めての木槌である。

鳴らされて然《しか》るべき場面はあったが、これまで控えられてきた。傍聴席が怖かったからだ。その神経を好んで逆撫《さかな》でしようとは思わなかったのだ。が、ここに来て、もうひとつ怖いものが現れた。

判事は聞いた。いえ、ひとつ訴追検事に尋ねます。

「そのブリソ氏は喚問に応じたのですか」

応じるわけがなかった。フーキエ・タンヴィルまで含めて、革命裁判所のことごとくがジロンド派に因果を含められていたにせよ、やはりブリソは証言台に立とうとはしないだろう。

傍聴席の群集に野次られるは必定《ひつじょう》だった。それを圧倒できるような証言となると、これは端《はな》から難しいのだ。新聞記事など、恐らくはまったくの出鱈目《でたらめ》だからだ。ガデの告発からして、いいがかりに等しいものなのだ。わざわざ出廷して、言葉に窮したいわけがない。好んで偽証に問われたいわけがない。

実際、フーキエ・タンヴィルは答えた。いいえ、ブリソ氏は応じておりません。

「ですから、判事閣下の権限で呼び出してほしいというのです」

「そんなことは……」

「できねえってのか」

「できねえわけがねえだろう。できねえなら、おまえ、マジ、インチキ判事だぜ」

「あんた、法に仕《つか》えてるんだろ。ジロンド派に仕えてるんじゃねえんだろ」

「議員だからってな理由は通用しねえぞ。さっきのペインだって、議員だったぜ。誰よりマラが議員なんだ。被告で引き立てられてるんだから、ほんの証人喚問程度のことに、ブリソを呼べねえわけがねえ」

ブリソを呼べ。ブリソを呼べ。大合唱が始まっていた。ブリソを呼べ。ブリソを呼べ。そう繰り返されるたび、声の波動でビリッ、ビリッと四壁が震えた。それならば木槌を鳴らして、また脅《おど》しつければよさそうなものだったが、もはや判事は目を泳がせるばかりなのだ。

「ブリソも怖いが、パリの民衆も怖い。どっちを取るか、迷いどころだよなあ、判事さん」

エベールが声に出せば、これにも後が勝手に続く。ブリソを取ったって、いいんだぜ。そんなに俺たちと喧嘩《けんか》がしたいってんならな。おおよ、できるもんなら無視してみな。ブリソなんか呼べねえって、はっきり言葉にしてみせな。

「し、しかし、本法廷に呼び出すといって、ブリソ氏は今どこに……」

「さて、国民公会におられるのか、それともコルドリエ街の御自宅のほう……」

順当にフーキエ・タンヴィルが受けたが、自重に努めるエベールとしても、今度ばかりは割りこみを我慢することができなかった。

「ロラン夫人のところに決まってんじゃねえか、くそったれ」

30――マラの勝利

また空気が変わった。はじめは解答が得られた爽快感だった。ああ、デュシェーヌ親《おや》爺《じ》のいう通りだ。ああ、ロラン夫人のところだ。

「サロンだかなんだか知らねえが、ジロンド派の奴《やっ》ら、始終仲間で集まりやがって、高そうなもの飲み食いしながら、いつも喋《しゃべ》くってやがるんだ」

「今だって、ボルドー酒の味見中なんじゃねえか」

「おいおい、随分な御身分だな」

「まだ昼にもなってねえのにか」

またぞろ空気は反感に転じていく。が、ただ爆発するのでは面白くない。

「だからよ、だからよ」

エベールは今こそと立ち上がった。まだ昼にもなってねえのに、こっそりと屋敷に忍んで、ブリソときたら、ぷぷ、同じ味見も、ぷぷ、ロラン夫人の味見のほうなんじゃねえか。

「うげ、うげ、ちょっと想像しちまった」

笑いが起これば、あとは庶民が大好きな話題である。えっ、そうだったの？　ブリソはロラン夫人とできてたの？　おいおい、ロラン夫人と寝たのは、ダントンだったんじゃねえのか。どっちにしてもロラン氏は、やっぱり寝取られ亭主ってこと？　だから、人格者ロランて呼ばれてんじゃねえか。

「待て、待て、やっぱり違う。ブリソはそんな男じゃねえ」

両手を広げて、再びエベールである。ああ、さっきいったことは取り消す。いや、ダントンはわかんねえ。もしかしたら、デカチンの半分くらいは入れちまったかもしれねえ。でも、ブリソに関していえば、ああ、あいつは仲間を裏切るような男じゃねえ。

「ただ想像力は豊かだからな。ロラン夫人をオカズに手こきくらいはしたかもしれねえ」

ぎゃはは、俺《おれ》っち、また想像しちまった。うげうげ、ロラン夫人の垂れ乳なんか、ちらっと思い浮かべちまった。おまえら、知ってるか。おっぱいなんて、いつまでも前に出てるもんじゃねえんだぞ。年増女《としまおんな》は紐《ひも》かなんかで、なんとか形にしてるだけで、それを解《ほど》いちまったら、うげえ、うげえ、今度は別なもの思い出しちまった。

「なにを思い出したのよ」

「だから、ベアトリス姉《ねえ》は、もう勘弁してくれよ」

法廷ともあろう場所が、いよいよ下卑《げび》た笑い一色だった。

「パリ市の第二助役に出世しても、あんた、あいかわらず下品だな、デュシェーヌ親爺」

「ばっかやろう。ちょっと出世したからって、いきなり上品なふりなんかしたら、それこそジロンド派じゃねえか、くそったれ。表で澄まし顔するくせに、陰で手こきしてるんなら、普段から下品なほうが何倍も立派じゃねえか、くそったれ」

「ははは、てえことは、デュシェーヌ親爺、あんた、今も手こきしてるのか」

「馬鹿にすんな、ロラン夫人でしたことなんかねえぞ。ブリソだの、ペティオンだのと一緒にすんな。といって、カミーユのところの上《かみ》さんてえなら話は別だ。あの色白の具合を思い浮かべて、そうだなあ、今日まで十回は抜いてるかなあ」

「おい、エベール、おまえ……」

「怒るな、カミーユ。これも一種の税金さ。美人の女房もらい税ってな」

「しかし、それをいうかな、こんな人前で」

「本当、なんて話よ。手こきだなんて、あたしって女がいるのに」

「いねえよ。だから、ベアトリス姉は消えろよ」

こんな調子で、どやっ、どやっ、どやっと大砲でも撃つかのように、爆笑に次ぐ爆笑である。

どんな冗談でも、今は可笑《おか》しくて仕方がない。痛快な出来事が起きる。今にも起きようとしている。わくわくして、我慢ならない。それは恐らく傍聴席の全員が感じたことだった。

実際、革命裁判所の廷吏《ていり》は出発した。もちろん、ブリソを探しにだ。訴追検事フーキエ・タンヴィルが要求を取り下げないので、判事は召喚命令を出さざるをえなかったのだ。

「…………」

ブリソはなかなか来なかった。かわりにというか、自殺したはずなのに、ジョンソンとかいう若いイギリス人が連れられてきた。正式な証人でなく、専《もっぱ》ら傍聴席の玩具《おもちゃ》にされただけだったが、下手《へた》なフランス語でブリソなど知らない、マラの新聞も読んだことがないと繰り返し、それが問題のジョンソンなのかどうかさえ、はっきりとしなかった。

となれば、あとは下ネタで時間を潰《つぶ》すしかないわけだが、ジロンド派を貶《けな》して笑い、あるいは自虐までして笑うのも、三十分が限度だった。

大衆というものは、待つのが大の苦手である。食糧不足のおりでもあれば、大した朝飯を食べられるわけでもなく、そろそろ腹も空《す》いてくる。裁判の成り行きを楽しみにしているのは本当ながら、証人喚問の手続きが滞るままの経過には、それとして苛々《いらいら》しないでいられないのである。

「おい、まだなのか」

「ブリソは、どうした。さっさと呼んでこい」

「廷吏のいうことを聞かないってんなら、判事が自分でブリソを連れてきやがれ」

「書類だけくれれば、俺たちがブリソを連れてきてやってもいいぜ」

「まあ、まあ、みんな、ここは落ち着いて」

などと、当のマラに諫《いさ》められるほど、もどかしさばかりが募《つの》る。

ふと気づけば、法廷が静かになっていた。あれほど騒々しかった傍聴席から、ありとあらゆる音が綺麗に消え失《う》せてしまった。いや、ありえないと思うほど、満ちていくのは爆発の予感ばかりだった。ああ、こんな真っ赤な連中が、ただで静かになるはずがない。みんな不気味に黙っているのは、力を溜《た》めているからに違いない。

その危うい空気については、判事席とて気づかないではいられなかった。手持ち無沙《ぶさ》汰《た》に一時間もすぎたころ、へなへな折れるような感じで、とうとう口を開いた。

「ば、ばば、陪審員の皆さん、これまでの審理から協議に、ええ、評決の協議に入ることは可能ですかな」

陪審員の面々も同じ空気を感じている。否《ノン》と答えて、山と積まれた火薬に自ら着火する気はない。

別室で協議が始まった。じきに評決が出る。いや、ブリソを呼び出すんだろ。あいつの証言を聞いてから決めるんだろ。おおさ、あの馬面《うまづら》を法廷に引き出さないじゃ収まらないぜ。いや、ブリソなんか、どうだっていいじゃないか。陪審員も早く無罪にしろってんだ。

ぶつぶつ、ぶつぶつ言葉が続いて、法廷の静けさも破られ始めた。一気に爆発するのではないながら、あちらが動けば、こちらも動く。また大騒ぎになるかと思う矢先、まだ辛うじて声が通るくらいのときだった。ばっと駆けこんでくる者がいた。

「マラは無罪放免なんだって」

エベールは目を走らせた。闖入者《ちんにゅうしゃ》は一人ではなかった。数人の部下に人垣を分けさせながら、やってきたのは国民衛兵隊司令官、アントワーヌ・ジョゼフ・サンテールだった。

注目の裁判であるとは承知しながら、今朝《けさ》は勤務で抜けられなかったのだろう。それで遅れて、今頃《いまごろ》やってきたのだろう。にしても、マラの無罪放免などと、どこで聞いてきたものか。もしや革命裁判所の玄関に溢《あふ》れているサン・キュロットたちの間では、そのような話になってしまっているのか。

もちろん、とんだ早とちりである。噂好《うわさず》きなパリジャンは、常に真実を語るとはかぎらない。というか、ほとんどの場合が誤解に基づく誤報なのだが、それを法廷のうちに運んで、しかも大きな声で伝えたのは、有力な革命家のひとりなのだ。

「おいおい、無罪放免だとさ」

「本当の話なのかい」

「だって、サンテールさんがいったことだぜ」

「えっ、廊下で聞いてきた？　えっ、陪審員どもが部屋から出てきた？　えっ、えっ、それをサンテールさんが聞いてきた？」

「だから、革命裁判所は中立なんだよ。この手の組織にしては、いやあ、大したものだよ」

マラにまで惚《とぼ》けられれば、もう法廷はじっとしていられない。

いや、それぞれの席に座り直し、人々はなおも自重に努めた。無罪判決が今にも出そうになっているなら、ここで軽々しい真似《まね》をするべきではないと、それくらいの分別はあるからだ。

エベールにせよ、余計なことはいうまいと、口に手を当てたままだった。十八番《おはこ》の下品な暴言ひとつで、事態は一気に雪崩《なだれ》を起こしてしまう。自分の影響力を計算しての話だが、そこまでの発想は大半のサン・キュロットにはない。それぞれに、ぼそぼそ喋ることまでは止《や》められないようだった。

「やっぱり、無罪だろう」

「ブリソが来なかった時点で、向こうは負けを認めたも同然だからな」

「ああ、誰が考えたって、そうだ。この裁判はマラの勝ちだ」

してみると、なにが、どんな風に伝わったものか、被告席のマラに近づいていく影があった。女だ。ああ、おまえ、差し上げてきな。そうやって送り出したのが、パリ自治委員会で派遣していた牢番《ろうばん》だった。とすると、牢番の女房か。それが薔薇《ばら》の花で飾られた月桂冠《げっけいかん》を手に運んで、ああ、なるほど、勝者マラに献上しようということなのか。

「無罪なんだって？　マラは無罪なんだって？」

確かめる調子で、新たに飛びこんでくる声もあった。それも一人や二人ではなかった。だって、ああ、やっぱりだ。マラは月桂冠をかぶってるよ。やっぱり無罪なんだよ。

やはりというか、直後には雪崩が起きた。ガッシャン、ガラガラと無数の音が重なって、椅子《いす》という椅子が後ろに蹴《け》られた。座っていた人間は反対の勢いで、前に飛び出したということだ。神聖な垣根を踏み越えて、法廷のなかにまで殺到したということだ。

「マラばんざい、自由の使徒ばんざい」

歓喜の声も勝手に満ちる。マラはといえば、被告席の椅子に座したまま、皆の肩に担《かつ》がれていた。ばんざい、ばんざい。拍子を合わせて上下しながら、それが裁判所の出口を目指す。当然ながら判事は何事か告げたようだが、もう誰も聞かなかった。

法廷侮辱罪を警告したのか。あるいは大急ぎで判決を読み上げたのかもしれなかったが、いずれにせよ裁判所の側としても、強《し》いて制止するではなかった。

「マラばんざい、自由の使徒ばんざい」

「ああ、無罪のひとを守るんだ」

「判決なんか待つまでもねえ。法律なんか糞《くそ》くらえだ。俺たち人民が正義なんだ。それが民主主義ってもんだろ。マラを助けたいなら、俺たちの手で助けたっていいんだ」

「ああ、皆で正義を行おう。ああ、無垢《むく》なる者を守ろうじゃないか。悪なるものを追おうじゃないか。そうして共和国を救おうじゃないか」

担がれた椅子の高みから、マラがまとめた。エベールは口もとでの呟《つぶや》きながら、今度こそ声に出さずにいられなかった。

「かっこいい」

いや、かっこよすぎるんじゃねえか、くそったれ。そう大きく叫んでから、ふと気づく。かっこいい。かっこいいはずなのに、そのマラが今にして振り返ると、今日のところの裁判では、あまり目立たなかったんじゃないかと。

台詞《せりふ》が決まったのは最初だけで、あとはフーキエ・タンヴィルの独壇場だった。いや、フーキエ・タンヴィルだけじゃねえ。あいつは上手に空気を読んだだけだ。その空気を決めたのは、傍聴席に詰めたパリの群集だ。つきつめれば、マラの勝利ってえのは、俺っちたち人民の勝利なんだ。そう開眼した日には、いよいよ遠慮会釈もない。

エベールは声を張り上げた。悪い奴なら議会だぜ。皮かむり野郎のチンカスみたいに、ちまちましたところに溜まってやがるんだ。臭くて臭くてたまらねえから、この際は俺っちたちで、ひとつズルむけにしてやろうじゃねえか。

「ああ、そうだ。このまま国民公会《コンヴァンシオン》まで、マラの凱旋《がいせん》行進といこうじゃねえか」

31——なお議会で

実際のところ、へどが出る。そう思いながらも、ロベスピエールは議会にいた。もはや市井《しせい》の運動家ではない。失職して、下野《げや》を余儀なくされた時代に比べれば、どれほど恵まれていることかとも思う。正式な選挙で上げられた晴れの議員であるからには、当然いるべき場所なのだとわかりながら、その議会には忸怩《じくじ》たる思いもあるのだ。

——人々のために働かなければならない。

いうまでもなく、現下のフランスは問題山積である。ずっと難局続きではあるが、それも限界に達した気配が強い。なにせ昨年来の戦争は、今や自国以外のヨーロッパ全域を、ほぼ敵に回すかの体《てい》である。かたわらでヴァンデに発生した内乱は、鎮圧に派遣された正規の共和国軍を次から次と撃破して、西部全域を席捲《せっけん》する勢いを示している。

なるほど、連中は宣誓拒否僧の火のような演説に、士気を鼓舞されていた。サピノ、デルベ、ラ・ロシュジャクラン、ボンシャンと、経験豊富な貴族たちの陣頭指揮で、戦場では高度な作戦行動まで取れる。果てが王党派の大義を掲げて、白い軍服まで揃《そろ》えたのだ。

因《ちな》んで自らを「白軍《レ・ブラン》」と呼び、また共和国軍を「青軍《レ・ブルー》」と呼んで区別しながら、まさしく国を二分している。もはや反乱の域に留《とど》まるものではなく、フランスははっきり内戦状態である。

——あるいは瀕死《ひんし》というべきか。

そうとまで思いながら、非常時の体制なら整いつつあると、その点ロベスピエールは悲観するばかりではなかった。中央に公安委員会、地方そして前線に派遣委員、反革命の犯罪に革命裁判所と、トライアングルそのものは申し分ないのである。

もちろん、形ばかり整えても仕方がない。現状をいえば、十全に機能しているとはいいがたい。わかっているはずなのに、議会はなにひとつできていない。

——やるのは政争ばかりだ。

ロベスピエールは最上段の議席から、その日も国民公会《コンヴァンシオン》を見下ろした。

議長席に座すのはラスルスだった。四月一日、この軽薄な感じが否《いな》めない若い議員がダントンを誹謗中傷《ひぼうちゅうしょう》したのが、抜き差しならない戦いの始まりだった。日を追うごとに収拾がつかなくなって、今このときもマラが告発された立場の被告として、革命裁判所に出頭させられているはずだった。

──ジロンド派め。

そう仇敵《きゆうてき》の名を奥歯で強く嚙《か》みながら、ロベスピエールとて冷静な判断がないではなかった。政争などしている場合ではない。フランスが未曾有《みぞう》の難局にある今このときだけは、皆が一丸とならなければならない。それこそ非常の措置を講じても、挙国一致の体制を形づくらなければならない。

が、それと同時に思わずにはいられなかったのだ。

──この政争だけはやらなければならない。

ジロンド派だけは排除しなければならない。あの無責任な楽観主義者たちが、まことしやかな口舌《こうぜつ》ひとつでのさばっているかぎり、非常時の体制は機能しないし、議会も有効な手立てを取れない。

遠回りなようだが、ジロンド派の排斥《はいせき》を急いだほうが、結局は早いのだという見通しもある。ああ、これも冷静な判断だ。人民のため、祖国のために下された、最善の道行きなのだ。が、そうやって、それらしく唱え続ける間にも、ロベスピエールは自覚していた。

──カッと頭に血が上る。

とたんに暴れ出す感情は、どうやっても制せられるものではなかった。ああ、ジロンド派は許さない。あいつらだけは絶対に許さない。

四月一日の夕《ゆうべ》だった。議会が引けた直後、ダントンが近づいてきて、耳元に囁《ささや》いた。

「なあ、マクシミリヤン、去年の八月七日のこと、覚えているか」

「七日というと……」

「あんたが殺されかかった日のことだ」

「……」

「あの暗殺未遂事件、ジロンド派の仕業《しわざ》だぜ」

「まさか……。ありえないよ、ダントン。あのときはペティオンが一緒だったんだぞ」

「一緒だったからさ。鉄砲を撃つほうだって、あんたに下宿に閉じこもられちゃあ、狙《ねら》いのつけようがねえじゃねえか。友達ごかしのペティオンに誘《おび》き出させて……」

「しかし、あのときは……。庭に誘い出したのは、私のほうで……」

「どうでも、信じられねえかい」

ロベスピエールは言葉に窮した。どうでも信じられないわけではなかった。なんとなれば、ペティオンもジロンド派だからだ。そのジロンド派はひどいのだ。

理屈にするより早く、腹の底でボッと静かな音が鳴った。もう直後には、それが紅蓮《ぐれん》の劫火《ごうか》となって踊り狂った。

油として注がれ続ける思いは、あのときの恐怖の記憶、そして強《し》いられた屈辱だった。すんでに殺されるところだった。怖い。怖い。私などでは、とても刃向かいようがない。

いや、銃で狙われては、どこの誰が抗《あらが》えるというのだ。どうして私ばかりが、こんな情けない思いに苛《さいな》まれなければならないのだ。陰で暗殺など考えるような、卑劣きわまりない奴《やっ》ばらのために、どうして私が……。

――上等だ。

ロベスピエールは一語ずつ嚙むような気分で思う。ああ、上等だ、ジロンド派め。すでにして、ペティオンなど友ではない。ブリソも、ビュゾも、かつては同志だったなどとは、もう決して思うまい。そんな感傷が通じるような、まともな相手ではないからだ。なにが偉いか知れないながら、ひとを見下《みくだ》すような高論ばかりの連中は、つまるところ自分以外の人間を軽んじているのだ。馬鹿にして、無視して、容赦なく切り捨てながら、あげくが人としての尊厳ひとつ認めようとはしないのだ。

――それだったら、やってやる。

そっちがその気なら、こっちだってやってやる。激昂《げっこう》のロベスピエールは、そのまま動いた。議会に演壇を求め、ジロンド派の告発、そして糾弾《きゅうだん》に突き進んだ。

ところが、議会は動かない。ジロンド派が優勢であるかぎり、動きようなどはない。

が、それで終わらせるつもりはない。ああ、この私を侮《あなど》るな。私自身は確かに非力だ。一発の銃弾はいうに及ばず、拳骨《げんこつ》ひとつにも震え上がる。が、そんな非力な私にも、力強い味方がいるのだ。この私を誰だと思っている。マクシミリヤン・ロベスピエールだぞ。パリの世論を一人で左右できる男だぞ。ああ、民衆をけしかけられる。その蜂起《ほうき》を煽動《せんどう》できる。野放図な暴力に標的を与えることで、ジロンド派など簡単に粉砕できる。

——まて、まて。

勝手を許せば、どんどん暴走するばかりの感情には、際限というものがない。止められるとすれば、ひとえに理性だけである。ああ、私は常に理性的でありたいと念じている。そうあることが自負のひとつになってもいる。己の品位を落とすような真似《まね》には手を染めたくはない。あいつらと同じところまでは堕《お》ちたくはない。そう念じたあげくに、ロベスピエールは自分なりの結論を出したのだ。

——政治の舞台で正々堂々と戦ってやる。

忸怩たる思いはありながら、それが議会に出席し続ける理由のひとつだった。気を取り直し、ロベスピエールが乗りこんだ国民公会では、憲法審議が行われていた。ジロンド派が中心になって組織された憲法制定委員会の発議をもって、四月十五日から本格的な審議が開始されたのだ。

必要なことだ。そう意義を認めながら、なんとも悠長なようにも感じられた。それでも、戦わなければならない。ジロンド派を打倒しなければならないのなら、連中の土俵に踏みこんで、真正面からその非を責め立てなければならない。

四月十五日の審議で決められたのが、第一に新しい人権宣言の採択に取り組むという方針だった。かかる了解に基づき、ジロンド派は十九日の審議に、人権宣言草案を出してきた。基本的な精神は同じながら、一七八九年八月二十六日の人権宣言とは、細かなニュアンスも、もちろん文章そのものも違うという、独自の人権宣言である。

「ゆえに発言を求めます」

その二十四日の議会で、ロベスピエールは満を持して声を上げた。握りしめる原稿は、すぐる二十一日夜にジャコバン・クラブで発表し、仲間の喝采《かっさい》を受けると同時に厳しい批判にも曝《さら》されて、いっそう練り上げられたものだった。

――ああ、ジロンド派を討つ決定打だ。

政敵が策定した人権宣言など、ロベスピエールには承服しがたいものだった。単に政敵だからというのではない。根本の思想からして異なっていたからである。

特に気に入らないのが、二条、七条、八条、そして十八条だった。

「第二条、自由とは他人の諸権利を害しない一切をなしうることである。個々の自然な諸権利の行使は、社会の他の成員が同じように諸権利を享受できるようにするほかには、なんの制限も受けない」

事実上、自由は制限されないということだ。最低限の諸権利を万人に認めたあとは、なにをしてもよいということだ。

「第七条、平等とは個々が同じ諸権利を享受できるということである」

「第八条、法律は誰にとっても、平等でなければならない」

自由が最大限に認められる一方で、平等という他方の価値については、それほど固執されることがない。万人に諸権利が認められるといって、法律は誰をも等しく縛るという意でしかないと、いよいよ明言されてしまう。

「第十八条、所有権とは全ての人間が、その財貨、その資本、その収入、そしてその商行為を、思うがまま自由に処分できることである」

そう謳《うた》われて、所有権は神聖であるという金看板、ブルジョワを惹《ひ》きつけるための金看板までが、高く掲げられてしまう。かつてのフイヤン派の常套句《じょうとうく》であったことを考えれば、もう革命は終わりにしようという、一種の合図でもある。

――今また、それが繰り返される。

ジロンド派の目指すところも透けてみえる。が、それを私は許すことができないのだと、自らの信念を確かめながら、演壇のロベスピエールは第一声を発した。

「まずは所有に関するジロンド派の理論を補足するため、必要と思われるいくつかの問題を提示させてほしいと思います。いえ、所有を論じるといって、どうか驚かないでいただきたい。一心に金ばかり追い求める業《ごう》の深い魂の持ち主たちには、あらかじめいっておきますが、あなたがたの財貨の源泉がたとえ不潔なものであろうと、私は少しも気にしません。そんなものに手を触れようとは思わないからです。なにかというと持ち出されてくる、あの農地法というものにしても、愚か者を脅《おど》かすために詐欺師どもが拵《こしら》えた幽霊の類《たぐい》にすぎないことを、今こそ知るべきでしょう」

所有権の神聖が謳われるとき、往々にして革命は終わりにしようと唱えられるというのが、ここである。これ以上の前進は所有権の危機を招く、貧乏人どもは財産の分配を、わけても農地の分配を求めかねないぞと脅すことで、富裕層を懐柔するというのが、かねてからの右派の十八番《おはこ》なのである。

「財産の極端な不均衡こそ多くの悪と罪の根源なのだと、それは確かな事実です。が、そのことを皆に了解してもらうために、常に革命が必要だというわけではありません。もとより、私たちは財産の平等など単なる空想でしかないとも知っています。個人的な考えとして述べるなら、財産の平等は公共の福祉のために必要なものではないし、輪をかけて、いっそう個人の幸福のために必要なものでもありません。豪奢《ごうしゃ》をなくしてしまうより、清貧を名誉とするほうが大切だからです。ファブリキウスの茅屋《ぼうおく》は、クラッススの宮殿をなんら羨《うらや》むことはないのです」

そう最初に断らなければ、多くが富裕層である中道多数派の議員たちに、たちまち身構えられてしまう。そのことに配慮して、一番に媚《こ》びるような留保を設けなければならないこと自体、ロベスピエールには歯がゆく、また情けない話だった。が、そうしなければ、議会では通用しないのだ。左派を含めて、なべて議員はブルジョワであるという前提を無視しては、なにも始められないのだ。

まどろっこしい理屈を丁寧《ていねい》に重ねていくのも、同じ理由からである。

「自由を定義するに際して、ジロンド派は自由は他人の諸権利によって制限されると述べました。当然の話です。が、なにゆえに同じ原理原則が、社会制度のひとつでしかない所有には適用されなかったのでしょうか。もとより、さほどの縛りではありません。その程度にも制限されずに、どうして所有は完全に自由なのか」

ロベスピエールは続けた。あたかも自由という自然に基づく永遠の理《ことわり》が、所有などという人々の因習より、その不可侵度において価値が低いといわんばかりではありませんか。これは馬鹿な話だ。繰り返しますが、所有権は自然権ではなく、単なる社会制度のひとつにすぎないのですから。ということは、法律によって制限されるべきものでもあります。にもかかわらず、ジロンド派ときたら、どうでしょう。所有権の行使に与えられるべき大いなる自由を保障しようという意図においては、条項を増やすことまでしていますが、所有の合法性もしくは違法性を規定するとなると、ただの一語も費やしてはいないのです。

「そのためにジロンド派の宣言は、人民のためのものではなく、金持ちのため、買い占め人たちのため、相場師たちのため、そして暴君どものためになされたように読めてしまいます」

「おいおい、なんだか話がサン・キュロットめいてきたぞ」

「結局は、それか。ロベスピエール議員も、貧乏人の繰言《くりごと》か」

「どれだけの理屈を捏《こ》ねても、売る側でなく買う側に値段を決めさせろ、つまりは自分の財産でなく他人の財産を好きにさせろなんて、そんな馬鹿な話が通用するはずがない」

「そうだ。そうだ。難癖をつけて、暴力をちらつかせ、それで道理を引っこませようなんて出鱈目《でたらめ》な論法は、この議会には通用しないぞ」

野次が連続した。もちろん右側からの野次で、やはりというか、ジロンド派には真面目《まじめ》に耳を傾ける素ぶりなど皆無だった。だからですと、こちらのロベスピエールも当然ながら引く気はない。だから、悪は悪として、正さなければならないのです。そのために私は、ジロンド派の人権宣言に代わるべき私案を、この場で明らかにしたいのです。

32——新人権宣言

「第一条、およそ政治的結合の目的は、人間の自然にして時効のない諸権利を維持すること、ならびに人間のあらゆる能力を発展させることである。
第二条、人間の主たる諸権利は自分の生存を守るために備える権利と自由である。
第三条、これらの諸権利は全ての人間に、その肉体的精神的能力のいかんを問わず、平等に帰属する」

ロベスピエールはあらんかぎりの声を張り上げた。議会の隅々にいたるまで、どうでも届けなければならなかったのは、それが昨年来考え続けた命題の結論であり、また数年来祈念してきた、人々とともにありたいという信念の到達点だったからである。

すなわち、諸々《もろもろ》の権利のなかで、最も大切なのは生きる権利だ。飢えない権利、人間らしく生きる権利、健康で文化的な最低限度の生活を保障される権利、つまりは生存権なのだ。

その生存権を社会に確保するためには、自由にも増して平等に重きが置かれなければならない。第四条、第五条と、なお自由について念入りに前置きしてから、ロベスピエールはいよいよ核心部分に手をつけた。

「第六条、所有とは各市民が財貨のうち法律で保障されている部分だけを享受し、かつ処分できる権利である。

第七条、所有権は他の全ての権利と同じように、他人の諸権利を尊重する義務によって制限される。

第八条、所有権は同胞の安全・自由・生存・所有を害することはできない。

第九条、およそ本原理に背反する取引は、本質的に不正かつ不道徳である」

農地を分配せよというのではない。ましてや、万民の生存権を守るためには個人所有の財産は認められないと、そんな極論をいうつもりもない。ただ所有という考え方について、若干の勘違いを正してほしいと、それがロベスピエールの主張だった。

すなわち、手中の財貨は全て所有できているわけではない。自由にできるのは、法律で認められた部分だけだ。万民の生存権を守るために予定されている部分は社会のものであり、ゆえに税金として徴収される。いいかえれば、手中の財貨のうち社会の全成員が生存するに必要な部分は共同所有の部分として、それを超過した部分は個人所有の部分として、はっきり区別されなければならない。

また所有は他人の権利、わけても主たる権利である生存権を侵してはならないのだから、物価高騰《こうとう》を引き起こし、人々が飢えに苦しむような商活動は許されない。自由経済の名の下に、極端な投機や買い占めが容認されてはならない。

――これは悠長な絵空事の議論ではない。

緊急の政治課題だ、ともロベスピエールは考えていた。いうまでもなく、今もフランスの大衆は、食糧問題に苦しんでいるからだ。人々の苦境は承知していながら、これに対して議会といえば何もできず、あるいは何もしようとしないまま、今日まで来てしまっているのだ。

自由経済の大義を掲げて、己の無為無策を正当化する。いや、ブルジョワに暴利を貪《むさぼ》らせることで、自らの基盤をますます強固なものにしようとする。そうしたジロンド派の政治のあげくに、サン・キュロットたちは飢えに痩《や》せ細る一方なのだ。かたわらで飽食に肥大するブルジョワどもは、ゲップを際限なくしているにもかかわらず、だ。

かかる不平等なフランスは、果たして幸福といえるのか。我こそは世界に冠たる自由の大国と、なお心に一点の曇りもなく胸を張ることができるのか。

「いや、黙れ、ロベスピエール。貧しき細民の守護神を気取るのかもしれないが、いいか、きさまが論じているのは、怠け者の甘やかしに他ならないのだぞ」

「ああ、そうだ。フランス人たるもの、不正だの、不道徳だのと、他人の頑張りにケチをつける以前に、自分が真面目に働けばよいだけなのだ」

「身分にも、土地にも、ギルドにも縛られない。不当な年貢もなければ、関所もないのだ。それこそフランスは自由なのだから、どんな風にも働くことができるのだぞ」

「第十条、社会は全ての成員に対して、仕事を得させることにより、または仕事をしえない状態にある人々には生存の手段を保障することにより、生活の資《もと》を供給する義務を負う」

ロベスピエールは強引に続けた。

「第十一条、必需品にも事欠く者に対する不可欠の救済は、余剰を持つ者が負うべき責務である。この責務がいかなる方法で履行されるべきかについては、法律で定められる。第十二条、収入が自らの生活を守るための必要分を超えない市民たちは、公共の出費のための租税を支払うことを免除される。その他の市民たちは、それぞれの財産の多寡《たか》に応じて累進的に、公共の出費のための租税を負担しなければならない」

その間も右側からの野次は止《や》まなかった。うるさい、ロベスピエール、うるさい。やめろ、ロベスピエール、やめろ。演壇から眺め渡せば、もはや右派だけではない。中央の平原派《プレーヌ》もしくは沼派《マレ》も冷ややかな目つきになって、ぼそぼそ左右と囁《ささや》き合う体《てい》だった。国民公会にロベスピエールの提言を容《い》れる空気は皆無だった。それでも取り消すつもりはない。これが私の新人権宣言なのだと、いっそう前に押し出して、一歩も下がるつもりはない。

そもそもが容れられるとは考えていなかった。あえて演説を試みても、完全な徒労に終わるばかりであり、所詮《しょせん》は無駄な抵抗でしかないと承知しながら、それでもロベスピエールは試さずにはいられなかった。端《はな》から議会に向けた演説ではなかったからだ。内容からして明らかなように、人民にこそ聞いてほしいと念じていたのだ。

――媚《こ》びるのではない。

いや、人民の支持を得たいは得たい。が、それならば、ジャコバン・クラブで話せばよかった。パリ市政庁で話したって構わない。街区《セクシオン》単位の寄り合いに出張することだってできる。街頭で出し抜けの辻説法《つじせっぽう》を試みたとしても、今この議会で得られる以上の拍手と熱狂を、簡単に手に入れることができただろう。

――現に国民公会は野次しかないではないか。

援護はなかった。左派の議員は、まだ多くが出張から戻らなかった。が、そのことにも増して、今日のところは傍聴席が疎《まば》らだった。注目のマラ裁判の日だということもあるが、でなくとも、わざわざ足を運びたくなどないはずだった。

なにひとつ解決できない不毛の談合だけならば、聞いているほど不快感が募《つの》るばかりだからだ。声を嗄《か》らして叫んでみても、なにひとつ変わる兆《きざ》しもないのだから、うんざりし、呆《あき》れはて、あるいは希望を失いながら、もう人々は議会になど寄りつかなくなり始めているのだ。

——それが危うい。

と、ロベスピエールは考えていた。無駄とわかりつつも、あえて議会の演壇に立ち、憲法論議に参加した今ひとつの理由が、それだった。

——パリの民衆は……。

ジロンド派と対立している。のみならず、ジロンド派が支配する国民公会とも対立し、それを見限るような素ぶりさえある。

なるほど、パリの人々は正しい。間違っているのは、議会のほうだ。理由がない話ではないながら、それが危ういというのは、ともすると、議会政治そのものの否定にも通じかねないからだった。

——怖い。

と、最近ロベスピエールは思うことがある。昨今パリでは人民による直接民主主義、直接政治の可能性さえ、語られないではなくなってきていた。

サン・キュロットらしい直言であり、厳密な思想性などはないとも思う。が、かたわらで議会の信用失墜も、謙虚に認めざるをえないところまで来ているのだ。

——このままでは、いけない。

議会の権威を取り戻さなければならない。フランスのような大国では、直接民主主義は不可能だからだ。

パリの民衆が突出して、フランスの国政を正しく導くための、一種の圧力として働くことができたとしても、やはり自ら直接政治を行うことはできない。やれば、地方が反発する。パリの不当な独裁だと、諸県は反感を露《あらわ》にする。ジロンド派でないながら、そのときは連邦制を声高に叫ぶかもしれない。ことによると、フランスという国家さえ、ばらばらになってしまうかもしれない。もとより、戦争に、内乱にと、危機の最中《さなか》にある祖国であれば、どんな破滅に転がるか、ひとつも知れたものではない。

――やはり政治は議会が行わなければならない。

フランス全土の人民代表の資格で、議会が行わなければならない。パリの民衆に黙れとはいわないし、相応に力を持つべきであるとも思うのだが、それは主でなく従の立場においてなのだ。あくまで議会を正し、また助ける役回りなのだ。

――だから、私は議会にこだわる。

「ああ、素晴らしいよ、ロベスピエール」

声が聞こえた。ハッとしてみやれば、ぼんやりと浮かんでいたのは光だった。

議場の扉が開いていた。一緒にワアと声が広がり、どやどや赤い色が押しかけてきた。その帽子はパリの民衆だ。騒々しい連中が議会に戻ってきた。そのまま議員の議席さえ、一気に押し流してしまいそうな勢いだ。

問答無用の雪崩《なだれ》を思わせる行進は、その中央に一脚の椅子《いす》を担《かつ》いでいた。上下に揺れていたのが、汚れて黄ばんだターバンだった。ああ、そうだ、私だよ、ロベスピエール。

「ジャン・ポール・マラが民衆とともに議会に凱旋《がいせん》したというわけさ」

さあ、つかまえるよ、ジロンド派の諸君。この私に倣《なら》って、君らも凱旋行進したまえよ。ただし断頭台に向かう道をね。そう台詞《せりふ》が決まれば、あとは暴力にも等しい声が渦巻くばかりだった。マラばんざい。マラばんざい。ロベスピエールばんざい。ロベスピエールばんざい。もう、ジロンド派の勝手にはさせねえぞ。なにが、国民公会だ。なにが、人民の代表だ。

33――からくりの間

国民公会《コンヴァンシオン》がその議場を移したのは、一七九三年五月十日のことだった。ヴェルサイユのムニュ・プレジール公会堂、パリに来てパリ大司教宮殿大広間、テュイルリ宮殿調馬場《マネージュ》付属大広間と移転して、これが四度目の議場ということになる。

とはいえ、同じテュイルリ宮の敷地だった。それまでの調馬場付属大広間から本宮殿のほうに場所を替えただけなのだ。

八月十日の蜂起《ほうき》で荒らされたものが、その後の工事で修復されていた。が、人が住めるようになっても、建物の主《あるじ》であるフランス王ルイ十六世は処刑されて、もういない。なおフランスという国の尊厳を象徴するに相応《ふさわ》しい外観を保つならば、テュイルリ宮には国権の最高機関が入居することこそ順当である。元々が大急ぎで求められた間に合わせの議場であり、いつまでも調馬場付属大広間に留《とど》まるほうが、かえって奇妙なのだとも論じられ、これという異議も唱えられなかった結果が、こたびの引越なのである。

なるほど、ある面では使い勝手も悪くなかった。もともと個室が多い建物であれば、部屋割に頭を悩ませる必要もなく、それぞれの委員会に一室ずつ与えることができたからだ。

いわゆる議場、向後《こうご》の議事が行われる場所は、なかでも「からくりの間《マシーヌ》」と呼ばれる一室だった。

――出直しというところかしら。

ロラン夫人は前向きに考えようとした。

傍聴席に歩を進めれば、芳《かぐわ》しい新木の香りが鼻に届いた。土台が見世物が催される部屋であり、そのための舞台と客席が備えられている、演壇ならびに議長席と議席に転用することができると、それが「からくりの間」が選ばれた理由だったが、さすがにそのままというわけにはいかなかった。あちらこちら手が入れられ、なかんずく傍聴席については、部屋の外縁に新設された格好だった。

実際に席を求めるほどに、なにもかも新鮮である。

――なにより赤いものをみなくて済むのがいいわ。

新しい傍聴席には例の赤帽子《ボネ・ルージュ》の連中、パリのサン・キュロットどもの姿はなかった。

「からくりの間」というのは、他面で議場として用いるには手狭な感が否《いな》めなかった。舞台と客席を備える有利はあるにせよ、どうして選ばれたのかと首を傾《かし》げざるをえないような小ささである。実際のところ、演壇ならびに議長席、それに議席を確保してしまうと、ろくに傍聴席も設けられなくなった。

新設して、なんとか四百席を提供できるだけだ。それも関係者の優先席が百席あるので、発行される整理券は日に三百枚のみとなる。いくら傍聴を希望しても、それ以上の人数は入れない。

――つまり、パリの群集は入れない。

仮に三百人が入っても、議員定数七百五十人の半分にも届かない数では、どんな圧力を加えられるものでもない。議場の移転を決めた真の狙《ねら》いが、そこにある。

――せいせいしたわ。

と、ロラン夫人は思う。もちろん綺麗さっぱり、全て出直しというわけにはいかない。現に窓枠の向こうをみやれば、テュイルリ宮の外は今なお真っ赤である。傍聴席に入れないまでも、議会に圧力を加えてやろうというのである。

建物の外だけに警備も弛《ゆる》まざるをえないのか、持ちこまれる槍《やり》の数にいたっては、前より増えたような印象だった。びっしり棘《とげ》のように生えて、遠目には剣山さながらだ。

――いっそう勢いづいている。

もはや我が物顔である。だとしても仕方がない話だわと、ひとまずはロラン夫人も重たい溜《た》め息で引き取るしか仕方なかった。

五月十八日になっていた。ジロンド派がしかけた勝負、つまりはマラの告発は大失敗に終わっていた。

マラの身柄がパリの人々に奪い去られただけではない。それに革命裁判所は異議を唱えなかった。慌てて無罪判決を出すことで、民衆の暴挙を追認することさえした。

ジロンド派の面目は丸潰《まるつぶ》れである。ブリソの証人喚問というような、法廷に持ち出されるだけでも侮辱的な一件を、この際は別に数えるとしてもである。

――あの下品な輩《やから》ときたら……。

ブリソはロラン夫人とできているとか、いや、ダントンだとか、ペティオンだとか、さんざの笑い話にもしたようだった。マラが裁かれている場所で、なにをどう転がせば艶笑《えんしょう》コントに行きつくのか、そこはロラン夫人の理解の範疇《はんちゅう》ではないのだが、いずれにせよ腹が立つ。終《しま》いには、おっぱいがどう、おしりがどうと、ひとの身体《からだ》のことまで取り上げて、皆で卑猥《ひわい》な笑いにしたというのだから、思い出すたび頭に血が上ってしまい、くらくら眩暈《めまい》がするくらいである。

――許さない。

そう思い詰めたところで、なにができるわけでもないから、なおのこと悔しかった。せめて、いっそう軽蔑《けいべつ》してやることだ。ええ、あのような下劣な輩に、私のような人間が心に抱《いだ》く愛というもの、その高尚な精神性を、理解できるわけがない。サン・キュロットなど、肉の疼《うず》きだけなのだ。つまりは野の獣と変わらないのだ。

――そんな下等な輩が、政治に参加したいですって。

冗談じゃないわと吐き出すほどに、ロラン夫人は悔しかった。

劣勢に追いこまれていた。もはやジロンド派は怖くないとも、パリでは語られ始めている。まだ議会では多少の幅を利かせているようだが、そこから一歩でも外に出れば、なにひとつできないのだと。少なくとも革命裁判所は、パリの味方なのだからと。

――ほら、いわないことじゃない。

ロラン夫人の憤怒《ふんぬ》と軽蔑は、また仲間に向かうものでもあった。ジロンド派は、また負けた。ルイ十六世の裁判、デュムーリエ事件に続き、マラ告発までしくじることで、いっそう立場を悪くした。いや、負けたわけではない、なお議会での優位は動かないともいうが、こんな調子では日和見《ひよりみ》な平原派《プレーヌ》が、いつ掌《てのひら》を返すか知れたものではない。

それが証拠に、小麦を始めとする穀物について「最高価格法」が出された。五月二日の調査報告を受けて、四日の投票で決議されたもので、読んで字のごとく価格の上限を市場に強制することで、高騰《こうとう》する物価を抑えようとする法律である。

いいかえれば、自由経済の完全なる否定だ。いうまでもなく、サン・キュロットどもの意を受けて、ジャコバン派もしくは山岳《モンターニュ》派の連中が発議したものだ。今のパリの勢いからして、これを否決するのは得策ではないかもしれないと、ひとりが囁《ささや》いたが最後であり、付和雷同の平原派は少なからずが支持に回ってしまったのだ。

さすがのジロンド派も、今度ばかりは反省したようだった。五月四日、そして五日と、ヴェルニョーはボルドーに手紙を書いた。

「私は諸君らをパリに招く。こちらに来て、私たちを守ってほしい。そのときが来たならば、暴君どもを一掃して、自由を復旧してほしい。ジロンド県の健児たち、立ち上がられたし。我らが時代のマリウスどもを震撼《しんかん》せしめるべし」

受けて、ボルドーの代表団は十四日に上京、国民公会に我らが選出議員が身の危険に曝《さら》されている旨を報告し、遺憾《いかん》の意と抗議を届けた。ヴァンデ軍の拠点に近い地勢ゆえに、共和国を完全な敵に回すことには慎重だったものの、さもなくば決裂も辞さないというくらいに厳しい口調だった。

ジロンド派に話を戻せば、またバルバルーも選挙区のマルセイユと連絡を密にした。この血の気の多い港町にいたっては、もう四月二十九日に蜂起に踏み出していた。国民公会から出張していた派遣委員が、ジャコバン派の二議員モイーズ・ベールとボワッセルだったが、これら全権特使が、反抗的であるとして市長ムーライユならびに助役セイトルの罷免《ひめん》を決めると、それを不満として一気に爆発してしまったのだ。

マルセイユは派遣委員を追放、独自に革命裁判所を組織して、ジャコバン派の弾圧を進めていた。いいかえれば、真っ向パリに反旗を翻《ひるがえ》したのだ。

またリヨンも爆発寸前である。ジャコバン派の市長シャリエが食糧徴発隊、名づけて「革命軍」を組織して、有無をいわせぬ活動を展開していた。のみならず、徴発要員として失業サン・キュロットを雇い入れ、その給金を富裕層に対する課税で賄《まかな》おうとしたために、ブルジョワたちの不満は頂点に達していたのである。

同時に地方の諸都市では「穏健主義《モデランティスム》」という言葉も生まれていた。すなわち、万事を原理原則通りに突きつめる必要はない。現実に即した柔軟な対応は、反革命と同義ではない。ジャコバン派のやり方では、かえって無政府状態を招く。我らの「穏健主義」を実現できる党派として、地方はジロンド派を支持する。

——ほら、最後には私がいった通りにやるしかないじゃないの。

経過を確かめるにつけ、ロラン夫人には勝ち誇るような気分もないではなかった。派閥の劣勢を認めれば、喜んでいる場合ではないとは思いながら、いくらか状況が悪化しても、私のいうことさえ聞いていれば簡単に逆転できるのだからと、やはり笑みは抑えられない。

——ということは、この新しい議場も仮住まいになるかもしれないけれど……。

傍聴席の通路を流れながら、会釈してすぎた女がいた。左右の目の間隔が少しだけ広い感があり、それで崩れた均衡についてはは割り引かざるをえないものの、まずは美人と形容してよい女である。まだ二十代前半と思《おぼ》しき若さだけに、身のこなしには令嬢然たる育ちの良さも滲《にじ》み出ている。

無難に会釈を返したものの、こちらには覚えがなかった。ロラン夫人は夫に聞いた。

「どなたかしら」

「デムーラン夫人じゃないかな。ああ、リュシル・デムーランだよ」

答えられて、ロラン夫人は少し驚いた。とりあえず聞いただけで、ロランは知らないだろうと思っていた。ところが、なのだ。経済理論でなければ、せいぜいが政治しか興味がないかの、朴念仁《ぼくねんじん》よろしき顔をしていながら、若い女が誰かとなると、きちんと承知しているというのだ。

——これだから……。

信用ならない。安全株のロランにして、やはり男には底まで信用できないところがある。そう心に続けかけて、ロラン夫人はやめた。それこそ意味がなかったし、でなくても自分を貶《おとし》めるだけだった。ええ、そんなことより、デムーラン夫人のほうだわ。

34――十二人委員会

無論のこと、みてくれで男の気を惹《ひ》くだけで、ろくろく中身もないような女は、端《はな》から問題でなかった。気になるのは亭主のほうだ。昨十七日の夜、カミーユ・デムーランはジャコバン・クラブで、『ブリソ派の歴史』なる冊子を発表したと聞いたからだ。

これも中身は問題ではない。以前にも『ジャック・ピエール・ブリソの仮面を剝《は》ぐ』を発表したが、あれと同じ根も葉もない中傷冊子と専断して差し支えない。

気にするべきは、デムーランが今このとき発刊に踏みきったという事実である。その意味ばかりは深長だったからである。

ジロンド派とジャコバン派の抗争は熾烈《しれつ》を極めている。自明の図式であるが、まだ決定的な対決には至らない、まだ大丈夫という判断が、ロラン夫人にはあった。ダントンに、これという動きがみられなかったからだ。四月一日にはラスルスを相手に反撃してみせたものの、真実あれきりだったのだ。

伝え聞くところによれば、ダントンは糟糠《そうこう》の妻に死なれたばかりだった。だから、気落ちした。だから、動揺した。一緒に自制心も失って、ジロンド派に攻撃を加えてしまった。かかる解釈で四月一日を片づけられるものなら、ロラン夫人としても、はん、男なんてだらしがない、女がいないと立つことさえ覚束《おぼつか》ないと、ただ嘲笑《ちょうしょう》するのみなのだ。

――まだ本気でしかけるつもりはない。

四月一日を勇み足と後悔しつつ、ダントンは仕切りなおそうとしている。ならば、ロベスピエールやマラが意欲的でも、大丈夫だ。ダントンまでが出るのでなければ、大丈夫だ。そうした判断をしていたところ、ダントンの与党で知られたデムーランが動いたのだ。

「少し気になるわね」

と、ロラン夫人は続けた。やはりというか、こういうときは忠実な犬を思わせる律儀さで、ロランは聞き返してくる。なにが、だい。

「デムーラン夫人のなにが、そんなに気になるんだね」

いいえ、あなた、とロラン夫人は話を逸《そ》らした。正直に話しても甲斐《かい》がないからだ。ええ、デムーラン夫人の話じゃありませんわ。

「大した話でもございません。ただ、あそこが」

ロラン夫人が指さしたのは、「からくりの間」の出入口だった。元が宮殿の一室であれば、観劇用の特別室だとしても、扉二枚が両開きで並んでいるだけである。開け放たれれば、その先にはトンネルを思わせる長い廊下が続いている。話を逸らしただけとはいいながら、やけに気になったことは事実である。

「で、おまえ、出入口がどうだというんだね」

「やはり狭いような気がいたします。混雑などしてしまうと、出るに出られなくなるのではないかと」

「そうだね。けれど、反対に入るのも容易じゃないわけだから」

実際、もっと大きな口が開いていたとすれば、その程度の騒ぎでは済まなかった。新しい議場に響いていたのは、耳が痛くなるくらいに甲高い声だった。

――やっぱり下品な女たち……。

ロラン夫人は唾《つば》を吐きたい気分だった。五月十八日の議会は、ヴァンデ県の議員が発言していたところで中断された。「からくりの間」の狭さのおかげで、ほんの数人だけだったとはいいながら、パリの女どもが押しかけてきたからだった。

「パンの不足はジロンド派のせいじゃないの」

「あんたらだけ上等なもの飲み食いして、なんだい。あたしらの話は聞けないってのかい」

「なに、あたいらが阿婆擦《あばず》れだって。無礼なことというと、あんた、承知しないからね。こうみえて、あたいらは共和主義女性市民の会を代表して来てんだからね」

その「共和主義女性市民の会」というのは、ほんの一週間ほど前に設立されたばかりの政治クラブである。クレール・ラコンブとか、ポリーヌ・レオンとか、つまりは勘違いの女性活動家なる連中が立ち上げた結社で、ルーとか、ヴァルレとか、ルクレールとか、いわゆる激昂《アンラジエ》派とも提携があると聞いていた。

もちろん、なんの問題にもならない。ええ、やりなさい。あなたがたの好きにしなさい。

ただ、その日の議長はイスナールだった。自派から議長を出し続けて、議会におけるジロンド派の優位は少しも揺らいでいなかった。のみならず、ジロンド派では珍しいほど、激情家の嫌いが否《いな》めない手合いである。それが議長を務めるとなれば、ただ女たちを締め出しただけでは済まない。

「よろしいのか、議員諸君。あんな真似《まね》を許していて、本当によろしいのか。国民公会《コンヴァンシオン》に対して、なんらかの謀議がたくましくされていると、そう疑われるべき段階ではないですかな。なんらかの動議を採択するべきではないですかな」

「発言を求めます。発言を求めます」

議長自らの憤激を受けて、登壇したのが仲間のガデ、例の譲らないガデだった。

「いや、仰《おっしゃ》る通りと拝察いたします。確かに謀議が疑われるべきでしょう。なんの取り締まりもないことから、パリ市の関与さえ特定されるべきでしょう。この際ですから、私はパリ自治委員会の解散を求めます。ええ、暫定的《ざんていてき》に公安委員会に移すことで、その全ての権限を剝奪《はくだつ》してやるべきでしょう」

もちろん、左派は猛反対である。ロベスピエールが立ち上がれば、マラは演壇に詰め寄るし、その背中をデムーランまでが追いかける。ところが、ダントンは座ったままなのだ。まだ対決にはならない。ならば、このまま行きなさい。

演壇で肩を竦《すく》めて、ガデは続けた。わかりました。わかりました。興奮して、ついついいいすぎたようです。ええ、先ほどの要求は取り下げます。パリ自治委員会の解散は求めません。なるほど、一議員の立場で求められる話じゃない。フランスの国民公会とパリの自治委員会は、全く別な組織なのですからね。ええ、私は身の程を知っています。ですから、私は議会に関することだけ、新たに求めることにいたします。

「国民公会は向後ブールジュに移動するべきかと」

ざわざわと野次の余韻は残りながら、それでもガデの声は聞こえた。狭苦しい「からくりの間」であれば、はっきり隅々まで届き、誰にも聞き違えようがなかった。

「ついに出された」

ロラン夫人も小声を洩《も》らした。それこそが温めてきた秘策だった。ボルドー、リヨン、マルセイユと有力都市をはじめ、すでに地方の支持は得られている。あとは国民公会自身が決断するだけだ。自らの政治権力を守るために、英断を下すだけだ。遠くに去られたが最後で、もうパリは二度と手出しならないのだ。

──今度こそ……。

間違いないはずだった。議員の過半数は賛成してくれるはずだ。本気のジロンド派は根回しにも抜かりなく、平原派《プレーヌ》の内諾も取りつけていた。議長もジロンド派であれば、あとは強行採決でもなんでもやって、正式な決議とするだけなのだ。

それはイスナールが、まさしくロラン夫人の台本通りに、次の台詞《せりふ》を回そうとしたときだった。

「待たれよ、待たれよ」

手を挙げたのは、ベルトラン・バレールだった。白髪のせいで黒い眉毛《まゆげ》がいっそう色濃い感じになり、それが精力的な印象にもつながっている。実際のところ、黙っていない男である。

平原派ながら、ジャコバン派に近いといわれる。が、やはり中道の立場ではあり、ジロンド派の意を汲《く》むときもある。どっちつかずが何を言い出すものやらと見守ると、バレールの発言は拍子抜けするくらいに平板なものだった。

いわく、国民公会のブールジュ移転など大それている。そこまでする必要があるのか。

いや、パリの民衆が脅威だという理屈はわかる。一部に危険な言動をためらわない人間がいることも承知している。

「だから、どうでしょうか。パリ自治委員会の綱紀粛正を図るために、名づけて『十二人委員会』を設立しては」

ロラン夫人は思う。そんなものでパリが大人しくなるのなら、はじめから苦労はしない。できるものなら、とうの昔に公安委員会あたりがやっている。革命裁判所まで前面に出て、なおも手がつけられないから、もはやブールジュ移転しかないというのだ。

――だいいち、十二人委員会に何ができるの。

再びバレールによれば、パリ自治委員会の決定を審査できる、パリの治安を維持するために独自策を講じられる等々、等々。つまりは何もできないということでしょうと、ロラン夫人の印象は変わらなかった。せいぜいが馬鹿な告発を試みて、誰かを吊《つ》るし上げることくらいのものでしょう。けれど、ジロンド派は、もうそれに懲《こ》りてしまったの。またマラを告発するつもりなんてなくなっているの。

「…………」

議場の右側が動いていた。交互の耳打ちを際限なくして、ジロンド派の議員たちは談合の素ぶりなのだ。ああ、ブリソが頷《うなず》いている。ペティオンが手を叩《たた》けば、どうなったのだとヴェルニョーが覗《のぞ》きこむ。ジャンソネは自分の席を立ち、ああ、ビュゾさんまでが……。

信用ならない。心に続けかけて、ロラン夫人はやめた。目の前の現実ながら、断じて本当にしたくはなかった。いえ、そんなはずはないわ。まさか、本当に十二人委員会の話に乗るつもりなのかしら。

――これだから……。

ロラン夫人としては胸奥《きようおう》で呟《つぶや》いただけのつもりだった。が、知らず声が出ていたらしい。隣のロランが答えていた。ああ、検討の価値ありと考えたんだろうね。十二人委員会が発足すれば、たぶん十二人全員がジロンド派で占められることになるだろうからね。

「かもしれませんけど、占められるとして、どうなるのです」

「そりゃあ、大いに期待できるよ。公安委員会のときも、革命裁判所のときも、事情が事情ということで、ジロンド派は遠慮せざるをえなかったわけだから」

だから失敗したといいたいの。組織を握れていさえすれば、ジロンド派は勝てたといいたいの。詰問の言葉は湧《わ》きながら、今度こそ声には出さず、ただロラン夫人は額を押さえてうなだれた。馬鹿な、馬鹿な。この期《ご》に及んで、同じことを繰り返そうなんて。

「ブールジュ移転はどうなりますの」

「別にどうもならない。それとして検討されるだろうが、ただブールジュに移るにしても、その前にパリに一矢報いたいと、そういう気分はあるんだろうね」

そう夫に答えられてしまえば、もうロラン夫人に言葉はなかった。ただ、これだから信用ならない。やはり男には底まで信用できないところがある。

主要参考文献

・J・ミシュレ『フランス革命史（上下）』桑原武夫／多田道太郎／樋口謹一訳　中公文庫　2006年

・R・ダーントン『革命前夜の地下出版』関根素子／二宮宏之訳　岩波書店　2000年

・R・シャルチエ『フランス革命の文化的起源』松浦義弘訳　岩波書店　1999年

・G・ルフェーヴル『1789年─フランス革命序論』高橋幸八郎／柴田三千雄／遅塚忠躬訳　岩波文庫　1998年

・G・ルフェーブル『フランス革命と農民』柴田三千雄訳　未来社　1956年

・S・シャーマ『フランス革命の主役たち』（上中下）栩木泰訳　中央公論社　1994年

・F・ブリュシュ／S・リアル／J・テュラール『フランス革命史』國府田武訳　白水社文庫クセジュ　1992年

・B・ディディエ『フランス革命の文学』小西嘉幸訳　白水社文庫クセジュ　1991年

・R・セディヨ『フランス革命の代償』山崎耕一訳　草思社　1991年

・E・バーク『フランス革命の省察』半澤孝麿訳　みすず書房　1989年

・J・スタロバンスキー『フランス革命と芸術』井上堯裕訳　法政大学出版局　1989年

・G・セレブリャコワ『フランス革命期の女たち』（上下）西本昭治訳　岩波新書　19

７３年
・スタール夫人『フランス革命文明論』（第1巻〜第3巻）井伊玄太郎訳　雄松堂出版　１９９３年
・Ａ・ソブール『フランス革命と民衆』井上幸治監訳　新評論　１９８３年
・Ａ・ソブール『フランス革命』（上下）小場瀬卓三／渡辺淳訳　岩波新書　１９５３年
・Ｇ・リューデ『フランス革命と群衆』前川貞次郎／野口名隆／服部春彦訳　ミネルヴァ書房　１９６３年
・Ａ・マチエ『フランス大革命』（上中下）ねづまさし／市原豊太訳　岩波文庫　１９５８〜１９５９年
・Ｊ・Ｍ・トムソン『ロベスピエールとフランス革命』樋口謹一訳　岩波新書　１９５５年
・遅塚忠躬『フランス革命を生きた「テロリスト」』ＮＨＫ出版　２０１１年
・遅塚忠躬『ロベスピエールとドリヴィエ』東京大学出版会　１９８６年
・新人物往来社編『王妃マリー・アントワネット』新人物往来社　２０１０年
・安達正勝『フランス革命の志士たち』筑摩選書　２０１２年
・安達正勝『物語　フランス革命』中公新書　２００８年
・野々垣友枝『１７８９年フランス革命論』大学教育出版　２００１年
・河野健二『フランス革命の思想と行動』岩波書店　１９９５年
・河野健二／樋口謹一『世界の歴史15　フランス革命』河出文庫　１９８９年
・河野健二『フランス革命二〇〇年』朝日選書　１９８７年

- 河野健二『フランス革命小史』岩波新書　１９５９年
- 柴田三千雄『フランス革命』岩波書店　１９８９年
- 柴田三千雄『パリのフランス革命』東京大学出版会　１９８８年
- 芝生瑞和『図説　フランス革命』河出書房新社　１９８９年
- 多木浩二『絵で見るフランス革命』岩波新書　１９８９年
- 川島ルミ子『フランス革命秘話』大修館書店　１９８９年
- 田村秀夫『フランス革命』中央大学出版部　１９７６年
- 前川貞次郎『フランス革命史研究』創文社　１９５６年

◇

- Artarit, J., *Robespierre*, Paris, 2009.
- Attar, F., *Aux armes, citoyens!: Naissance et fonctions du bellicisme révolutionnaire*, Paris, 2010.
- Bessand-Massenet, P., *Femmes sous la Révolution*, Paris, 2005.
- Bessand-Massenet, P., *Robespierre: L'homme et l'idée*, Paris, 2001.
- Biard, M., *Parlez-vous sans-culotte?: Dictionnaire du "Père Duchesne", 1790-1794*, Paris, 2009.
- Bois, J.P., *Dumouriez: Héros et proscrit: Un itinèraire militaire, politique et moral entre l'Ancien régime et la Restauration*, Paris, 2005.
- Bonn, G., *La Révolution française et Camille Desmoulins*, Paris, 2010.

- Carrot, G., *La garde nationale,1789–1871*, Paris, 2001.
- Chevalier, K., *L'assassinat de Marat: 13 juillet 1793*, Paris, 2008.
- Chuquet, A., *Dumouriez*, Clermont-Ferrand, 2009.
- Claretie, J., *Camille Desmoulins, Lucile Desmoulins*, Paris, 1875.
- Cubells, M., *La Révolution française : La guerre et la frontière*, Paris, 2000.
- Dingli, L., *Robespierre*, Paris, 2004.
- Dupuy, R., La *garde nationale, 1789–1872*, Paris, 2010.
- Dupuy, R., *La République jacobine: Terreur, guerre et gouvernement révolutionnaire, 1792–1794*, Paris, 2005.
- Furet, F., Ozouf, M. et Baczko, B., *La Gironde et les Girondins*, Paris, 1991.
- Gallo, M., *L'homme Robespierre: Histoire d'une solitude*, Paris, 1994.
- Gallo, M., *Révolution française: Aux armes, citoyens! 1793–1799*, Paris, 2009.
- Hardman, J., *The French revolution sourcebook*, London, 1999.
- Haydon, C., and Doyle, W., *Robespierre*, Cambridge, 1999.
- Martin, J.C., *La Vendée et la Révolution: Accepter la mémoire pour ècrire l'histoire*, Paris, 2007.
- Mason, L., *Singing the French revolution: Popular culture and politics 1787–1799*, London, 1996.
- Mathan, A.de, *Girondins jusqu'au tombeau: Une révolte bordelaise dans la Révolution*, Bordeaux, 2004.

- Mathiez, A., *Le club des Cordeliers pendant la crise de Varennes, et le massacre du Champ de Mars*, Paris, 1910.
- McPhee, P., *Living the French revolution 1789–99*, New York, 2006.
- Monnier, R., *À paris sous la Révolution*, Paris, 2008.
- Popkin, J.D., *La presse de la Révolution: Journaux et journalistes,1789–1799*, Paris, 2011.
- Robespierre, M.de, *Œuvres de Maximilien Robespierre, T.1–T.10*, Paris, 2000.
- Robinet, J.F., *Danton homme d'État*, Paris, 1889.
- Saint-Just, *Œuvres complètes*, Paris, 2003.
- Schmidt, J., *Robespierre*, Paris, 2011.
- Scurr, R., *Fatal purity: Robespierre and the French revolution*, New York, 2006.
- Soboul, A., *La Ire République (1792–1804)*, Paris, 1968.
- Vovelle, M., *Combats pour la révolution française*, Paris, 2001.
- Vovelle, M., *Les Jacobins, De Robespierre à Chevènement*, Paris, 1999.
- Walter, G., *Marat*, Paris, 1933.

解　説

東　えりか

ある会社の経営者の講演を聞いていて、思い出したことがあった。歴史好きで大学で講座を持つほど深い知識を有することで知られるその人は「歴史的な出来事はすべて必然である」として、その大きな要因のひとつに気候変動や自然災害がある、と語った。日本民族の歴史の中で江戸時代の人間が一番小さかった理由も、モンゴル帝国の崩壊も自然を起点として考えると分かりやすいのだそうだ。

私は以前、北方謙三《きたかたけんぞう》氏の秘書として、小説の下調べをすることが多かった。小説は作り事だが、そのバックグラウンドはきちんと検証されたものでなくてはならない、という彼の持論のもと、様々なことを調べるのに膨大な時間を費やした。調べたことが一文字も使われなくてもいい。何かの時にきちんと反証できるようにするのが私の仕事であった。

一九九五年、「天明の打ちこわし」をテーマにした『余燼《よじん》』（講談社文庫）という小説を書くにあたり、私がまず調べたのは「なぜ打ちこわしは起こったか」だった。もちろん田沼意次《おきつぐ》の政策への不満が最大の要因だが、大飢饉《だいききん》が拍車をかけていた。様々な本を読み漁るうち、上前淳一郎《うえまえじゅんいちろう》『複合大噴火』(文春文庫)に行きついた。天明の飢饉の原因が浅間山《あさ》の噴火であり、ほぼ同時期にアイスランドのラキ山が噴火。それがヨーロッパに大災害を及ぼし、フランス革命がおこる大きな原因となったことを知り、とても驚き面白いものだ、と興味を持ったのを、その講演会で思い出したのだ。

気候変動と歴史の関連について書かれた本は、その後もなんとなく読み続けていた。その中でも飛び切り面白かったのはブライアン・フェイガン『歴史を変えた気候大変動』(河出文庫)である。考古学者である著者が一三〇〇年代から一九〇〇年代までの歴史を気候の変動から読み解いたこの本は素晴らしく、様々な新しい視点を与えてくれた。

日本にも素晴らしい研究者がいる。田家康《たんげやすし》『世界史を変えた異常気象』『気候で読み解く日本の歴史』(どちらも日本経済新聞出版社)は、毎年のように異常気象が叫ばれる現在の日本の状況を考えると、多くの人に読まれるべき本だと確信している。

『小説フランス革命』の解説を依頼いただいたときに、最初に思いだしたのが『複合大噴火』、そして歴史気候学について読んだ一連の災害とその影響である。

十八世紀の百年は、大きな自然災害が重なった。本書八巻の解説で永江朗氏が書いているように一七八三年に大噴火をしたアイスランドのラキ火山、グリムスヴォトン火山の影響は広く知られている。

それ以外でも太陽黒点の数が極小期であり、全太陽放射照度は低下傾向にあったことが推察されるうえ、エジプトのナイル川の水位が低く、日本列島の暖冬と冷夏の組み合わせから考えてエルニーニョ現象が発生した可能性も高いらしい。(『気候で読み解く日本の歴史』)

一七八八年のパリは、春の降水量が異常に少なく気温が高かった記録が残っている。春先の少雨は干ばつに結びつく。当然、小麦の収穫は少なくなり、民衆は困窮した。(田家康『異常気象が変えた人類の歴史』日本経済新聞出版社)

もうひとつ注目したいのは、フランス人の気質である。フランスの農民は長い間ジャガイモを食べようとしなかったという事実である。一七五〇年になってもフランスではジャガイモは異国の食べ物であり、ブルゴーニュの農民は、その形状が当時おそれられていた病を思わせ、この病気の原因になる、と作付けさえ禁止されていたという。

小麦の不作の年には出来の悪い穀物やかびたような穀物で間に合わせ、それで腹を空《す》かすとパン騒動となった。同時期、イギリスでは動物の飼料として栽培されていたジャガイモが貧困者の食料となっていたのに、である。その上、農業改革も進んでいなかった。一説には十五世紀から十八世紀の四百年近くの間、中世のころとほとんど変わらない農業をしていたという。

換金できる作物は小麦とワイン用のブドウしかなかった農民たちは、天候不順による干ばつや巨大な雹《ひょう》による大被害を受けていた。巷間《こうかん》、マリー・アントワネットが言ったと流布した「パンがなければケーキを食べればいいじゃない」(真実はほかの婦人が言ったことだそうだが）のように、主食は小麦しか考えられなかったようだ。(『歴史を変えた気候大変動』)

本書の中にも脅され殴られながらもパンを焼く職人の姿が活写されている。飢えを凌《しの》ぐための暴動の様子は、読むだけで身の毛がよだつ。

もちろん、フランス革命は異常気象だけが引き起こしたものでないのは明らかで、それは、この小説そのものや巻末に付いた関連年表、フランス文学の専門家による解説に詳しい。

正直なところ、学生時代、世界史は不得意だった。理科系を専攻していたせいもあり、身近な日本史はともかく、どこにその国があるかわからないような場所の歴史（さすがにフランスの場所ぐらいはわかるが）には興味が持てなかったせいもある。

ただ、私は『ベルサイユのばら』世代、ど真ん中。世の中のことが多少分かりはじめた中学生のときに連載が始まり、週刊マーガレットをむさぼり読んだ少女時代をすごした。男装の麗人オスカルと、彼女を愛して命を懸けて守るアンドレの主役のふたりは、クラスの女子を真っ二つに分け、派閥ができる始末であった。ちなみに私はアンドレ派。

ああいうナイトが現れないものか、と憧れたものである。

本書の七巻に池田理代子氏自身が解説を書かれている。この小説に対する熱い思いが迸《ほとばし》り、大きくうなずくことが多かった。

毎回、穴が開くほど熟読した結果、フランス革命の王室側の知識は、非常に詳しくなった。架空の二人はともかく、ルイ十六世、マリー・アントワネット、フェルセン、ミラボーなど、マンガの絵柄がそのまま本書のキャラクターと重なる。最初はイメージのギャップに少々面食らうところもあったのだ。

特にルイ十六世はおとなしく無能で、アントワネットの言いなりだったように思っていたが、佐藤賢一が描く国王は、筋が通った聡明な男である。その差については同じく佐藤賢一の『フランス革命の肖像』（集英社新書）を読んで疑問が氷解した。この本の中に紹介されている何枚かのルイ十六世の絵は、およそ同じ人とは思えないほど違っている。佐藤賢一がこういう人物に違いない、と描いたルイ十六世は、多分多くの人に好感をもたれたであろう。

しかしそのルイ十六世もギロチン台の露と消えてしまった。マリー・アントワネットの処刑も近づいてきている。本書十三巻は国王を処刑したのちに起こった物価高騰による暴動によって混乱するパリの様子から幕が開く。サン・キュロット（半ズボンなし）と呼ばれる一般民衆が略奪を重ねていく。

そんな姿を呆《あき》れて観《み》ているのは「くそったれ」が口癖のジャック・ルネ・エベール。「デュシェーヌ親爺《おやじ》」という新聞を発刊し、歯に衣《きぬ》着せぬ物言いが人気を得て、今ではパリ市の第二助役も務めている。今回が初登場のキャラクターだ。

今回の物語の重要な場面にすべて遭遇し、彼なりの分析を披露し、読者を納得させていく。毒舌というか口汚いというか、とにかくすべての物事を、セックスやら性器やら排泄物にたとえるのはいただけないが、なかなか愛すべきキャラクターである。ちなみに彼が口にした「くそったれ」の回数は五十回以上。混乱の極みを見せるパリの様子をたとえるのに、こんなに適切な言葉はない。

ジロンド派のサロンに君臨するロラン夫人の暗躍も目が離せない。ここまでの物語で唯一と言っていいほどの女性キャラクターは、肖像画では普通の主婦のように見えるがなかなか図太く、同じ女として胸の奥底で応援をしてしまう。

そして忘れてはならないカミーユ・デムーラン。パレ・ロワイヤルのカフェで演説を行い、民衆の蜂起《ほうき》を先導した最大の立役者も、あれから三年半がたち、結婚して子供も生まれている。ミラボー亡きあとの喪失感は大きく、大男のダントンやパリで一番人気の新聞「人民の友」を発刊している異形のマラとともに体制の立て直しを図ろうとしている。

フランス革命の全体の印象は、国王を処刑するまでは、どこか牧歌的でさえあったような気がする。王も貴族も、存在さえ否定されるとは夢にも思っていなかっただろうし、民衆でさえ、宮廷が無くなり身分制度が廃止されるなんて想像だにしていなかっただろう。

この『小説フランス革命』も第二部に入り、王が殺されてしまったこの十三巻あたりから、非常に血なまぐさくなってくる。世界史の授業で習ったことだけでも、ロベスピエールをはじめとする革命の立役者が、次々と殺されていくのがわかる。この長い物語を一緒に歩んできた革命の志士たちが、様々な理由で排除されていくのだ。それは少々つらい読書になる。

しかし私は最後まで見届けたい。佐藤賢一が描くフランス革命はどのように終結していくのか。民衆はどのように行動し、フランスという国はどこに向かうのか。

後のフランス国家となるラ・マルセイエーズ。その歌詞のリフレインのように「マルシェ！　マルシェ！」（進め！　進め！）と応援していく。

（あづま・えりか　書評家、書評サイトＨＯＮＺ副代表）

小説フランス革命 1～18巻 関連年表

（■の部分が本巻に該当）

1

1774年5月10日	ルイ16世即位
1775年4月19日	アメリカ独立戦争開始
1777年6月29日	ネッケルが財務長官に就任
1778年2月6日	フランスとアメリカが同盟締結
1781年2月19日	ネッケルが財務長官を解任される
1787年8月14日	国王政府がパリ高等法院をトロワに追放
	——王家と貴族が税制をめぐり対立——
1788年7月21日	ドーフィネ州三部会開催
8月8日	国王政府が全国三部会の召集を布告
8月16日	「国家の破産」が宣言される
8月26日	ネッケルが財務長官に復職
	——この年フランス全土で大凶作——
1789年1月	シェイエスが『第三身分とは何か』を出版

3月23日　マルセイユで暴動
3月25日　エクス・アン・プロヴァンスで暴動
4月27～28日　パリで工場経営者宅が民衆に襲われる（レヴェイヨン事件）
5月5日　ヴェルサイユで全国三部会が開幕
同日　ミラボーが『全国三部会新聞』発刊
6月4日　王太子ルイ・フランソワ死去
6月17日　第三身分代表議員が国民議会の設立を宣言
1789年6月19日　ミラボーの父死去
6月20日　球戯場の誓い。国民議会は憲法が制定されるまで解散しないと宣誓
6月23日　王が議会に親臨、国民議会に解散を命じる
6月27日　王が譲歩、第一・第二身分代表議員に国民議会への合流を勧告
7月7日　国民議会が憲法制定国民議会へと名称を変更
——王が議会へ軍隊を差し向ける——
7月11日　ネッケルが財務長官を罷免される
7月12日　デムーランの演説を契機にパリの民衆が蜂起

1789年7月14日　パリ市民によりバスティーユ要塞陥落
——地方都市に反乱が広まる——
7月15日　バイイがパリ市長に、ラ・ファイエットが国民衛兵隊司令官に就任
7月16日　ネッケルがみたび財務長官に就任
7月17日　ルイ16世がパリを訪問、革命と和解
7月28日　ブリソが『フランスの愛国者』紙を発刊
8月4日　議会で封建制の廃止が決議される
8月26日　議会で「人間と市民の権利に関する宣言」（人権宣言）が採択される
9月16日　マラが『人民の友』紙を発刊
10月5〜6日　パリの女たちによるヴェルサイユ行進。国王一家もパリに移動
1789年10月9日　ギヨタンが議会で断頭台の採用を提案
10月10日　タレイランが議会で教会財産の国有化を訴える
10月19日　憲法制定国民議会がパリに移動
10月29日　新しい選挙法・マルク銀貨法案が議会で可決
11月2日　教会財産の国有化が可決される

3

4

11月頭	ブルトン・クラブが憲法友の会と改称し、集会場をパリのジャコバン僧院に置く（ジャコバン・クラブの発足）
11月28日	デムーランが『フランスとブラバンの革命』紙を発刊
12月19日	アッシニャ（当初国債、のちに紙幣としても流通）発売開始
1790年1月15日	全国で83の県の設置が決まる
3月31日	ロベスピエールがジャコバン・クラブの代表に
4月27日	コルドリエ僧院に人権友の会が設立される（コルドリエ・クラブの発足）
1790年5月12日	パレ・ロワイヤルで1789年クラブが発足
5月22日	宣戦講和の権限が国王と議会で分有されることが決議される
6月19日	世襲貴族の廃止が議会で決まる
7月12日	聖職者の俸給制などを盛り込んだ聖職者民事基本法が成立
7月14日	パリで第一回全国連盟祭
8月5日	駐屯地ナンシーで兵士の暴動（ナンシー事件）
9月4日	ネッケル辞職

5

1790年9月初旬	エベールが『デュシェーヌ親爺』紙を発行
6	
1790年11月30日	ミラボーがジャコバン・クラブの代表に
12月27日	司祭グレゴワール師が聖職者民事基本法に最初に宣誓
12月29日	デムーランとリュシルが結婚
1791年1月	宣誓聖職者と宣誓拒否聖職者が議会で対立、シスマ（教会大分裂）の引き金に
1月29日	ミラボーが第44代憲法制定国民議会議長に
2月19日	内親王二人がローマへ出立。これを契機に亡命禁止法の議論が活性化
4月2日	ミラボー死去。後日、国葬でパンテオンに偉人として埋葬される
7	
1791年6月20～21日	国王一家がパリを脱出、ヴァレンヌで捕らえられる（ヴァレンヌ事件）

1791年6月21日	一部議員が国王逃亡を誘拐にすりかえて発表、廃位を阻止
7月14日	パリで第二回全国連盟祭
7月16日	ジャコバン・クラブ分裂、フイヤン・クラブ発足
7月17日	シャン・ドゥ・マルスの虐殺
1791年8月27日	ピルニッツ宣言。オーストリアとプロイセンがフランスの革命に軍事介入する可能性を示す
9月3日	91年憲法が議会で採択
9月14日	ルイ16世が憲法に宣誓、憲法制定が確定
9月30日	ロベスピエールら現職全員が議員資格を失う
10月1日	新しい議員たちによる立法議会が開幕
	――秋から天候が崩れ大凶作に――
11月9日	亡命貴族の断罪と財産没収が法案化
11月16日	ペティオンがラ・ファイエットを選挙で破りパリ市長に
11月25日	宣誓拒否僧監視委員会が発足

1791年11月28日	ロベスピエールが再びジャコバン・クラブの代表に
12月3日	亡命中の王弟プロヴァンス伯とアルトワ伯が帰国拒否声明
	——王、議会ともに主戦論に傾く——
12月18日	ロベスピエールがジャコバン・クラブで反戦演説
1792年1月24日	立法議会が全国5万人規模の徴兵を決定
3月3日	エタンプで物価高騰の抑制を求めて庶民が市長を殺害（エタンプ事件）
3月23日	ロランが内務大臣に任命され、ジロンド派内閣成立
3月25日	フランスがオーストリアに最後通牒を出す
4月20日	オーストリアに宣戦布告
	——フランス軍、緒戦に敗退——
6月13日	ジロンド派の閣僚が解任される
6月20日	パリの民衆がテュイルリ宮へ押しかけ国王に抗議、しかし蜂起は不発に終わる

10

1792年7月6日	デムーランに長男誕生
7月11日	議会が「祖国は危機にあり」と宣言
7月25日	ブラウンシュヴァイク宣言。オーストリア・プロイセン両国がフランス王家の解放を求める
8月10日	パリの民衆が蜂起しテュイルリ宮で戦闘。王権停止（8月10日の蜂起）
8月11日	臨時執行評議会成立。ダントンが法務大臣、デムーランが国璽尚書に
8月13日	国王一家がタンプル塔へ幽閉される

11

1792年9月2～6日	パリ各地の監獄で反革命容疑者を民衆が虐殺（九月虐殺）
9月20日	ヴァルミィの戦いでデュムーリエ将軍率いるフランス軍がプロイセン軍に勝利
9月21日	国民公会開幕、ペティオンが初代議長に。王政廃止を決議
9月22日	共和政の樹立（フランス共和国第1年1月1日）
11月6日	ジェマップの戦いでフランス軍がオーストリア軍に勝利、約ひと月でベルギー全域を制圧

12

1792年11月13日 国民公会で国王裁判を求めるサン・ジュストの名演説
11月27日 フランスがサヴォワを併合
12月11日 ルイ16世の裁判が始まる
1793年1月20日 ルイ16世の死刑が確定
1月21日 ルイ16世がギロチンで処刑される

13

1793年1月31日 フランスがニースを併合
——急激な物価高騰——
2月1日 国民公会がイギリスとオランダに宣戦布告
2月14日 フランスがモナコを併合
2月24日 国民公会がフランス全土からの30万徴兵を決議
2月25日 パリで食糧暴動
3月10日 革命裁判所の設立。同日、ヴァンデの反乱。これをきっかけに、フランス西部が内乱状態に
4月6日 公安委員会の発足
4月9日 派遣委員制度の発足

14

1793年5月21日　十二人委員会の発足
5月31日〜6月2日　アンリオ率いる国民衛兵と民衆が国民公会を包囲、ジロンド派の追放と、ジャコバン派の独裁が始まる
6月3日　亡命貴族の土地売却に関する法律が国民公会で決議される
6月24日　共和国憲法（93年憲法）の成立

15

1793年7月13日　マラが暗殺される
7月27日　ロベスピエールが公安委員会に加入
8月23日　国民総動員令による国民皆兵制が始まる
8月27日　トゥーロンの王党派が蜂起、イギリスに港を開く
9月5日　パリの民衆がふたたび蜂起、国民公会で恐怖政治（テルール）の設置が決議される
9月17日　嫌疑者法の成立
9月29日　一般最高価格法の成立

1793年10月5日　革命暦（共和暦）が採用される（フランス共和国第2年1月19日）

10月16日　マリー・アントワネットが処刑される

10月31日　ブリソらジロンド派が処刑される

11月8日　ロラン夫人が処刑される

11月10日　パリで理性の祭典。脱キリスト教運動が急速に進む

12月5日　デムーランが『コルドリエ街の古株』紙を発刊

12月19日　ナポレオンらの活躍によりトゥーロン奪還、
この頃ヴァンデの反乱軍も次々に鎮圧される

1794年　——食糧不足がいっそう深刻に——

3月3日　反革命者の財産を没収し貧者救済にあてる風月法が成立

3月5日　エベールを中心としたコルドリエ派が蜂起、失敗に終わる

3月24日　エベール派が処刑される

16

1794年4月1日　執行評議会と大臣職の廃止、警察局の創設
——公安委員会への権力集中が始まる——

17

4月5日	ダントン、デムーランらダントン派が処刑される
4月13日	リュシルが処刑される
5月10日	ルイ16世の妹エリザベート王女が処刑される
5月23日	ロベスピエールの暗殺未遂（赤服事件）
6月4日	共通フランス語の統一、フランス各地の方言の廃止
6月8日	シャン・ドゥ・マルスで最高存在の祭典。ロベスピエールの絶頂期
6月10日	訴訟手続きの簡略化を図る草月法が成立。恐怖政治の加速
6月26日	フルーリュスの戦いでフランス軍がオーストリア軍を破る
1794年7月26日	ロベスピエールが国民公会で政治の浄化を訴えるが、議員ら猛反発
7月27日	国民公会がロベスピエールに逮捕の決議、パリ自治委員会が蜂起（テルミドール九日の反動）
7月28日	ロベスピエール、サン・ジュストら処刑される

18

初出誌　「小説すばる」二〇一一年一月号～二〇一一年四月号

二〇一二年十二月に刊行された単行本『ジャコバン派の独裁　小説フランス革命Ⅸ』と、
二〇一三年三月に刊行された単行本『粛清の嵐　小説フランス革命Ⅹ』（共に集英社刊）
の二冊を文庫化にあたり再編集し、三分冊しました。
本書はその一冊目にあたります。

佐藤賢一の本

ジャガーになった男

「武士に生まれて、華もなく死に果ててたまろうものか!」サムライ・寅吉は冒険を求めて海を越える。17世紀のヨーロッパを駆けぬけた男の数奇な運命を描く、著者デビュー作。

集英社文庫

佐藤賢一の本

傭兵ピエール（上・下）

魔女裁判にかけられたジャンヌ・ダルクを救出せよ――。15世紀、百年戦争のフランスで敵地深く潜入した荒くれ傭兵ピエールの闘いと運命的な愛を雄大に描く歴史ロマン。

集英社文庫

佐藤賢一の本

王妃の離婚

1498年フランス。国王が王妃に対して離婚裁判を起こした。田舎弁護士フランソワは、その不正な裁判に義憤にかられ、孤立無援の王妃の弁護を引き受ける……。直木賞受賞の傑作。

佐藤賢一の本

カルチェ・ラタン

時は16世紀。学問の都パリはカルチェ・ラタン。世間知らずの夜警隊長ドニと女たらしの神学僧ミシェルが巻き込まれたある事件とは？　宗教改革の嵐が吹き荒れる時代の青春群像。

集英社文庫

集英社文庫　目録（日本文学）

佐々木譲　回廊封鎖
佐藤愛子　淑女失格　私の履歴書
佐藤愛子　憤怒のぬかるみ
佐藤愛子　死ぬための生き方
佐藤愛子　結構なファミリー
佐藤愛子　風の行方(上)(下)
佐藤愛子　こたつの人　自讃ユーモア短篇集一
佐藤愛子　大黒柱の孤独　自讃ユーモア短篇集二
佐藤愛子　不運は面白い　幸福は退屈だ　人間についての断章326
佐藤愛子　老残のたしなみ　日々是上機嫌
佐藤愛子　不敵雑記　たしなみなし
佐藤愛子　自讃ユーモアエッセイ集　これが佐藤愛子だ　1〜8
佐藤愛子　日本人の一大事
佐藤愛子　花は六十
佐藤愛子　幸福の絵
佐藤賢一　ジャガーになった男

佐藤賢一　傭兵ピエール(上)(下)
佐藤賢一　赤目のジャック
佐藤賢一　王妃の離婚
佐藤賢一　カルチェ・ラタン
佐藤賢一　オクシタニア(上)(下)
佐藤賢一　革命のライオン　小説フランス革命1
佐藤賢一　パリの蜂起　小説フランス革命2
佐藤賢一　バスティーユの陥落　小説フランス革命3
佐藤賢一　聖者の戦い　小説フランス革命4
佐藤賢一　議会の迷走　小説フランス革命5
佐藤賢一　シスマの危機　小説フランス革命6
佐藤賢一　王の逃亡　小説フランス革命7
佐藤賢一　フイヤン派の野望　小説フランス革命8
佐藤賢一　戦争の足音　小説フランス革命9
佐藤賢一　ジロンド派の興亡　小説フランス革命10
佐藤賢一　八月の蜂起　小説フランス革命11

佐藤賢一　共和政の樹立　小説フランス革命12
佐藤賢一　サン・キュロットの暴走　小説フランス革命13
佐藤賢一　ジャコバン派の独裁　小説フランス革命14
佐藤賢一　粛清の嵐　小説フランス革命15
佐藤賢一　徳の政治　小説フランス革命16
佐藤賢一　ダントン派の処刑　小説フランス革命17
佐藤賢一　革命の終焉　小説フランス革命18
佐藤賢一　黒王妃
佐藤正午　永遠の½
佐藤多佳子　夏から夏へ
佐藤初女　おむすびの祈り　「森のイスキア」こころの歳時記
佐藤初女　いのちの森の台所
佐藤真海　ラッキーガール
佐藤真由美　恋する短歌　22 short love stories
佐藤真由美　恋する歌音《カノン》　こころに効く恋愛短歌50
佐藤真由美　恋する四字熟語

集英社文庫　目録（日本文学）

佐藤真由美　恋する世界文学
佐藤真由美　恋する言《コト》ノ葉《ハ》　元気な明日に、恋愛短歌。
佐藤満春　トイレの輪　〜トイレの話、聞かせてください〜
佐野眞一　沖縄　だれにも書かれたくなかった戦後史(上)(下)
佐野眞一　沖縄戦いまだ終わらず
佐野藤右衛門
小田豊二　櫻よ　「花見の作法」から「木のこころ」まで
沢木耕太郎　天涯1　鳥は舞い　光は流れ
沢木耕太郎　天涯2　水は囁き　月は眠る
沢木耕太郎　天涯3　花は揺れ　闇は輝き
沢木耕太郎　天涯4　砂は誘い　塔は叫ぶ
沢木耕太郎　天涯5　風は踊り　星は燃え
沢木耕太郎　天涯6　雲は急ぎ　船は漂う
沢木耕太郎　オリンピア　ナチスの森で
澤田瞳子　泣くな道真　大宰府の詩
澤宮　優　炭鉱町に咲いた原貢野球　三池工業高校・甲子園優勝までの軌跡
澤宮　優　スッポンの河さん　伝説のスカウト河西俊雄

澤宮　優　バッティングピッチャー　背番号三桁のエースたち
沢村　基　たとえ君の手をはなしても
サンダース・宮松敬子　カナダ生き生き老い暮らし
三宮麻由子　鳥が教えてくれた空
三宮麻由子　そっと耳を澄ませば
三宮麻由子　ロング・ドリーム　願いは叶う
三宮麻由子　世界でただ一つの読書
三宮麻由子　四季を詠む　365日の体感
椎名篤子・編　凍りついた瞳《め》が見つめるもの
椎名篤子　親になるほど難しいことはない
椎名篤子　新　凍りついた瞳《め》　「子ども虐待」のない未来への挑戦
椎名篤子　「愛されたい」を拒絶される子どもたち　虐待ケアへの挑戦
椎名　誠　地球どこでも不思議旅
椎名誠・選　素敵な活字中毒者
椎名　誠　インドでわしも考えた
椎名　誠　全日本食えばわかる図鑑

椎名　誠　岳物語
椎名　誠　続　岳物語
椎名　誠　菜の花物語
椎名　誠　シベリア追跡
椎名　誠　ハーケンと夏みかん
椎名　誠　零下59度の旅
椎名　誠　さよなら、海の女たち
椎名　誠　白い手
椎名　誠　パタゴニア
椎名　誠　草の海
椎名　誠　喰《くう》寝《ねる》呑《のむ》泄《だす》
椎名　誠　アド・バード
椎名　誠　はるさきのへび
椎名誠・編著　蚊學ノ書
椎名　誠　麦の道
椎名　誠　麦酒《ビール》主義の構造とその応用胃学

集英社文庫

サン・キュロットの暴走《ぼうそう》 小説《しょうせつ》フランス革命《かくめい》13

2014年12月25日 第1刷
2020年10月10日 第2刷

定価はカバーに表示してあります。

著 者 佐藤賢一《さとうけんいち》

発行者 徳永 真

発行所 株式会社 集英社
東京都千代田区一ツ橋2-5-10 〒101-8050
電話 【編集部】03-3230-6095
【読者係】03-3230-6080
【販売部】03-3230-6393(書店専用)

印 刷 凸版印刷株式会社

製 本 凸版印刷株式会社

フォーマットデザイン アリヤマデザインストア マークデザイン 居山浩二

ISBN978-4-08-745261-7 C0193